献给十七岁时的自己

《他们不是虹城人》写于 2008.5 — 2010.10

他们不是
虹城人

王苏辛 ◎ 著

北京联合出版公司
Beijing United Publishing Co.,Ltd.

图书在版编目（CIP）数据

他们不是虹城人 / 王苏辛著. 一 北京：北京联合出版公司，2018.4

ISBN 978-7-5596-1716-3

Ⅰ.①他… Ⅱ.①王… Ⅲ.①长篇小说－中国－当代 Ⅳ.①I247.5

中国版本图书馆CIP数据核字（2018）第022493号

他们不是虹城人

作　　者：王苏辛
责任编辑：郑晓斌　徐　樟
产品经理：张其鑫
特约编辑：陈　红

北京联合出版公司出版
（北京市西城区德外大街83号楼9层　100088）
北京联合天畅发行公司发行
天津旭丰源印刷有限公司印刷　新华书店经销
字数 190千字　880mm×1230mm　1/32　印张 9
2018年4月第1版　2018年4月第1次印刷
ISBN 978-7-5596-1716-3
定价：42.00元

未经许可，不得以任何方式复制或抄袭本书部分或全部内容
版权所有，侵权必究
如发现图书质量问题，可联系调换。
质量投诉电话：010-57933435/64243832

目录
CONTENTS

第一章：逃亡的人奔跑在沙滩上 　　1
第二章：在所有观望的年月里 　　57
第三章：树上的灵魂 　　115
第四章：绿洲上的爱情 　　151
第五章：写给你的一生 　　193
番外 　　237

第一章：逃亡的人奔跑在沙滩上

1

　　在苏郁和还是个很小的男孩时，他就学会了认同，这一切在苏文哲的意识里却是另外一回事。在苏郁和漫长的成长岁月里，苏文哲甚至从未真正听见他说过一个"不"字，但这的确是他永远也无法理解的一个儿子。他不理解的不是苏郁和需要什么，而是他明明知道不需要或不喜欢却还是说了那句"行啊，爸"。在很多小孩子都叫"爸爸"的时候他就学会了叫"爸"。不过，苏文哲从不表现出对这称呼的不满。或者说，在这场本就漫长的对峙里，他在等待他说出那个"不"字。

　　他们一直搬家，沿着曲折的海岸线。苏郁和和哥哥苏义达从来都不知道真正的陆地是什么样子，尽管他们在那里出生，在那里迎来了母亲的离去，但那时候的他们还不足以拥有记忆，因此，即便很久之后，他们像他们的父辈、祖辈一样选择了内陆，在那里安家，在那里拥有爱情，他们依然不知道真正的陆地是什么样。他们对此的眩晕感就如同曹汐在唯一一次出海中不断地看见黑色，它们铺天盖地，轰隆隆地罩住了他们头顶，似要把他们整个躯体都压缩进一个狭小的空间。

苏家的院子永远都不缺水的气息，夏天整座院子都会摆满巨大的水缸，苏郁和的童年一直在水缸周围徘徊。他总是安静地坐在一隅，很多时候，苏文哲下班回家，看着苏郁和出神地望着头顶上被院墙围住的一角蓝天，手指拨弄着四周可以找到的任何小玩意儿，有时候他一看就是一个钟头，等到他不得已走进屋里的时候，沮丧已经清晰地刻在了他的脸上。苏义达身上永远都有脏兮兮的水渍，苏文哲沉默地为他换衣服，给他的水枪装满水，然后像任何一个慈爱的父亲一样对调皮捣蛋朝他喷水的儿子宽容地微笑，然后再习惯性地看着苏义达露出孩子专有的表情，欢快地朝路过家门口的每一个大人喷起水来。他们在那里住了五年，很多人都以为苏文哲只有一个儿子——苏义达，他们总是对他的调皮表现出容忍，甚至是欣赏，有时候苏文哲也是。他甚至饶有兴趣地看着苏郁和想，为什么他就不能像他哥哥那样，做一个正常的小孩呢？

苏郁和自己也想过这个问题，但那时候他已经是个少年了。

兴城幼儿园与他们住得最久的那座小院只隔着一条巷子，苏文哲在附近的美术学院当老师。苏郁和很小的时候就表现出对画画的热爱，因为只有在美术课上他才会认真听讲，其他课上他都是走神最严重的孩子。苏文哲曾一度认为这个孩子一定是个读书的材料，他无数次想过他将成为一个温和聪明的大学生，拥有一份薪水不薄的安稳工作，平静地度过一生，就算不爱说话也没关系，他的安静也许反而会成为安定生活的可靠保证。最终的事实却与之相反。

苏郁和的功课始终很糟糕，苏义达的课业却始终很优秀，哪怕是在念幼儿园时，在家里调皮捣蛋的他在学校里居然能像个乖小孩一样认认真真地听老师的话。每个周末，苏文哲总能看到小红花榜单上他的那个第一名。苏郁和不知道为什么他能拿到那么多的小红花，他不明白的还有为什么吃掉加餐里的肥肉就能得到一朵小红花，他很讨厌吃肥肉，所以总是丢掉，老师就责怪他不懂得珍惜粮食，然后罚他背"粒粒皆辛苦，汗滴禾下土"，但他那时候往往只记得这两句，别的全背不出。苏义达在黄昏里奔跑着来到苏文哲的学校，大声说："苏郁和在办公室背'汗滴禾下土'，老师让爸爸过去一趟！"

每每这时，苏文哲总是很窘迫地从画室里出来，在全班几十个学生的目光中弓着背走出去，他不明白为什么苏义达在说出这一切的时候那么理直气壮，甚至可以说是气壮山河。这个只有五岁的孩子说起弟弟的糗事来总是很兴奋，但苏文哲又无法把苏义达眼里的那种目光、口中的那种语调和幸灾乐祸这样的词联系在一起。他只是一个孩子，苏文哲无数次这样对自己说。他更加困惑的还是自己曾觉得这个一定会是最难管的儿子在学校里却那么乖巧，而他自认为会很乖巧很认真的苏郁和却永远得到幼儿园老师口中那句评语："苏老师啊，您还是带着小和去康大夫的诊所看看吧，人家是这方面的专家。"最开始的时候他还会很不高兴地说："我儿子没有自闭症。"的确，很多时候他都觉得最应该去看心理医生的反而是苏义达，老师口中那个"懂事的小达"。

你怎么那么表里不一呢？苏义达记得这是苏文哲对他说过的最意味深长的话，那时候幼小的他只觉得这句话很奇怪。上小学之后他把"表里不一"这个成语的释义记得很清楚，他甚至用红色圆珠笔把它们在课本上描得非常显眼。但他每描一遍心里就越发难过，他不断对自己说："我是这样的，在他心里，我是这样的。"只是那时，他还不知道这种难过和小时候调皮时面对总是对他微笑的父亲时的那种难过是多么不同。他那时曾万分希望苏文哲能像寻常的爸爸那样给他一个耳刮子，或者像隔壁的李乔木的爸爸一样骂一句脏话，那样至少亲切。但是没有，他是苏文哲，即使在数年之后，他成了一个画品商人，开办了自己的颜料厂，拥有了自己的运输队，去往遥远的西部和西南部买来那些稀有的矿石，提炼出他认为最具成色的颜料时，在外貌上，在苏义达的眼里，他依旧是一个弓着背的男人，两鬓染上白霜，眼角的纹路刻得越发深邃，像有许多话憋在心里说不出，就变成了脸上的皱纹。

　　苏文哲最终还是决定带着苏郁和去康奈德的诊所。只是他始终无法把晨报上那张康奈德的照片和他当时二十七岁的年纪联系在一起，那张照片上的康奈德甚至可以用枯槁来形容，胡子很久没刮了，衣服毛毛的，虽然黑白的报纸上他看不出衣服的质地和颜色，但他感觉真实世界里的那件白衬衫一定已经像一帧老照片，有一道道黄渍。那是一张真正的大字报，粗黑的字体像街角那个捡垃圾的老刘浓密的腿毛，一根根地暴露在那张报纸上，搅扰得苏文哲不禁恼怒异常，但他早已学会了尽可能地把自己的情绪内敛，这一点他其实是从苏郁和那里学来的，或者说是从林郁那里学来的。林郁，他想到这个名字的时候心里还是会那样悸动一下，就像数年以前，在那个中原小城里，站在雨中的林郁，白色的裙子贴在她长长的腿上。因此他始终对康奈德有点儿同情，或者更多应该说是一种同病相怜。他们都曾被心中最重要的东西抛弃。

据说，康奈德新型的研究技术没有得到兴城医院的采用，甚至连本来欣赏他的院长也觉得他不可理喻，他却出乎意料地采取了无比"浪漫"的反抗方式，至少在当时是那么"浪漫"，他一纸诉状将兴城医院告到了市法院，认为这是他们对新技术的极度排斥，并且是对社会主义人才的极度浪费。毫无意外地，他遭到了批斗。但他还是拒不认罪，并表示兴城医院的部分领导顽固守旧的治疗方式让病人的病情恶化。不久，他就入了狱，罪名是什么，人们就不知道了，只知道关于康奈德的报道上了晨报一个很重要的版面。写文章的是时任市政府秘书的李乔木的爸爸——李守信，李乔木是苏义达的同学。

这真是一件奇妙的事情，就像不知道的人怎么也不会想到平时粗声大气、脏话连篇的李守信居然还会一本正经地把大道理扯得有模有样，让人不得不心悦诚服。想到这些的时候，苏文哲觉得自己再怎么说也是幸运的，他最多就是不能画人体。但他那几年也想明白了，不画就不画，他随时准备不再画画。

康奈德开办这家诊所是托了李守信的福，李守信如他所愿，不久后又写了一篇表彰，表彰落后分子康奈德改过自新的事迹，并义正词严地说他的名字只是为了纪念车祸死去的年轻妻子。李守信当然不会说，康奈德袖子里掖着钱走进了自己的家，那时候李守信正在狠狠地教训李乔木，苏义达站在一旁，大气也不敢出。

"你小子能耐了，才这么大就学会斗人了。"

"可你白天还说我做得对的嘛……"

"你还敢顶嘴，你再顶一次试试……"

康奈德就是那时候敲开了李守信家的门，当时苏义达正在李守信家玩，透过门缝看到康奈德把什么东西放在了茶几上。李乔木说那一定是什么药材，因为他爸爸就好这个，所以和医院的关系才会这么好，和那个爱人老生病的市长张天柱关系这么好，但苏义达一口咬定那就是钱，他们为此在李乔木的小屋里喋喋不休地小声争论着，争论还未完毕就听到李守信笑嘻嘻地把康奈德送出了门外，随后就听到李守信叫他老婆把什么收起来的声音，两个孩子在这样细微的声音里停止了争论。苏义达随即表示要回家，李守信自然很乐意，可苏义达突然又说："李叔叔，下次我作文写不好就来你这里让你教我好不好？我看李乔木的作文每次都写得不错，您文章写得那么好，一定能帮助我提高写作文的水平。"

李守信听得一愣一愣的，在苏义达关上门的瞬间他嘟囔了句："这孩子，跟他老子也太不一样了。"

康奈德诊所就在苏文哲家所在的那条街附近，这个地段应该是李守信给他搞定的，而他不仅帮康奈德搞定了这个，还让他名正言顺地把诊所弄成了兴城医院的下属单位，这样一来，做事就更方便了，所有的程序也会进行得无比顺利，在他退休的时候还能如愿以偿地拿到一笔不菲的退休金，真是一举多得。因此，当苏文哲看到康奈德的时候，他已然确定这就是一个三十二岁的中年男人。他的肚子有些大了，只是身上收拾得很整齐，头发油光油光的，连皮鞋也是锃亮锃亮的，他站起来的时候，苏文哲甚至确信鞋子上连一粒灰尘都没有落下。

康奈德很热情地接待了他们，他盯着苏郁和看了很久，说：

"如果我没记错的话,苏老师还有个孩子吧?"

苏文哲没想到他会叫自己苏老师,他笑了笑,说:"是啊,还有一个,这个是小家伙儿。"

"哦,那就对了嘛。"康奈德扶了扶眼镜,说,"那个孩子很不错啊。"

苏文哲突然有些无措,不知道该如何回答,只能一声声应和着,苏郁和只觉得父亲把自己的手握得生疼。

康奈德把苏郁和拉到自己的跟前,让他坐下,并让苏文哲先出去一下。苏文哲在诊所走廊里来回徘徊,这么大的店面,可见康奈德给了李守信不少钱,他突然再次想到了林郁。林郁,他记忆里的林郁,大眼睛、单眼皮的林郁,手指纤长的林郁,嗓音清亮的林郁,甚至她那个性情古怪的母亲陈绮蓝也突然蹿进了他的脑海里,他突然想到他第一次进林家的门,在堂屋看到的那帧老照片,林郁说那是她爸爸小时候的照片,那时候他们还住在沙漠边上。苏文哲突然心里一凛,沙漠,这是他无比敏感的一个词语。

他想着想着,苏郁和走了出来,头埋得深深的。"小和。"他突然这样叫起来,然后他意识到其实自己从来都是叫他的大名的,甚至有时候在外人面前他也是叫他"郁和",而不是像叫苏义达那样,轻轻松松地来一声"小达"。

苏郁和没有抬起头,再转眼,康奈德已经走了出来,他一脸无奈地笑了笑,说:"苏老师,小和没什么问题,就是注意力不集中。我开了些药,按照说明吃一个疗程就好。"

苏文哲僵硬地对他回了一个笑脸,然后就攥着苏郁和的手走出了诊所。一路上父子俩都很沉默。短短的兴盛路突然变得狭长了起来,苏郁和突然有些眩晕,他一个趔趄就跌了下去。苏文哲一凛,赶忙抓住了他的手,然后他看见儿子抬起了头,他的眼睛里蓄满了泪水,说了句:"爸爸。"在苏文哲的记忆里,这是苏郁和唯一一次这么叫他,在接下来的漫长岁月里他总是会忘记这个儿子曾经这样叫过自己,但当时他承认自己彻彻底底地被触动了。那一刻他想到的依然只有一个人——林郁。他终于明白自己为什么对这个孩子永远不能真正地狠下心来、真正地把他当作晚辈去对待,或者像对待苏义达那样,但是不能,永远也不可能。

"康奈德是个坏人。"他说这句话时,苏文哲愣了一下,但突然又笑了,这才是一个孩子应该说的话,不是吗?

但接下来苏郁和说:"妈……妈妈究竟去了哪里,她是不是没有死?"他的眼睛直勾勾地望着苏文哲。

"你妈妈的确死了,真的死了,她就是在驿城火葬场焚化的,那是我们的老家,当时很多人都去了。爸爸很伤心,那时候你们还那么小,你哥哥才一岁多,你还在吃奶。"他絮絮叨叨地说了一通,直到苏郁和突然打断他:"我知道妈妈没有死,她一定没有死。"

2

苏文哲最初的记忆是一面雪白雪白的墙。那时候他还在不南不北的中原小城里。儿童福利院每一次翻修都是从墙壁开始。他不知道自己是怎么到的那里，似乎在他有记忆之后，那双手就牵住了他。那时候他一如既往地穿着脏兮兮的衣服，但脏兮兮是别人认为的，他从来都不觉得自己的衣服是脏的。很久之后，当苏郁和穿着沾满颜料的衣服从画室走出来的时候，苏文哲从没有像寻常的父亲那样去责备他，苏郁和曾以为这只是父亲也是学画出身的缘故，但他不知道的是，实际上，在面对这件事的时候他的爸爸和他是那么一致。色彩怎么能叫作脏呢？林郁曾说这是苏文哲说过的唯一一句浪漫的话，那天，她站在暗沉沉的驿城护城河边，头发被大风撩起来了，苏文哲当时窘迫地站在那里，弓着的身体融化在夕阳里，他低着头让自己不要去想风把林郁的裙子撩起来会怎样，但越这样想他越心烦意乱。但他知道，如果不说，林郁可能真的要去当兵了，去遥远的西部，去他们的父辈曾经待过的沙漠。但林郁说起那里的时候都是那么灿烂地笑着，她的酒窝很深，以至于很久之后，苏文哲觉得每个姑娘都是有酒窝的，因为他从未意识到的一点是，林郁是他唯一真正仔细注视过的姑娘。

驿城儿童福利院唯一干净的恐怕就剩下墙壁了，但它们在苏文哲到来之后就遭遇了巨大的灾难。那时福利院的人唯一能记得的关于苏文哲的事迹就是那孩子的手指倒是真的很长，她们那时候还都是姑娘，却都因为各种原因去照顾这帮孩子，这帮孩子大多有残疾。苏文哲是最难管的，因为他是唯一一个身体健全的孩子，因此他也是最孤独的一个孩子。

苏文哲在六岁之前从来没有走出过儿童福利院，很多时候人们都能看到那个站在大门边的男孩，但他从来没有迈出去过一步，只是没有人知道他之所以不跑出去是因为找不到出去的理由。正如画画一样，他之所以喜欢它，也是因为这是他所遇见的唯一不需要解释的事，色彩没有定理，光影也没有定理，感觉更没有定理。他不需要解释，画出来就可以。他曾经以为自己真的可以依靠这种不需要解释的姿态活下去，但事与愿违，每当他为此烦闷的时候，总是会想到儿童福利院那条长长的走廊。他的手在那里挥舞着，一遍又一遍，但没有一个人走出来，甚至连他想象中的鬼怪也没有走出来，一切都是沉寂的，一切都是静止的，只有他一个人。

福利院的阿姨们只知道他醒得最早，但她们不知道，整个夜晚，他的眼睛都是睁开的。也有阿姨起夜的时候看见苏文哲从床上下来，走到走廊深处，但她们只是说："苏文哲，你不睡觉在这干吗呢？"

他很早就习惯去做最后一个小朋友。阿姨们说："这里只有你一个健康的，所以要照顾别人。"所以，摆桌椅的是他，收拾碗筷的是他，但他永远没有小红花，很久之后，当他看到苏义达得到的小红花时，他并不知道其实自己的困惑中还带有那么一丝丝的嫉妒，他更不知道，其实自己对苏郁和莫名其妙的关注，依旧是出于一种同病相怜。

阿姨们总会时不时地对他提起他们刚出生时的事情。"那时候是阿姨们东躲西藏才把你们都给安全带到解放区的呀！"她们每次这样说的时候，苏文哲就是一副虔诚的样子，她们看到他那样的目光时，也总是满面红光，眼神里透着无限的希望，仿佛她们一直没有结婚都是值得的，这一刻这些已经不再年轻的阿姨会忘记她们因为战争而不能生育的事实，她们记得的只是自己的事业，把这些孩子带出来。

但她们并不知道自己这一管就是这么些年。苏文哲上中学之后曾经逃课去过那里，那时候照顾他的几位阿姨依然在那里，儿童福利院不断地迎接新来的孩子，有的是一大早就被放到门口的，有的是直接被丢到医院的，但福利院并没有因此获得更多的救助，社会上募集的资金更是有限，当时那个情况，哪里有那么多钱去给一个福利院呢？很多时候，教育部门来检查，这些已经老去的阿姨就热切地想要把这些孩子的实力展现出来，她们拼命地想要告诉每一个人，他们和所有正常的孩子一样，他们拥有很强的本领，他们甚至可以跳舞，他们的歌声比驿城幼儿园的孩子还要洪亮。这一切让她们看不到那些赞扬背后的敷衍，这些从小就残疾的孩子，这个收留了这座小城几乎所有被遗弃儿童的地方，连送都很难送出去的孩子，每年需要大笔医疗费维持生存的孩子，能走出来怎样的一条路。但这些热切的女人，这些早已不再年轻的女人，在做这一切的时候仿佛再次回到自己的革命时代，那时候她们那么年轻，那么光鲜，枪林弹雨似乎是给她们展现绝美舞技的机会。苏文哲一直都邪恶地希望能从她们的目光中看到厌倦，甚至是哀怨，但是没有。但那次他回去的时候，他看到了阿姨们愣愣的表情，她们站在那里，站在不能奔跑甚至有些不能快乐地笑的孩子中间，用一种无法被孩子们理解的忧郁注视着他们，像是给他们从一开始就惆怅的成长写下了注脚。

在那一刻，苏文哲第一次知道，被碾碎的感觉是什么样的。十四岁的他站在人影背后，站在白墙背后，站在光影背后，看到了他曾经在孤独中希望看到的表情，但他突然感到一阵出乎意料的难过，那时候他不知道，他之所以难过，是因为看到了她们被碾碎的青春，看到了她们再也不能回头的热情。

长胡子男人是在一个酷热难耐的午后来的，福利院的孩子们幸运地吃到了冰镇西瓜，但那天苏文哲没有吃，他第一次想要真正地睡一觉，阿姨们没有注意到他，她们忙着招呼孩子们。那天突然来了许多慈善人士，有些据说还是什么医科专家，很多奶奶级人物也来了，他们都想要领养孩子。几个聋哑儿童迅速找到了家，阿姨们热忱地为每一个人拼命介绍着，这个孩子很乖，这个孩子喜欢看书，能背很长的唐诗呢。但没有人意识到苏文哲的存在，这个唯一健康的小孩，被善良的阿姨们轻易地隔离在这个也许能改变他一生的盛会之外，他迷迷糊糊地陷在自己的梦里。苏文哲的梦总是很多很多，但童年的梦只有这一个他还能记得。

他记得那最初是一片绿色的丛林，他感到自己站在里面，周围没有一个人，但大火很快就燃起来了。他在那里看到了人影，有着窈窕的身姿，他甚至能看到她在火光中那带点儿翠绿的瞳孔，他一点儿也不害怕，只是觉得，终于有人来了，他不再是一个人，夜晚笃笃的脚步里不是只有他一个人在奔跑了。只是他的欣喜很短暂，因为一只大手很快就把他带到现实里来了。

长胡子男人是不是跟着慈善人士一起来的，已经没有人知道了。人们只是叫他苏先生，传说他此前一直在西部，在那里做过赤脚医生，还做过乡村小学的语文教员，新中国成立后就跑到中部来了。人们能记得他的，只是那双有时候看起来墨绿的瞳孔，只是那绿色淡淡的,更多时候呈一种茶色,像他已经有了曲折刻痕的额头一样的颜色。他喜欢把苏文哲抱起来,胡碴一点点扎着他稚嫩的脸。很多时候他都觉得这个突然到来的父亲是想要用长胡子遮住什么,很久之后他看见了横亘在胡子下面的巨大伤疤,布满了男人的下颌,像一条嵌在岁月里的隐秘的轮廓。

他很轻易地就叫他爸爸,像福利院每个吃不饱饭的孩子一样。儿童福利院的阿姨们几乎是在无知无觉中就送走了苏文哲,这个穿着长衫的苏先生带着这个六岁的孩子很快就消失在了路口。苏文哲那时候依旧是迷迷糊糊的,他临走的时候突然很难过,黑乎乎的小手满是汗珠,它们淋漓地滴落在长胡子男人宽阔的手掌上。这个长胡子男人不禁一阵酸楚,唯一值得安慰的是,在这座承载了他所有童年记忆的小城,在这座他阔别十多年的小城,终于有个孩子和他是一起的了。

在那条去往新家的路上,苏文哲觉得那条路一点儿都不漫长了。他怯懦地跟在男人的左边,时时有凉风吹过,他不禁缩了缩脖子。一路上他们都没有说话,他的手被男人半攥着,挣脱不掉,但也无从挣扎。那时候的建筑还很低矮,这座城市从来都不是什么中心,即便很久之后也不是。他唯一能记得的属于这座城市的声音就是夜晚从护城河畔传来的钟声。那时候,南海禅寺还是个很小很小的院落,稀稀拉拉地留驻了新中国成立前就在那里的几个僧侣,在驿城人的记忆里,他们每个人一开始就长着一大把白胡子,只是没有人像猜测苏先生那样去猜测过他们,这些隐匿在城市角落的僧人传达着属于这座小城唯一值得铭记的声音,而自己的历史却浅淡到几乎不曾来过这个世界一样。记忆往往是有旋涡的，人们也只是在旋涡的某个地方开始自己的回忆，所以苏文哲从来没有思考过自己的亲生父母是谁，他生命的谜团也只是从养父开始，而这个养父，在一开始就被他轻易地接纳了。

  他为小男孩取名苏文哲，让他去了驿城最好的小学读书，苏文哲课业始终中等，他也没过多地要求什么。苏文哲一直都是没什么人注意的角色，这种状况一直持续到十八岁。驿城一小坐落在城市的边缘，旁边就是驿城一中。男人说，这个位置好，从小学到中学都不用多走路了。他说这句话的时候语气深沉，像是早就疲累了，眼睛也倦了，半睁半闭。但苏文哲觉得，这个突然出现的父亲从来没有停止过对过往岁月的缅怀。十张稀疏的旧照片，记载着苏家曾经在西部的生活，仿佛一屋子的夕阳。这座房子是很久之前苏家留下来的，后院是一个小菜园，种着这不南不北的地方最常见的菜色，但很快它们就被洗劫一空，一群语气强硬的人撞开了他们的家门，这个菜园连同苏先生被诟病的历史被写成一页页过分清晰的文字，像很久之后写康奈德的那页大字报一样。

  很久之后，当苏文哲知道写康奈德大字报的人是李守信时，他第一次觉得，在这个每个人几乎都能找到千丝万缕联系的小城里，真的有命运这回事。

  关于苏先生的文章在这座小城掀起了很大的风波，一时间，人人都开始被寻祖问宗。连当时只有六岁的李守信也学会了用出身来当作自己的资本，大多数人对此充耳不闻，但苏文哲不能。一年级四班的教室里，他和这个男孩子坐得最近。《驿城日报》永远被李守信拿来做垫桌布，他把报纸折了两折就把苏文哲的座位快要占满了。遍布高干子弟的驿城一小总是人满为患，但李守信占的这点儿座位还远远不会让一个孩子生气。但那天李守信偏偏把报纸摊开了，而那张报纸的头条，写的就是苏莫遮模棱两可的历史。

苏文哲对于父亲仅限的猜测就是根据那篇文章。那是一篇猜测得理直气壮的文章，一个曾在中原度过童年的男孩，跟随传教的父亲一路跋涉，在沙漠边缘成长为说书人，来往于西部与东部的荒蛮地带，拥有一支小的骆驼队，总是护送形迹可疑的人和药品以及和来历不明的女子建立说不清道不明的关系……现在他又回到中原，背负着怎样的间谍使命。那篇文章写得像一篇小说，但苏文哲真的对它入了迷。苏莫遮差不多从那时起，在许多个夜晚见到迟迟没有睡去的儿子观看那一帧帧老照片，那一刻他觉得这个孩子从一开始就没有了童年，他在他的生命里，很快就长大成人了，这让他很难过，因为他们居然这么快就平等了。

苏文哲是鼻青脸肿地从学校走回家的，在李守信那张极具挑衅性的报纸面前，他公开地为自己的养父辩解，不，是父亲，那一刻他知道自己只有这一个亲人，也只能有这一个亲人，维护他是他的责任，虽然责任这种东西不应该出现在一个七岁孩子的字典里，但对于苏文哲而言，这种维护是唯一对抗孤独的方式，尽管那时候他还不明白自己如此全力地维护父亲，实际上就是因为这个。

透过浅淡到几乎不存在的月光，苏文哲看见父亲正在家里洗洗涮涮，每次从那个小屋回家之后他总要这样。苏文哲就自己回家，在那条当时还没有路灯的巷子里一直往里走，他总会在那里听到父亲的声音，这段时间，他甚至不止一次细细地刮胡子，衣服总是洗得很干净，但都很旧了，像那些照片的底色。从侧面看去，他的颧骨还像过去那么高，但是整个下颌的疮疤已然说明病症、流离带给他的沉甸甸的历史，它们早就已经沉淀成他生命的底色。

煤油灯把苏文哲的鼻子熏得黑黑的，眼睛也是酸痛的，清冷的二人居室却从来没有真正地安歇过。苏文哲差不多从那时起就明白了地位这东西。就如同每个人都可以轻易地嘲讽他，尽管是背地里，但鲜有人去嘲讽李守信，不仅仅因为他那个父亲，更因为他这个人，这个官气十足的孩子从一开始就学会了如何树立自己的威严，但对于他来说这多半是无意识的一种举动。

苏文哲差不多从那时起就被驿城一小的孩子们自动屏蔽了，孩子们仿佛早就策划好了，将这个福利院来的小孩阻隔在他们的世界之外。但每次他没有交作业，或者考试没有及格，依然会有孩子通知他，替他向老师转达，但绝对没有人——绝对没有人再去和他说一句别的话，哪怕是体育课上的接力赛，也没有人愿意站到苏文哲这一组。但后来就有人愿意了，因为林郁来了。

3

林郁家住在驿城最长也最宽阔的一条街上，那条街的名字很大众，几乎每座城市都有。它叫文化路，但驿城的文化路绝对是整座城市最乱最脏的一条街。苏文哲记得自己第一次去林郁家的时候，满街的腥臭味和一声高过一声的粗口几乎要把他整个人给打翻了，他还没走到她家，就恶狠狠地吐了一地，林郁的母亲陈绮蓝不以为然地嗑着瓜子，两片嘴唇不知道从什么时候起居然这么薄了，也不知从什么时候起，她的生命就被这样削薄了。

　　文化路上的人都是城里的老住户，每个人都似乎是和这座小城一起生长起来的。他们固执地在文化路上进行着各种营生，甚至有些看起来整日和陈绮蓝一样嗑瓜子的女人其实也是很忙碌的，那些穿着艳丽的暗娼很多都是来自她们的门下，她们白天穿梭于各种不同的小麻将馆，这些麻将馆很低调地让这座城市的头头儿和百姓们睁一只眼闭一只眼，而它们的存在也让这些女人有了创收的良好场所，她们用这些钱贴补男人在外的空缺，而且没有一次失手过。整条街因为生活状态的不同而被硬生生地撕成了两半，一半在林郁家东头，一半在林郁家西头。而林郁的家就坐落在东西两头正中间那座狭小潮湿的庭院里，那里总是淤积着文化路最多的雨水，满是冷冰冰的腐烂的味道，林郁记得林啸印的床板差不多从那时起就生起了霉斑，它们自由自在地在床板四周长成了一片茂密的霉斑林，将这个男人的血肉一点点吃进了自己的身体里，而它们最终在一场厮杀之后，渐渐地长成了一个整体。

　　林郁对于这个院落的最初记忆来源于一只硕大无比的老鼠，它就躺在一片水洼的表面，随着水流的波动一遍遍回旋着，眼睛乌溜溜地望着她，摆出了一个绝望无比的表情，当然绝望无比是林郁强加给它的情怀，但林郁觉得它当时一定难过极了。然后她就用一只戴了手套的手提起了它的尾巴，把它放在了一棵这里随处可见的榆树下，几片榆钱从树上轻轻地飘落下来，铺在了胖老鼠的头顶上。它的生命只延续到了黄昏。

　　黄昏对于陈绮蓝而言像一次又一次的轮回。她被苏嘉善捡到的时候是黄昏，她被陈越影收养是在黄昏，她嫁给林啸印是在黄昏，她生下林郁是在黄昏。

　　而她第一次到虹城，见到漫天的黄红色铺天盖地将她紧紧地拥抱。那时候她是清瘦的，颧骨高高耸起在脸颊两边，深陷的大眼睛把林啸印吓了一大跳。那是她第一次见到陈越影，她指着一间矮小得几乎要陷入沙尘之中的白色小屋对她说："那就是我们的家。"

　　她说的是"我们"，那天她终于有了一个出处，有了一个名字——陈绮蓝，她在沙地上跟着陈越影的动作一笔一画地写下了那三个字，它们像刹那间就奔跑起来，扬起了她目之所及的所有黄色。她再一抬眼，远处的绿洲若隐若现，但陈越影对她说，那叫海市蜃楼。而她也在那样类似的对话中渐渐养成了对生活充满希望又很快碾碎它的习惯。

　　在那个黄昏，六岁的林郁从一场睡梦中惊醒。墙壁的另一面传来战栗中灼烧的声音，它们伴随着一阵黑色的焦糊味让她条件反射似的站了起来。空荡荡的地板上立刻跳跃起她钝重的脚步声，她的脚步只会在焦虑中这样连贯，堂屋里随意被陈绮蓝压在瓜子盒下面的全家福似乎也跟着喘息起来。那时候林郁还被陈越影抱着，脸上堆满了肉褶，人们都说，那年月，还真没见过这么胖的小姑娘。

　　但她的脚步在灶台边就停下了，在一声粗重的鼻息后，她大声叫了起来。陈绮蓝在成功地把一包瓜子嗑完之后终于把胖老鼠扔进了炉火之中，燃烧的柴火里，胖老鼠的嘶哑隐隐传来，一阵阵的煳味让林郁不禁打了个喷嚏，但那个喷嚏还来不及好好地释放，她就流出了眼泪。她黑乎乎的手在脸上胡乱揉起来，她拼命让自己不要哭，但生产线一样流淌的泪水还是模糊了她整张脸，而陈绮蓝只是自顾自地准备着这天的晚饭，面汤锅里依旧冒着刺鼻的煳味，它们并没有因为一只老鼠的牺牲而变成一锅可口的汤。

林郁只觉得那晚的饭无法下咽，陈绮蓝看着她和着脏脏的泪水快要把饭吞下去，不禁嫌恶起来，狠狠拍了下她的脊背，迅速用一块新的抹布擦掉了她吐出来的和着泪水的饭以及快要涌出的鼻涕。

"永远都不能做一个脏的小孩。"陈绮蓝说这句话的时候，林郁突然一点儿都不恨她了。她承认她刚才在流泪的时候已经在心底策划了四五种杀死陈绮蓝的方案，甚至有两种她还想到了结局，大不了她就像对门的康老师一样站在对她而言高高的台子上大声辱骂自己。但现在，在陈绮蓝说了这句话之后她真的一点儿也不恨她了，仿佛她刚才的作为，仿佛她杀死的那只无辜的老鼠只是为了让她成为一个干净的小孩而自愿做出的牺牲。

林郁很难去痛恨一个人，即使是十多年之后她发现了母亲的秘密，她依然很难对她痛恨起来，甚至连一点儿的嫌恶也没有，她只是觉得自己的希望被粉碎了一半，自己的家庭被粉碎了一半，自己对于陈越影一丁点儿的记忆被粉碎了一半，因为一想到那一丁点儿的记忆，她就无法让它们和现在连成一体，无法让它们和母亲与她生活的岁月连在一起，因为她一旦承认她之前和之后的成长是连在一起的，就等于承认了母亲的罪恶。她无论如何也做不到。

老鼠风波之后的年月，林郁和陈绮蓝的交流始终很少，相比这个单眼皮但眼睛和自己一样大的女儿，陈绮蓝宁愿一个人跑到林啸印的房间絮絮叨叨。其实她也不知道她那些话究竟是不是要说给林啸印听的，她只知道，在说那些话的时候，在发泄那些埋怨和嫉恨时，她希望这个男人听到她的每句话、每种语气，甚至是每次的间歇，她希望他能听到并且听懂，听懂她的心。

林啸印的哮喘在常年的奔波中越来越严重，陈越影在的时候就已经很严重了，而她死后，他的病情就更严重了，在一次他和陈绮蓝的争执中，气血淤积，他终于中风倒下。文化路是医生都不愿意亲临的地方。那天，陈绮蓝穿着孝服，一家一家地去敲门，但没有人愿意出来帮忙把林啸印拉到医院去，陈绮蓝那天把林郁一个人锁在家里，在对于死去的老鼠的恐惧中，林郁度过了那个漫长的下午。她依稀记得，陈越影告诉过她，夜里跑到被子里的小飞虫是不能捏死的，即使是无意间压死了它们，它们的亲属也会很快地跑过来惩罚压死它们的人。可是老鼠是陈绮蓝弄死的啊，她想着。但她依然感到如此恐惧。她的恐惧让那个下午变得绵长。文化路喧闹的人声不能排解她的恐惧，甚至不能分散她希冀能分散的一点儿注意力。很久之后林郁也不能明白，为什么在那些真的必须集中注意力的时候她往往不能集中，而对于那些需要搁浅甚至遗忘的段落，她的记忆却清晰如昨，并且在这一切发生的时候她总是痛苦得不能分散她的注意力。

比如面临那场葬礼的时候。

棺木里躺着的是她的奶奶。无论是她在沙漠边缘的浅淡记忆里，还是在驿城的岁月，他们一家以及周围的人总是把陈绮蓝看作童养媳，当作贴补家用的工具。林郁记得，奶奶去世后，连母亲自己都开始把自己当作那样的身份。但她这样认为之后并没有让自己变得不快甚至哀怨起来，她总是看起来精神抖擞，甚至很有风采，她的仇恨终于有了合理的出口，她终于可以理所应当地去仇恨她的养母，因为是她让她成了一个童养媳，而在人们普遍的认知范围里，这样一种身份对于一个女孩是最为沉重的压迫，她背负着多么沉重的负担才摇摇晃晃成了今天这个样子，她有理由去仇恨那个女人，甚至是必须仇恨。

　　陈越影的葬礼是在她们离开沙漠之前举办的，葬礼的地点就在落阳。落阳差不多从那时起就只能看得到黄昏了，太阳总是死乞白赖地待在天空的西边，迟迟不升起，也迟迟不落下。

　　林郁已经不记得那场葬礼上来的都是些什么人，她只记得他们都很陌生，只是在无数个陌生的身影中，她忘记了和自己有深重关系的陈虹影，忘记了她发疯了般把脸埋在黄沙中的样子，继而抬起满含泪水的双眼。林郁当然也不知道，那样的一张脸，多么像自己为一只死老鼠哭泣的样子。而陈绮蓝同样也忘记了拉着一车树种的曹涌渐和在车上睡着的塔玛。她却深刻地记得站在他们身后不知所措的曹家男人们，他们面目一致，尽管年纪有大有小，但神色都很惊慌，只是他们的惊慌很沉默，一种被压抑的沉默，她能感觉到他们其实想说点儿什么。

　　很久之后对于那场葬礼的记忆变得越发完整后，她觉得他们也许是想问奶奶为什么没有被火化，而是被装上了架子车，他们一行人为什么非要围着整条河撒着被说成是骨灰的东西。但林郁转念又觉得他们是不可能这样想的，因为当时知道那个箱子里装着什么的，也许只有陈绮蓝——她的母亲，而林郁自己也是在那个秘密在这个家庭公开之后才觉察出当时的一些端倪。

但她记得的当然不只有这些，她知道自己还记得一个小男孩，但那人在她的记忆里只剩下一个模糊的轮廓，那个轮廓和她应该是一般大，甚至比她还要小一点儿，那人的睫毛那么长，她忍不住想要揪一揪，似乎每个孩子都有那么一丁点儿的好奇，这让他们面对许多新的尝试的时候，总是无所畏惧，只有探索的勇气，但他们往往感受不到自己的勇气，只觉得自己想要去尝试，并且必须去尝试。

陈绮蓝的敲门声把她从对于死老鼠的恐惧中拉到那扇每次刮大风都要晃荡一下的门上。陈绮蓝的脸是板着的，在林郁的视线里，那双眼角甚至也被拉长了，它们细密地望着她，一瞬间她觉得母亲的睫毛和记忆中那个小男孩的睫毛重合了，她像突然被击中了，愣了一下。陈绮蓝把她抱到堂屋的小板凳上，又开始嗑瓜子，她扔瓜子皮的技术越来越娴熟了，那些仿若逃亡一样的瓜子皮瞬间就跃入了门边的垃圾斗，林郁只是静静地看着这场自由落体运动，不知道自己的双手在这种情况下放在哪里才合适。

陈绮蓝突然就发话了。"明天你就去驿城一小。"她看着左手心剩下的最后一粒瓜子说道，"你爸爸快不行了，一会儿你帮我把他抬到里屋里去。"

驿城一小究竟是个什么单位，林郁一点儿也不清楚，但在她的感觉里,似乎在每个沙漠以外的城市里,无论大与小,那些一小、一中之类的总是自己所在的领域中最强的,那里培养出的孩子的成绩也是一如既往地优秀,但她也因此不明白,为什么同样是在那里,而她自己始终那么差劲。她为此做出过很多努力,只是陈绮蓝不知道,在那无数个夜晚里,她以为女儿的用功是想要去争夺那个第一名,争夺她教导中的那个名列前茅,她始终不知道的是,林郁那么努力只是想要成为一个不被关注的孩子,并且不要差得被人关注。

4

苏文哲记得林郁来到他们班时正好是在一节美术课上,那是那天最后一节课,大家都开始急躁地想着晚饭,他却异常地精神,美术课是他那时唯一能感受到自己价值的时刻。

男孩子和女孩子的位置当然是早就编排好的,一边全是男生,一边全是女生。而李守信那天正好缺席了最后一节课。"他跟着他老子吃酒席去喽!"苏文哲记得班上的汪小二大声叫嚣这句话的时候,每个人脸上都是一副羡慕的神色。低头看着自己被冻得皲裂的双脚,他不禁有些难过。他知道自己是班里唯一一个不穿鞋的孩子,驿城一小的学生大部分家世都不错,但苏文哲除外。因此他看见林郁的时候,几乎是充满期待的。但林郁的衣着显然让他失望了，而她又是那么好看的一个小姑娘。

怎么能那么好看呢，而且那么高？高个儿在那个时候对孩子而言似乎是一种优势，就像那个总是捉弄低年级孩子的混混儿从不去捉弄李守信一样，苏文哲一开始还以为他不去招惹李守信是因为他爸爸，结果发现那只不过是因为李守信的身高。尽管对于那个十三岁了还在上三年级的混混儿而言，李守信的个子还远没有自己高，但他的身高已经让混混儿觉得自己不能完全战胜他。在得知这一切的时候，苏文哲惊讶地发现，原来这个总是雄赳赳气昂昂的家伙居然还有这么怯懦的时候，李守信不过就是个比他矮一点儿的低年级小孩子嘛，这样居然就能够让他退缩了。苏文哲觉得，如果他是那个混混儿，他绝对不会这样，一定会把李守信恶狠狠地甩到墙角，并且在文化路上把他狠狠地揍一顿。

他只勾画到这里了，因为林郁已经把书包放在了他身旁的空座位上。

汪小二立刻又来了精神："那是李守信的位置！"孩子们立刻又跟着起哄起来："吼吼吼，苏文哲和女生坐一块儿啦……"

在全班同学的叫嚷中，苏文哲只是用小刀使劲地想要抹掉那条被李守信狠狠划过又用墨水涂黑的"三八线"，但大家看到他这样越发兴奋。每个人都放下了手中的笔，汪小二一时激动还把自己的墨水瓶给打翻了，溅了一脸一脖子的墨水，大家笑得更欢了。但苏文哲还是使劲地划着那道刻痕，一不小心把右手食指划了一道大口子。林郁涨得通红的脸变得更红了，但她还是迅速撕下了一块刚发给她的宣纸，重重地按在了苏文哲的食指上。

"不要划了，我坐后面。"

当时坐在最后一排的只有老是流口水的康思懿，这个面目清秀的孩子在不流口水的时候总能惹来所有女老师的怜爱，可是再漂亮的小孩一旦变得邋遢，在他人心中的好印象也会大打折扣。

苏文哲满手木屑，食指不安分地裹在一块不大不小的宣纸里，白胡子美术老师自然不知道下面发生了什么，据说他的耳朵在打日本鬼子的时候就给震聋了，他是从死人堆里爬出来的，自那之后他就再也没生过什么病，但他的耳朵再也听不见了，他似乎一点儿也不担心这个，自顾自地在讲台上讲着，不时还抿着嘴笑笑，拿着粉笔在黑板上画出一道道千变万化的线条。驿城一小的校名就是他写的，据说他最初是在私塾里教书，那时候他的学堂在驿城一些旧文人间很出名，有些人甚至不让孩子去新式小学，而专门交给他，跟着他学习。苏文哲一直都觉得，苏莫遮和白胡子老师是一样的，只是现在人们都叫他白胡子康老师，而不是康先生了。

林郁对康思懿最深的印象就是他把橡皮切成了米粒一般大小的方块，放在塑料直尺上，再把尺子放在他爷爷——康老师给他做的木头铅笔盒上，一弹就能直直地射中前面那个同学，然后他就咯咯地笑，边笑还边对林郁比画着。班里的女孩子差不多从那时起就不愿意和林郁一起丢沙包了。只有一次，她尝试去找她们丢沙包，为此还在前一夜歪歪扭扭缝了一个丑陋的沙包，女孩子们有些不耐烦但还是接纳了她，只是林郁记得，那天她突然就发现原来每个女生都有一个沙包，她们像冬天丢雪球一样把沙包狠狠地砸在了她身上，一个、两个、三个……最后是三十个、四十个，甚至男生也加入了，他们怎么会有沙包呢？但林郁来不及想这些了，这些对于她而言如同子弹一样的小东西在她身体的每个部位都重重地跳起了舞,她感觉自己流出了眼泪,但她什么话都说不出,她在操场上奔跑起来,但很快他们就追了上去。渐渐地,女孩子不追了,男孩子高声笑起来,他们一起把矮小的单杠推倒,绊倒了这个比他们还高一点儿的女孩子。

汪小二还没来得及笑就被一个男生扇了一记耳光,林郁被这个男生拉起来,她这才看到康思懿居然那么高,但正当她要说些什么的时候,康思懿的口水又不争气地流了出来,林郁嫌恶得扭过了头,跑进了空旷的教室。

但她跑过去之后才发现教室并不是空旷的,苏文哲正在画美术课上没有完成的一幅画,画上是个女孩子,头很大,眼睛也很大。林郁凑过去:"怎么能有长得那么奇怪的人呢?"苏文哲没有抬头,只是冷冷地说:"这叫漫画,你们女孩子懂啥?"

可他说完之后就后悔了,因为他发现站在她身边的就是林郁。他马上就结巴了:"其实……其实……这是你呀!"

康思懿最后还是被送到了儿童医院,老师之间关于他的病症众说纷纭,有人说他本来就有智力障碍,但大多人对此都很怀疑,因为这么清秀的小男孩无论如何也不能让人把他和一个看起来笨笨的智力障碍儿童联系在一起。也有人说这绝对是遗传病,但遗传自谁呢?康老师一家在驿城生活了数代,几乎没有离开过,除了康思懿的爸爸和叔叔在1945年日本投降前被抓到了北海道,至今下落不明。而他母亲在生他的时候就死了,临生产前一小时,她还紧紧地抓着丈夫的手。他们应该也没什么遗传病吧?但关于这件事的揣测也就是这样而已,因为李守信的爸爸被抓起来了。

知道这件事的时候苏文哲已经升二年级了,他们班的班牌也换成了"二年级四班",班里陆陆续续又来了几个新同学,林郁旁边一下子就坐满了人。一年一度的校运动会就是在苏文哲上二年级的第四个周末举办的。那日天阴沉沉的,苏文哲他们班被莫名其妙地安排到最后一个出场。阴冷的天空打了几个闷雷还是没有把雨点痛快地砸下,直到二年四班出列的时候,天空才算有点儿眉目地向大地吐了几丝冰冷的雨,有一滴就砸进了苏文哲的衣领里,他打了个很响的喷嚏,但那个喷嚏用力过猛,他一下子想要尿尿。苏文哲窘迫地看了看周围,没有人看到他,只有林郁东张西望的,不知在想些什么。他什么也没想,拉起林郁的手就向学校后门边的厕所跑去。苏文哲后来觉得,那似乎就是自己童年时代最勇敢的一件事了吧。但林郁告诉他,那是她最为羞耻的一件往事,而且那时候她比苏文哲高那么多。"你知道吗,我觉得别人只看到了我。他们绝对只看到那个扎着三条辫子的女生仓皇地跑向了男厕所。"

驿城一小的女生厕所和男生厕所间隔很远,据说这里最开始就是个私塾。南海禅寺最初就在这里,男厕所这一边是男孩子读书的地方,女厕所那一边是女孩子识字的地方,南海禅寺就在那个院子里。那时候的住持很喜欢花草,在不大的院子里种满了香气四溢的花朵,每到开花时节,整个院子的小孩都不想读书了。那些花草最终让寺庙挪了地方,一方面是因为明乘法师募集到了资金,另一方面也是因为私塾先生说,读书的地方要清净,这里只净不清也是不行的。而那些花草终于在不久之后被生硬地割除了,像一下子割除了这些孩子的童年。

林郁记得那天自己在心里骂了苏文哲将近两百遍，但具体骂的是什么，她已经完全不记得了。那天的雨水让整个学校都染上了土腥味，她的视线被大雨淋得湿淋淋的，一切都模糊起来。她心里一阵嫌恶，仿佛又走在文化路肮脏的小巷子里，漫天的麻将声和厮打声以及陈绮蓝的嗑瓜子声，硬生生地把她刚刚抬头远眺的一点儿舒畅打压得无影无踪。

最终，在外面锣鼓喧天的口号声、跑步声、嬉闹声中，他们被罚站墙角一下午。屋檐的雨水沿着古旧的校舍一点点滴下来，砸在林郁的青色布裤子上，教室里的泥巴地在雨中变得很黏稠。苏文哲顿时感到双脚寒冷起来，接着全身也不禁哆嗦起来，大声地打了三个喷嚏。等他再转过头的时候，林郁已经把鞋子脱掉了一只，放在了苏文哲的脚边。

"你比我小吧？"在没有人的时候，林郁总是出奇地自在，她抖抖肩膀上的几滴刚落下的雨水。

这次轮到苏文哲的脸涨红了，因为关于身高的崇拜让他觉得林郁应该比自己小，那时候发生的事情在很久之后仍让他有些摸不着头脑。比如，他其实离汪小二的妹妹汪小甜最近，为什么他最终却一把将林郁拽走了呢？假如是十年之后，人们一定会很舒服地跷起二郎腿说，那是因为林郁是个不折不扣的破鞋。

但苏文哲记得，实际上也就是在她成为破鞋之后，那个依然停滞在他童年阶段的林郁就消失了。但现在林郁只是在没人的时候才敢跟苏文哲说上几句话，而且不是因为想对他说话，是因为除了他，她是真的不知道还能对谁说。

"我生于1945年农历五月初五。"她用手比画着。

但苏文哲满脑子都是晚饭,天色渐渐暗了下去,广播里已经说起了自然灾害的治理情况,形势一片大好的样子。苏文哲感到更饿了。黄昏在暗沉沉的雨里不见了,这一天他连太阳的影子都没有看到。雨渐渐停了下来,不远处炼钢的烟囱再次冒出了浓浓黑烟,他总觉得炼钢厂里的工人绝对能被熏死,他前几天悄悄去文化路就差点儿被熏死,他不知道林郁怎么能在那个地方住那么久。在林郁重复了三遍之后,他终于听清了那句话。他一下子激动起来。

"我们一样。"他说,"我们是一样的。"

5

林啸印床板上的霉斑在大雨之后变得更肆虐起来,他总是担心自己真的就这样不堪地死去了。林啸印是这样计算时间的,林郁起床上学是早上六点,出门是六点半,她会对他说一声:"我走了,爸。"这个女孩从一开始就学会了不说叠词。而实际上,对于他而言,只需要知道一天的开始就足够了,因为剩下的大把大把的白日里,他只需要去解决必须的生理需要。自从来到文化路,他的房间就和这条街道一样在腐烂,很多时候,那些跳跃的霉斑就如同一种纪念,它们以勃勃生机增加了他生命的重量,最终让这个早就没有生机的躯壳彻底地睡去,他记得最清楚的就是去驿城火葬场的路线。林啸印最理想的死亡状态是绝对的预知，他唯一希望的就是能清楚地看到自己被拖进焚尸炉，经过焚烧，化为一盒灰尘一样的粉末。变成白骨也好，至少让他知道自己正在走进坟墓。就算没有人送他最后一程也没有关系，只要他觉得自己就要死去的时候能走到那个最后的安息地就可以了。到时候会有工作人员看着他咽气，他知道自己活得太久了，他这样一个人根本就不应该有什么欲望。可这是他的心愿，但他不会告诉任何人。他习惯了去做一个活死人，陈绮蓝随意地骂他也可以，只要闭上眼睛，他还是愿意相信，自己只是在一个空白的世界里。

　　但他不可能一整天都处于这种清静中，喂饭的任务在两年前就被陈绮蓝交给林郁了。陈绮蓝这几年的正职一直在鞋厂，她扬起的眉毛和高高吊起的眼角成了她的武器，林啸印不知道她怎么能这么快就学会了搓麻将，并且隔着半条街，床榻上的他似乎都能听见她夹杂着粗话的吆喝。但她从来不会玩一夜，夜晚林啸印也不知道她在干什么，她把自己锁在房间里咿咿呀呀，和着门前小孩子的弹珠声，像一场奇妙的配乐。许多次，在低声的胡言乱语之后陈绮蓝就会走到他这里来。她知道他没有睡着，林啸印在很久之前就开始失眠了，只是他动弹不得，除了永久的沉默，他不知道究竟还能以什么样的方式证明自己的存在，因此他只能让自己的声音混进万物的声音之中。

　　每天晚自习下课后，林郁绿色的斜肩书包从那时候起就总有一股煤油的味道，陈绮蓝从她上学起就没有接过她。文化路那些年是非不断。先是开麻将馆的赵莉莉去最深的巷子里捉奸，却被丈夫徐牧反手给了一记耳光，赵莉莉当然不干，打不过丈夫就去打那个女的，粗口骂得一声比一声难听。路过的林郁听得毛骨悚然。但徐牧没有为那个女的辩护，他点燃了一支烟，慢悠悠地看着它燃尽，然后顺手把快要熄灭的烟屁股在赵莉莉身上捻了一下，然后就扬长而去，但那个女人自然不会因为这一捻就对他感恩戴德。第二天清晨，把文化路的男女老幼从睡梦中叫醒的不是麻将声和谩骂声，而是那个女人一声又一声沉重的砸门声。陈绮蓝当时就骂了出来，但随即徐牧就发出了一声更为尖利的叫声，就像一个被挟持的女人。

黄昏的时候人们才看见一脸阴沉的赵莉莉从医院的方向走回来，嘴角还有一丝不易察觉的幸灾乐祸。

那个女人在徐牧脸上狠狠地砍了一刀。"只是，她是怎么钻到你们屋里的呢？"人们最关心的还是这个。陈绮蓝当时正要去打水，顺口就回了句："当然是砸开的了，难道您没有听见吗？"

陈绮蓝永远也无法忘记自己一家家地求人帮忙把林啸印抬到诊所时他们的神情，那时候她不明白自己怎么会住在这条街上，一切就如同当年的林啸岚和陈越影一起私奔到沙漠一样，但她陈绮蓝这哪是私奔呀，这是遭罪啊！她凭什么去遭这个罪，难道她还欠了人家不成？只有别人欠她的，她欠谁？她谁也不欠。想到这里的时候，她狠狠地咬了一下嘴唇。

林郁晚上回家的时候，陈绮蓝没有做饭，她啃了几口干窝窝头，又拿了两个放到碗里，倒了开水，送到林啸印的屋子里。但她没想到的是，当她走进去的时候，林啸印居然坐直了身子。林郁像看见鬼了一样把窝窝头跟开水都洒了一地，幸好那只碗还被她握在手里，只是颠倒了位置。林啸印什么也没解释，只是重新躺了下去。这两年来,他第一次对林郁说那么多话。林啸印不知道为什么要对女儿说那么多,有些事、有些话原本是应该在她成年以后才能知道的,但他全都告诉了她。林郁只觉得从那天开始她变得勇敢了一些,陈绮蓝在隔壁听得明明白白,但她直愣愣地躺着,什么话也没有多说。她想到自己和林啸印结婚的那个晚上,陈越影说什么也不让他们住在一起。陈绮蓝瞪大了眼睛,但陈越影还是把她赶出了新房,她只得住到了外间。但秘密总是不能保守很久的。林啸印以为随着时间的推移,他可以摆脱这个梦魇,现实却彻彻底底击碎了他的希望。

沙漠边缘总是燥热得让陈绮蓝不能安眠,她裹着一件汗衫走进了她还没能仔仔细细看清楚的新房,直到林啸印轻轻抱住了她,但那只是一瞬间,陈绮蓝觉得那个瞬间从一开始就如同一个幻觉,只是她那一刻真的沉湎其中,以为是真的。

"我们……我们一起离开这里好不好?"

在说那句话的时候,她觉得自己就要获得这个世界所能给予她的最美好的幸福了,但林啸印只是离开了她的身体。

"我不能给你你想要的。"他的声音依旧很温柔,但他还是拉下了自己的裤子,"你走吧,走得越远越好。"

陈绮蓝觉得有些东西也许真的就是注定的,陈越影为什么收养她,难道不就是因为这个儿子吗?当时她闭上眼睛,泪水一点点落下来:"都是命,我又能走到哪里?"

"现在时兴离婚,等日本投降了,你就回驿城,找你亲生母亲,然后找个好人……"林啸印还没有说完,陈绮蓝就给了他一记耳光。

"林啸印,你和你娘一样,压根儿就不是人。"她突然感到喘不过气来,想要离开,转身又说道,"所以我绝对不会走,你是我的,你怎么也跑不掉。"

她想到这里,突然大声叫起来:"林郁,给我倒杯水。"

林郁知道陈绮蓝一定想起了什么,她的家从一开始就有很多秘密,每个人想要隐瞒又不知道究竟该如何隐瞒。茶缸子已经掉了些漆,陈绮蓝捧着它,它温暖得有些不真实,在漫上脸庞的热气里,她和着眼眶里溢出的潮湿把水咽了下去。

6

对苏莫遮的审查终于告一段落,但还是时时有人来家里询问、查看,有时还会去驿城一小拦住往家走的苏文哲。苏文哲一直觉得自己的耐力就是从那时练起来的,在那些奔跑的时光里,他摸清了驿城每一条街,甚至无意间发现了他后来经常光顾的驿城县志博物馆。那里有驿城管辖的九个县城的民俗、历史以及一些怪模怪样的逸事。他就是在那里发现了苏嘉善的名字。

那是小升初考试的前一个晚上。林郁没有来上课,天阴沉沉的,雷声一点点蔓延,大雨却迟迟不来,连讲课的班主任黎络也开始惦记老家的那块地了,苏文哲在课本下面垫着一本小人书,他时不时向窗外看去,但林郁还是没有出现。他把书上的每个人都换了副表情,全是怒气冲冲的样子,画着画着,不禁抿嘴笑起来。

"苏文哲,笑啥呢?"

汪小二又开始起哄:"他等林郁呢!哈哈……"随即又是一片喧闹声,昏昏欲睡的学生们仿佛终于能摆脱沉闷了一样叫着:"苏文哲喜欢林郁!苏文哲喜欢林郁!"

"汪小二,明天就考试了,你是不是还准备考个位数?难道准备今年暑假就接你爸的班儿?"黎络不耐烦地说着,教鞭就从苏文哲那里转移到了汪小二面前。三千度的近视让黎络没有看到汪小二当时的表情,如果她看到了,一定会露出十年以后那个惊诧的表情来。

愤恨就这样简单地在积聚,直到时代亲自把它的教鞭交给这个昔日的孩子让他肆无忌惮地释放积聚的那些愤恨。

苏文哲只记得那天的雨下得很大,他低着头踟蹰是不是真的要去文化路,他在回自家的那条小路和文化路间徘徊着,直到看见李守信从文化路的一洼水池里拾起了掉落的鞋子。苏文哲诧异地望着他,但李守信像没有看见他似的自顾自走了过去,刚走过苏文哲时,他还是停下了脚步。

"你现在跟林郁坐在一块儿吧?"

苏文哲愣愣地答道:"是啊,你怎么知道?"

"我家现在就住她们家隔壁,她爸爸今天死了,可你说怪不怪,我早上还看见他自己从屋里走了出来,还问我去火葬场怎么走呢,我当时愣了好大一会儿。"

"哎，苏文哲，你跑啥呢？"

文化路真的是积聚了这座小城最多的雨水，那些雨水冲进了巷子里就变得昏黑一片，苏文哲觉得自己像钻进了一场梦。前一天苏莫遮还问他在班上有没有朋友，他木讷地说有，是林郁。可他刚说完，苏莫遮的表情就不对了。他放下碗筷，说："她妈妈是不是叫陈绮蓝？"

他感觉自己像钻进了自己的梦，许多个夜晚他梦见自己跑到文化路了，要么是去把李守信和他爸爸一起揍了一顿，要么就是爬上林郁家的屋顶，从烟囱里直接钻进她的屋里，因为林郁说她一到驿城就自己住一间屋子了，那时候她才四岁。苏文哲就惊讶地说："你家房子怎么能这么大？"林郁在这个夏天就开始穿露出小腿的白裙子了，男孩子们不怀好意地议论她高高耸起的胸部，一个十一岁的姑娘怎么能有这么大的胸？但每当真的有人私下这么问的时候，就有人说道："文化路嘛！我妈说文化路上的女的没一个好东西。"这句话被苏文哲听到了，他飞速长高的个子让他的实力大增，他的拳头刚要挥出去，说话的那个男孩已经跑掉了。那时候流行的一些手抄本开始在男孩中间流传开来。苏文哲看过其中的几段文字，但他看不下去，每次都要冒出冷汗来。他知道自己害怕，而更让他恐惧的还是那种害怕和担忧是那么陌生，纯粹来源于一个他所不知道的领域，它们像一只纠结着攀缘而上的小兽一样在他身体的内部徜徉，他越想知道它们在哪里，它们就越游移，他懊恼极了，他痛恨自己怎么就那么好奇地看了那几段文字，居然还真的从那潦草的字迹中知道了他实际上想要知道的隐秘，男孩子们每到那时总是变得很热心："哎，苏文哲，你不是画画好嘛，你来给我画画这个嘛，画嘛！"

许多时候他就是在那样惊惧的梦中突然吓出一身冷汗来。

雨越下越大，苏文哲却还是没有辨识出哪座房子是林郁家的，他想应该是挂着花圈的那家，但他走进去只看见上面写着"赵莉莉"三个字。他懊丧地不再跑了，静静地走着。小文阿姨应该已经做好了饭给他们送过去了，苏莫遮当时工作的厂里已经传起了关于她和苏莫遮的流言，苏文哲有次去找苏莫遮的时候就听到了那样的传言。其中一个女工还问苏文哲："刘立文是不是你小姨啊？"

他当时迷茫极了，只是说着："我不知道，我只知道老给我们做饭的小文阿姨。"然后那些女工就大声笑了起来，她们边笑边吃着餐盒里的饭，就像他所认为的陈绮蓝一样，她在林郁的描述中就是这样一副飞扬跋扈的样子。

可是当陈绮蓝真的出现在他眼前的时候，苏文哲愣住了。

"漂亮"这个词在苏文哲的记忆里，是在陈绮蓝出现的时候才自然生成的。美丽，真的会遗传，只是陈绮蓝身上那种锐利的东西林郁身上没有，但当时的苏文哲自然没有感觉到这些，他只觉得她漂亮，却不敢对林郁说"你妈真漂亮"。但那天晚上，当他吃着小文阿姨做的饭时，他第一次发现苏莫遮现在被照顾得这么干净、整洁，甚至眉宇间还有一种说不出的气质。但他实在是觉得这句话非说不可，就像很多年后他遇见了非常想画下来的景色，非常想留住的瞬间时，他都要用一大串的溢美之词将它们坦率地抛出去。

"爸爸，我今天见到了我同学的妈妈，真漂亮啊！"

苏莫遮继续吃着，倒是刘立文接了一句："你们班上都是高干子弟，妈妈们应该都是漂亮的人物吧？"

"不是，她们家住文化路，她妈妈可会打麻将了，我开始还以为她绝对很难看，谁知道——"

"好了，吃你自己的饭，这么多废话。明天还要考试呢，一会儿洗碗去！"苏莫遮用筷子狠狠敲了一下儿子的头。

"哎呀，你怎么这么说呢，碗还是我洗，我洗嘛。"

"不，让他洗，这孩子成天什么事也不做，就知道画画，也没见画出个什么东西。"

"我倒觉得小哲挺有天赋的，将来可以考美术学院，我老家那边儿就有一个，挺不错的，将来——"

"好了！"苏莫遮突然打断了她，但转瞬又觉得自己态度不好，"对不起，立文。"

"我知道，我对你来说就是个老妈子。"她说完，就起身走了。

"小文阿姨一定哭了。"苏文哲说，"爸，你应该追出去。"

"吃你的饭吧，大人说话小孩子别插嘴！"苏莫遮讪讪地说。

门外立刻就传来了敲门声，苏莫遮以为是刘立文，立马去开门，不料却看见了一个小姑娘。"叔叔，我是苏文哲的同学，他落下了东西。"女孩声音纤细。

苏文哲赶忙跑出屋，果然是林郁。

"那书是还给你的，你先拿着吧。"他躲躲闪闪地说着。

苏莫遮刚要追问是什么书，就看着林郁的脸愣住了。"你叫林郁，对吧？"还没等林郁回答，他又说道，"跟你妈妈长得真像啊。"

苏文哲愣愣地望着他们："爸，你认识她妈妈？"

"岂止认识，我们当时还是一起离开沙漠的，那时候林郁还被陈阿姨抱在怀里呢。"

"陈阿姨？"林郁不解。

"你奶奶，陈越影。"

苏文哲知道自己在那一刻落寞极了。他想起和李守信打架的那天，他说苏莫遮不是他爸爸的时候，他是那么强烈地想要否认，仿佛如果真的承认了他就没有亲人了。

他送林郁走过了那条昏暗的街，一路上他一直低着头。驿城的天气总是阴晴不定，晴朗时也会有几片浮云飘在头顶，大雨天却往往有几丝不易察觉的光线照下来，惹得人们一身不阴不阳的，连天气都这么暧昧，何况是人。

林郁一路上满脑子都是苏莫遮问她的话。

"你妈妈现在怎样了？"他说这句话的时候口气是那么迫切，林郁再次想到爸爸那次对自己说的话："其实你真正的爸爸不是我。"

"那我爸是谁呢？"林郁记得自己问陈绮蓝的时候她攥着那一把瓜子，一下子就向自己扔了过来："那你以为你会有个什么样的爹，健全的，能站直的，还是有权有势的，还是会笑的？"林郁已经听不出她说话的语气，只看到她不停战栗的脸庞，那几乎是疯狂的。她的疯狂是一柄柄短剑，刺不透别人的心，只能把自己划得血肉模糊，还不能叫一声疼。

林啸印走出家门的时候，陈绮蓝还睡着，但林郁总觉得她实际上知道父亲的中风其实早就好了，但如果陈绮蓝知道，她又怎么能在这些年里不闻不问，把他一直当病人对待，而在她囚禁的目光里，林啸印，又是怎样走过了这些年头？

　　文化路的人们那天起得出奇地晚，除了李守信提着母亲交给他的饭盒往父亲所在的劳改所走去，其余的人都还睡着，小城的周末因为文化路突然的宁静而变得清静了许多。林啸印记得这个孩子，他记得那次调查苏莫遮的人到他家里了解情况，陈绮蓝把他们骂得狗血淋头，嘴里的瓜子皮喷了他们一脸，那些人终于耐不住了，李守信他爸爸就骂得特厉害，李守信还跟着他骂。他们走的时候，林啸印透过窗户看到了他们，但他们没看见他。那时候，整个文化路的人都以为陈绮蓝是个寡妇。还来过几个媒人给她做媒。有一次，西头的刘媒婆给她介绍了市长的外甥，可惜是个跛子。陈绮蓝穿着绣花鞋的脚在门槛上踩了两下，说："市长的外甥啊，那可真不错，可你得问问我家那位，愿不愿意让我嫁给那跛子啊。"

　　陈绮蓝皮笑肉不笑地瞥了她一眼，当即就把林啸印门上的布帘子给扯开了："你去问嘛，问问床上那个死人，到底愿不愿意让我改嫁啊！"她边说边笑出了声音，嘴角漾出的轻啐的笑几乎要把受潮的墙壁生生地刮下几片墙皮来。

　　刘媒婆被她吓破了胆，赶忙赔着不是，弓着身子就想走，却又被陈绮蓝一把按住了肩膀："嗬，这就想走啊？你还没问呢，怎么知道呢？好，我代你问问。先别走啊。啊？什么？哦，知道了。"她转过脸对着媒人说："他让我先给你一个耳刮子，你说咋办？"

　　刘媒婆打那之后就再也不敢踏进陈绮蓝家一步了，回去回话的时候也决口不提她丈夫还健在的事儿，只对那个跛子说："那女人守寡多年，估计有点儿精神不正常，还是算了吧。"可那跛子还是不甘心，直到跑到陈绮蓝家，被她硬推到了门外，才肯善罢甘休，临走的时候还不忘踢了一下她家的门，孰料林郁当头就泼了他一盆脏水，陈绮蓝看了一眼林郁，什么也没说。

可文化路上的人至此才知道陈绮蓝居然不是寡妇。人们都说，也难怪，守着那样一个丈夫，怎么能好好地生活呢？可这话是万不可当着陈绮蓝的面说的，否则又是一顿好骂。陈绮蓝在那之后好长一段岁月里一直精神脆弱。很多次，林郁起身小解，总能看见她在床上辗转反侧，她不敢问，因为一问，母亲也会连她一块儿骂。

7

苏文哲的小升初成绩比平时高出很多，林郁考得一般，以吊车尾的成绩也考进了驿城一中初中部。那个暑假出奇地漫长，苏文哲在苏莫遮的厂里帮忙打些小杂工，刘立文给了他很多本子和铅笔。许多个黄昏，苏莫遮加班，苏文哲就在那里画他工作的姿态，于是整个夏天就从他的笔尖一溜烟跑掉了，他也因此忘记了要从林郁那里把书拿过来，直到林郁来找他。

她那天只扎了一个马尾，苏文哲这才发觉她的头发已经那么长了，那天他们沿着火车站走了很远。一列列运送煤炭的火车从他们身边呼啸而过。苏文哲牵着林郁沿着轨道跑了起来。火车站旁长满了绿色的狗尾巴草。林郁摘下了一根，低声说道："总有一天，我要离开这里。"然后她就把书从包里拿了出来，"给你。"

"你看完了？"

"看完了，我还看到了我奶奶。"林郁突然盯着他说道，"我好像还看到了你爸爸他们一家。"

"其实我知道他不是我爸爸。"苏文哲突然说道，"不像你，好歹有个真正的家。"

"你说什么呢？我不也是，没有爸爸。"她突然郑重其事起来，"林啸印不是我爸爸。"她的话一字一顿地停滞在晚风里，也硬生生砸进了苏文哲的耳朵里。

其实那本县志上根本没写什么，只不过在驿城还是个县城的年代，几个大户人家在军阀混战的年月逃到了关外。苏嘉善并不是大户人家的人，只是个形单影只的说书艺人，但他的评书整个驿城的人都知道，他从乡间说到了镇上，一直说到了城里。而他怪病连连的小儿子苏莫遮七岁那年就登台说起了评书，这本县志上说得更为怪诞，说他七岁就登台，而且场场爆满。苏文哲记得自己去借书的时候博物馆的汪九说那书是个酒鬼写的，比他还能喝。汪九是个瘸子，和人打架打的，但他因祸得福，没有进监狱，倒是那个没捅人也没受伤的家伙代他受了罚。汪九经常去监狱和那人喝酒，有时候也带上弟弟汪小二，他每次喝完酒，人们都觉得他是带着自己儿子去的。汪九是老大，比汪小二足足大了十八岁，汪父总希望自己能有九个儿子，大的就是汪九，依次往下推，可到了汪小二这里就断了，妻子也在那一次的生产中彻底离开了这个世界。从那之后，汪小二的爸爸就总是借酒消愁，喝酒四次有三次都要喝到进医院，有时还拉着本来就爱喝酒的大儿子汪九一块儿，有时候汪九都醉了，睡到半夜抬眼一看，父亲居然还在喝。

驿城县志博物馆存放着驿城管辖下的九个县城各种名目的小传，只是很少有人光顾，那些散佚了很久才被拼贴成的一本本集子总是背上篡改历史的罪名，但驿城市政府觉得这个博物馆还是有存在的必要的，至少许多内容还是讲述了这座城市是如何兴盛起来的，当然，兴盛只是他们认为的，驿城自古代就存在了，只是和千万个这样的小城一样追着历史的车轮前进罢了，很少能创造自己的丰功伟绩，况且既没有什么十分出名的风景名胜，也没有足以家喻户晓的名人出现，只得在小城历史中那些奇闻逸事和一些高门大户身上做点儿文章，或者夸大那些名胜古迹和名人在历史上的地位。苏文哲不知道他所看的那本县志中的内容哪些是真的、哪些是假的。但苏文哲知道他在阅读的时候从没有希望过那是真的，因为就算是真的，对于他而言，也仅仅是别人的故事。

县志博物馆就是这样一个单位，承载了小城所有被冷落的谈论，形成了自己幽闭的历史。尽管如此，许多个夜晚，苏文哲悄悄点燃煤油灯，从许多页文字里还是能看到一些人在上面做的评注，甚至有些怪谈下还被标上注解，写着某手抄本的名字。苏文哲按照它们找过，但那些还没来得及阅读的手抄本很不幸地被苏莫遮撕成了碎片，那时刘立文已经不再来他们家了。苏文哲有一次去县志博物馆借一卷本的县志，可博物馆里一个人也没有。惨白的光线透过粗布窗帘渗到了一声声的呻吟中，苏文哲发觉每一阶的书册都被擦拭得干干净净，它们让从屋顶窗户里漏进来的几缕阳光也变得温顺、轻快起来，像一页页轻浅的微笑。

他就是在那里找到了几本手抄本。那天晚上他惴惴不安地走进家，书包里只装着纸笔，课本全换成了这几本书。苏莫遮在床边闷闷地抽烟，饭桌上还堆着没有洗的碗筷。苏文哲赶忙拿到厨房洗起来，在公共厨房的流水声里，他只听到走过去的隔壁刚洗完碗的阿姨说："你说那刘立文，搞什么不好，搞破鞋。"他心里突然一凛，一失手，碗哗啦啦地落了一地，碎片再次滑过他的食指，血滴在白色的瓷碗上，从门外飘来的几缕灯光中，他眼前一红，仿佛再次看到了博物馆里女人的长发剪影在书架上影影绰绰的姿态——原来是你，怎么，能是你？

他正想冲出去对苏莫遮说上一句话时，他却已经站在了他的身后。

"你在看什么，你都在看些什么！"苏莫遮的胡子又疯长起来，眼睛里满是血丝，苏文哲记得他前一晚一夜没睡，但他没发现自己屋子里还亮着微弱的灯光。

碎片肆无忌惮地在他眼前飞舞起来，但他第一次没有畏惧，他只是站直了身子，直愣愣地望着父亲："是你不要刘阿姨了，所以她才会去搞破鞋。"

耳光刮过的指印吮吸着他的左脸，他不觉得疼，只觉得突然很燥热。跨过一地的白色碎片，苏文哲跑了出去，他一直向着文化路的方向跑去，并且在黑发一样的夜色里，再也没有回头。

林郁是去打水的时候看到门外蹲着的苏文哲。陈绮蓝那晚又去打牌了，不远处的房子里时不时传来她的声音——"杠底开花！"有时候林郁觉得她所能看到的世界里永远也不会改变的就是这打牌的声音了。

他的眼睛红红的。林郁开了门,把他带进屋子里。屋里冷凄凄的,堂屋口的老照片已经翘起了边角,风穿过它和墙壁的间隔,像是要漾动那里面藏匿的往事。苏文哲第一次认真地端详了一下那张照片。照片上的人很多,林郁说那是一个过路的驼队给他们拍的,那好像是个运输队,也好像是个考察队,陈绮蓝和苏莫遮分头站在两边,正中间分别是坐在陈越影腿上的林郁和被曹文景举起的曹钟。陈绮蓝唯一一次对林郁介绍沙漠边缘的人时就对她谈起过曹钟,但她说完曹钟就又说起了曹钟的母亲和那群长相一样的哥哥。

而她最终说到的还是陈越影。林郁记得那天陈绮蓝莫名的平静,有时候她是真的不明白,为什么当人们说起自己的仇恨时,会那么平静。陈绮蓝说着她的仇恨,就像说起别人的事,表情有时候神采奕奕,有时精神抖擞,林郁觉得她应该有苏莫遮那种说书的天分,但那本县志自然不会提到她母亲的。

她的诉说也只是到这里为止。谜团还未解开,只是在林郁心里开了个头。那天晚上她在日记里写到自己所认为的沙漠,风化的尸体,水葬的人流,那些在书里看来莫名其妙的往事,调到驿城一中教历史的黎络对他们说起的那些旧俗。它们总在合适的时间从恰到好处的梦里探出头,细密的汗水在梦里无限绵延,林郁徜徉在那样的梦里,总觉得自己真的变成了一尾鱼,而且应该是鲤鱼。

绿洲总在远处若隐若现,带着被幻化的美好流向远方,她的身体在梦的河水里融化成蹚过大河的漫长的影像,像从火车窗外看到的奔腾的绿树。它们生机勃勃,前仆后继地奔向远方,再也不会回头。离开，也许是一件浪漫的事吧。她这样对苏文哲说的时候，他正给她画素描。那已经是初中最后一个暑假前夕。许多同学都开始考虑去处，苏文哲坚定地要把高中读完。

"而且还要上美院。"

"你一定会考上的。"林郁说这句话的时候眼睛朝着别处，然后她转过身，"我们一起离开好不好？"

那些日子里，乡间随处可见死去的人，陈绮蓝每次下乡的时候都能看到几个，一行人就把他们抬到卫生院，有的还没被抬过去就已经死了，死之前的一秒钟还在叫嚷着什么。粮食的紧缺让林郁所能看到的世界变得凛冽起来。刘立文和汪九结了婚，汪小二那几天看苏文哲的眼神都是奇奇怪怪的，他揶揄地说："老苏啊，你要不要到我家吃你小文阿姨的喜酒啊？"苏文哲手中的铅笔在说那句话的时候折断了，当时他头也不抬地说："我爸说汪叔叔下个月就退休了，他们厂里看门的看来又要换了，你要是去了，我就不愁晚上十点之后没人开门了。"

"苏文哲，我绝对考上大学给你看看！"汪小二刚说完，自己也觉得没底气，就又说道，"我说，你跟林郁的喜酒我什么时候能吃上啊？"他话音刚落，脖子就被苏文哲狠狠地摁住了。

"这有啥，咱班谁不知道你们俩那点儿事！"

苏文哲也不知道林郁的成绩为什么突然在初中最后一年好了起来，而他依旧成天画画，课业上不去，但也下不来，以这样的成绩，直升驿城一中高中部没什么问题。很多次，林郁都看见他用红笔在地图上指指画画，那个标注在南方沿海地域的城市，已经快要被他的红笔划烂了。

"难道，难道你就不想回到我们应该去的地方吗？"林郁说道，"我们应该去那里，去西北，去沙漠，那才是我们应该去的地方。"

"但我要上美院，我是一定要上的。"

"那为什么一定要去南方上美院？"

为什么要去南方，其实苏文哲也不知道。苏莫遮对他说得最多的一句话就是一定不要去沙漠。对于那里的事，他始终对儿子守口如瓶，而对于沙漠，苏文哲也始终没产生过什么念想。那里对于他，只是一整片的昏黄，生命暗淡地行进其中，连痕迹也不会留下来。

"反正，我是一定要去那里的，去沙漠。"她突然合上书，认真地对他说。

8

苏文哲渐渐地很少去县志博物馆借书了，自从刘立文和汪九结婚之后，他就更没去过。他至今还记得那场婚礼上来了很多人，忽然之间再也没人说刘立文搞破鞋的事情了，甚至苏莫遮也去了。他那天起得很早，衣服收拾得笔挺笔挺，鞋擦得锃亮锃亮，还让苏文哲请了一节课假，就带他走进了门外的人流。他这才知道原来那条人流竟然是通向汪小二家的。汪小二当时站在家门口，远远地看见苏莫遮推着自行车来了，苏文哲就跟在他的后面，然后他就叫起来了："嫂子，嫂子，苏文哲他爸来了。"直到汪九第一次狠狠拍了一下他的头。

"哪壶不开提哪壶！"

刘立文穿着军绿色的衣服站在汪家门前，头上还别了一朵花，辫子斜斜地别了过来。苏莫遮看见了她，像和熟人打招呼一样："小刘，好啊。"他艰难地笑了一下。直到听见刘立文说："我不需要同情，苏老师。"

在她转身的瞬间，苏文哲看见前面的汪九愣了一下。

二十岁的刘立文就这样嫁给了三十二岁的汪九，苏莫遮看着她走进新房的时候满脑子都是她小时候的样子。他在虹城东面的镇上教他们这帮逃难途中的孩子识字。刘立文是最大的一个，当时已经十五岁了，满脸都是煤灰，还总是拖着鼻涕，眼睛总是不知所措地看向别处。苏莫遮问她叫什么，她说她没有名字。

"你'文'字写得好，就叫立文好了，你姓什么？"

"老家姓刘。"

"刘立文"，她第一次在纸上写下这三个字的时候满脑子都是苏莫遮的样子。他给她钱让她回山东老家，她却回到了他童年时代的小城，在那里等待他回来。可他真的回来了，却不是为了要和她结婚，只是为了能观望另一个女人，为此他还收养了一个儿子。

"我们不合适，我有太多的历史，生活不是讲故事，立文。"

他总是这样对她说，但实际上他自己活得何尝不像一篇故事，他讲了太多别人的故事，终于把自己也给讲了进去，并且不可自拔。刘立文终于不再抱有希望。但苏莫遮没想到，她居然要以这样的方式去反抗这样的一种轻视。

　　苏文哲只记得刘立文在婚后第二个月就从汪家搬了出来，他已经开始准备升学的文化考试，不得不把画画丢到一边。那个初夏天气很干燥，苏文哲觉得自己的周围随时都会燃起来。汪小二最终还是决定去接他爸的班，但谁也没有想到，汪父居然在大儿子的婚宴上昏厥了，而且再也没有醒来。而汪九把送葬的队伍弄得很阔气，许多人都唏嘘着，汪家什么时候变得这么有钱了。只是很快，刘立文被赶出门的消息还是不胫而走。

　　汪小二说，刘立文是被他大哥赶出屋的，但苏文哲觉得一定是她自己搬出来的。只是周围的人都没想到，刘立文这一搬，居然搬到了文化路上，还和陈绮蓝住了对门。汪九从那之后喝酒喝得更凶了，脑子里不断回旋有关刘立文的各种景象。她那天突然来到县志博物馆，只穿了件薄薄的衬衣，风穿梭在她身体的周围。汪九问她冷不冷，她突然凑近了他："你不是喜欢我吗？"汪九愣在原地很久，门外传来了苏文哲熟悉的声音，他的大脑一片空白，刘立文的长发披散了下来。他不知道是谁先迈到窗帘后面的，在那片粗重的麻布后面，他们急促地呼吸着。可是，可是，她怎么能这样，她怎么能这样对待她自己？

　　在那个本来应该欢愉到刻骨的夜晚，刘立文像一尊雕塑一样在床沿上沉静着，吹唢呐的人早已散去，几个弟弟帮忙打扫着宴席留下的残余，家里的老狗正舔着倒给它的汤水，汪小二好奇地想要听听屋里会冒出怎样的动静来，但他什么也没听到。黑漆漆的夜晚还是在不久之后撕开了它那亮得耀眼的瞳孔。

那时候的夜晚总是来得很早，周围的世界总是过早就剔除了人声，安静下来，夏初的虫鸣像午夜酣睡不醒的呜咽。偶尔还有人打着灯笼走过，嘴里嘟囔着听不清的耳语，在红烛落地的回旋中，她感到他抱紧了她，她只觉得胸口憋闷，体内自下而上的气流像一首不知归途的歌，床咯吱咯吱地叫着，蚊帐终于彻底砸在了他们身上，烛光被冰冷的地板扼住了喉咙，再也喷不出焰火，黑夜停滞在这场呜咽里，她命令自己闭上眼睛，并且再也不要睁开。

"你走吧。"半晌，他这样对她说，"我们明天就去民政局离婚。"

自从她搬到文化路上以后，苏莫遮就再也没去过陈绮蓝家。而实际上，他本来也只是在许多个下班的晚上在她的家门前徘徊不是吗？他的观望总是很隐秘，仿佛是很多年前，在虹城东面的镇子上，陈绮蓝抓着一串银色的镯子在他身后挥舞，她拉着林啸印在镇上的长巷里来回奔跑，而总是忽略苏莫遮看她的眼神，陈越影笑盈盈地望着她和林啸印，一切看起来似乎那么美好。那时候他和父亲搬到那里刚满一年，父子二人穿梭于人流之中，有时候会向更东的地方去。他记得最后一次远行还是在海边，他们历经长途跋涉，衣衫褴褛，而说唱让一切都变得都高贵起来。

但有些事情也只有在人们回忆之中才被赋予某种味觉。

苏莫遮蓦地再次想到陈绮蓝对他说的这句话。她的头发在那些年里总是披散着，眼睛在注视他的时候总让他发怵。他知道，他其实一直都畏惧离开。父亲的葬礼是典型的水葬，借着巫沱河的水，绑在木筏上的遗体一路漂移，渐渐地凝固成天边的一条白线，继而在黄昏里被染成一条橙红色的唇线。

他这样想着，加快了推自行车的速度。直到一洼脏水跳上了他的长裤，他突然愣了神，刘立文正独自站在文化路口，一辆军车突然呼啸而过，车里的人吐了一口浓痰，就扬长而去。他们看见了彼此，苏莫遮一时间不知道自己该怎么面对她，半晌，当他抬起头决定继续往前走的时候，已经不知道刘立文去了哪里。他的心突然空落了一下。他一时间不知道自己到文化路寻觅的是陈绮蓝还是刘立文，或者，只是经过洗涤的记忆，它们拥有了味觉，让他有了沉溺的理由，所以不再被过多的事情压迫，那是他释放自己的时刻。

他向前走着，然后就看见陈绮蓝正站在门口张望着。她看见了他，愣了一下。

"好久不见。"他还是先开了口。

陈绮蓝皱着眉。"我看见小哲的时候就知道他一定是你儿子。"她转过脸朝屋里望了望，说，"他死了。"

"我知道。"

"我把他害死了。"她突然怆然地说。

他一时间失语，在停滞的几秒中。放学回来的少年渐渐走上了文化路。

"不是你。"他突然上前走了一步，"是我们。"

"不。"她突然郑重起来，"都过去了，苏莫遮。"

在他们的不远处，驿城运送煤炭的火车再次在这个城市里轰鸣起来，带着属于这个时代的希望和所有的理想，马不停蹄地把这些属于小城的细节湮没在了自己的叹息中。

9

那些日子，苏文哲成绩下滑得厉害，对于课业的反感也是愈演愈烈，苏莫遮被请到了学校三次，最近一次，苏文哲的班主任直接让苏莫遮在厂里给他找个活儿算了。"反正你们手工厂也需要画图的人嘛，他画画还是能打个下手的。"女老师扶着眼镜架说道。

当苏文哲看到林郁的时候，她身旁正站着一个有点儿陌生的男孩子。康思懿，当他听到这个名字的时候无论如何也不能相信。只是眼前的这个男孩子无论如何也让他不能挖掘出记忆中那个脏兮兮的小男孩，他变得挺拔了，苏文哲突然才意识到自己还没有刮胡子，升入高二以来，他的胡子就生长得旺盛起来，苏莫遮对于这些东西一向都不太指导，苏文哲自己也没有这个意识，看起来，他像比林郁大了好几岁。

关于林郁的匿名信总是时不时交到她们学校的政教处，也差不多从那时起，林郁的历史课本上总是时不时冒出一些辱骂的话，它们写得歪歪扭扭，像刻意为之，但总也逃不过一个意思：破鞋。

"文化路上的破鞋。"

驿城师专本来就是女多男少，历史班更是如此，最糟糕的一次是外班男生写的情书被不知名的人从她的抽屉里扯了出来，贴在了黑板上，起哄声总是一声高过一声，她把它迅速扯下来，然后当作什么都没有发生。但她的沉默换来的只是更严重的诋毁。原本分配的一家单位要求对她进行审查，陈绮蓝名声本来就不好，而成分问题又是她家的困扰。在别人的工作都有着落的时候，她还在咬紧牙关写一份份材料。

高考如期而至，美术专业考试失利，文化课的预考也没有通过。苏莫遮在厂里给他安插了一个位置。林郁的工作最终还是批了下来：在郊县的学校教历史。那个秋天，她的眼睛总是胀痛无比，早上醒来的时候都是肿着的，开始渐渐看不太清楚东西。陈绮蓝带着她来往于许多个医院，好转了一些，但医生说不能根治。她戴上眼镜的那天，苏文哲半开玩笑地说："你看起来终于比我老了。"

康思懿也申请去了林郁的那所学校，执教于她隔壁的班级，二人在办公室经常遇见，经历了在学校里的那些事，林郁变得不苟言笑，长发在那个秋天落了地，理发店的人说这可以卖不少钱呢。时间再次变得缓慢起来，当时驿城图书馆刚刚建好，她在那里发现了新出版的《沙漠之生》，是一个外国人写的——一个探险队的队长，在沙漠地区寻找古代墓穴。她读得很仔细，里面地图上的地名几乎能什么也不看地描下来了，那都是些小城镇，分布在沙漠的周边，有些地方有绿洲穿过。书里甚至有作者本人的素描，画着住在那里的人。她就是在那里看到了记忆里的人。长睫毛的男孩和长相一致的哥哥们。作者没有找到他想找到的墓穴，但他说："这也许比找到墓穴更有趣。只是这里没有女人，我很难想象他们是如何活到现在的，而且种了那么多树，它们蓬勃地凝聚成守护沙漠的一面墙壁，无畏无惧。"

康思懿没想到林郁最终还是和苏文哲在一起了，二人的结婚仪式很简单，那是1963年的冬天。陈绮蓝变得出奇地温和，苏莫遮也笑容满面地看着二人，似乎没有人打算把秘密公开。但这样，未必不是一件好事。陈绮蓝这样说的时候，苏莫遮没有反对。但陈绮蓝听到他的赞同并没有觉得宽慰，反而说："你是永远都不会反对的，因为你只懂得逃避。"

仪式是在苏文哲家里举行的，汪小二和康思懿也来了，巨大的"囍"字把每个人都衬得面色红润。屋子里闹成一团，林郁只觉得一阵恶心，跑了出去。苏文哲也冲了出去。汪小二说："该不会是怀孕了吧？""那孩子谁的啊？""傻了吧你，当然是老苏的。"几个年轻人嘻嘻哈哈的谈论声里，康思懿沉闷地喝着酒。半晌，他才悄悄地站起来，走了出去。

他走到院子外，苏文哲就把他打得流了血。有时候苏文哲觉得他这辈子也就勇敢了那一次，康思懿没有还手，他只是低着头看了一眼他和林郁，就踉踉跄跄地向自家的方向走了过去。林郁只是抓着苏文哲的手，不让他再打下去。

"对不起。"她说。

"谢谢你。"他突然苦笑了一下，"谢谢你最终还是选择了我。"

康思懿从那之后就离开了驿城，他在第二年的冬天申请去了西北地区支教，林郁从那之后就再也没见过他。只是在等待腹中生命降临的日子里,她总是会想到康思懿那天晚上对她说的话。他们待在距离城区很远的麦垛旁。林郁因眼疾困扰,不得不暂时休假,所幸工资还是照发不误。康思懿带着她在乡间小路上走来走去,一只老鼠从他们脚下窜过,林郁情急之中抓住了他的肩膀,他就这样握着她慌慌不安的手一直走到了村里有光亮的地方。

"我们,我们结婚好不好?"他没有预兆地说出了这句话,不禁把林郁吓了一跳。

"太突然了。"她说道,"而且,我已经决定和苏文哲结婚了。"她说这句话的时候连她自己也吓了一跳,怎么能这么说呢,这件事她实际上不还没想好的吗?

"他不适合你,你们不可能,你们绝对不可能。"

她没想到他会突然这么激动,直到康思懿一下子把她拖到麦垛后。她压抑的呼吸在四周悄无声息地蔓延,没有人来,一个也没有,除了那只依然死性不改的老鼠穿过,除了那个季节稀少的蚊虫光顾,除了不远处的几声二胡声,它们悠扬地遮掩了这里发生的一切,整个村落不动声色。

"我为了你,我来到了这里。"他说道,"我来到了这里!

"……黑板上的情书是我贴的,你以为你很有魅力吗?那情书是我找汪小二写的,他爸当时花了好多钱才通过我爷爷把他搞到我们学校,比当时我为了你去师专花得还多……你知道那些匿名信吗?哈…那也是我找人寄的……因为我就是想让你被分到农村,最好离市区越远越好,然后我就来这里,可你居然一点儿也没有意识到,可你……你甚至……甚至连一点儿感动都没有……"

他的声音颤抖着,林郁只觉得自己突然被掏空了,记忆回旋往复,眼前再次回荡起康思懿为她打了那个男孩一耳光的景象,那时候他总是流着口水。她还记得前段时间康思懿对她说:"以后你生了孩子,一定要认我当干爸爸。"他说这句话的时候还是微笑着,她怎么也不能把他和眼前这个男人联系在一起。她的喉咙被扼住了,眼睛里泪汪汪的。但她还是嘶哑着说:"因为我看不透你,因为我看不透你,康思懿。你太深了,而苏文哲无论怎样,在我这里,都是一望就到底的。"

"我不了解你,也了解不了你。"

他的激动在她的声音里渐渐平复。他深深地凝望了她一眼,重重地在自己的脸上刮了一耳光。在他离去的脚步里,林郁觉得自己完了,她终于彻彻底底成了一只破鞋。

"文化路的破鞋。"她念叨着。

第二章：在所有观望的年月里

1

人民医院的走廊永远散发着同样的味道，陈绮蓝记得自己第一次蹒跚着从那里走过的时候就是那种味道，很久之后她再次从那里走过，已经不再是因为一个生命的来到，而是因为逝去，只是逝去多少让她不甘心。所谓"生不见人，死不见尸"就是这场葬礼最好的注解，但也就是这样的注解，居然安然无恙地埋葬了这样一个生命，顺道带走了自己和她相关的点点滴滴。她望着天花板的时候，已经认定自己流出的只会是一具没有声息的温热肉体，直到她胀痛的小脸一点点从她的下体冲出去。

"怎么不哭呢？"当大夫说出这句话的时候，她确信自己心痛了一下。

这疼痛甚至丝毫不亚于生理期的反应，甚至更加激烈，像一场场激流勇进，像一次不能告别的告别，心里的疼痛和下体的疼痛就在这样嘶哑的呻吟中渐渐融合，在周遭蜿蜒成一条细细的河流，渐渐就把她的心淹没了，疼痛在河水里挣扎，时时浮上水面，时时又沉下去。她感到自己再也受不了了，但还是固执得不愿叫出声，那叫声在她内心盘桓成哀悼的呼唤渗透到她的血肉里，在和这个孩子紧紧相连的血脉中一路流淌。她汗水淋漓，床单都被抓破了洞，嘴唇涌出了血。大夫一遍遍说着："坚持住啊，坚持住。"东面的镇子上，林啸印没有来，人人都在揣度她的丈夫，居然在这个关键时刻没有来到她的身边。连同那个叫陈越影的女人，她只是矗立在屋外，像一尊被冷冻的雕塑，连心都是冻结的了，感情早就干枯，她就那样木讷地站着，双手青筋凸起，声音是嘶哑的，但她还是没能从口中说出一句完整的话。陈绮蓝知道最重要的人没来，他像一个逃兵一样远远地离开了和沙漠有关的一切。她记得数月前，他还站在她身旁，望着远远而去的永定河水对她絮絮讲着一个在他心中百转千回的故事。他已经不再年轻，但在她心中也似乎不会变老了。

苏莫遮在她的记忆中，只有身高和表情在变化，他一切的衰老都是他用以对抗和妥协这个世界的表情，它们在他的成长中遍地开花，成为溯流而上的鲤鱼。但她知道她必然不会属于他，她知道，她在最后一刻多么希望苏莫遮能带她走，去哪里都可以，中原、东部沿海，即使战乱又怎么样，反正大家都在东躲西藏而已，不缺他们的栖身之地，只要愿意不是吗？只要相爱不是吗？

相爱，当陈绮蓝在记忆中为自己曾经的悸动这样命名时，她的嘴角浮现了一丝笑意，原来她曾经还有过那样深情得足够用"相爱"来命名的经历。

但她觉得，假如在那个婚礼仪式上，林啸印给她的不是失望，而是担当，她知道自己愿意再次牵着他的手。可是他没有。

"你谁也不爱。"她的泪水几乎是颤抖着滴落在自己的胸前，它们曲折前行，由温润变得冰凉，终于把她本就冷掉的心也给一同冻住了。这下，是再也不会醒来了吧？她知道自己有这样的感觉的时候，希望那双手能抓住自己。

但林啸印留给她的只是离去时刮起的清风。

很久之后，他离开的样子总是不自觉间和苏莫遮的那句话重合起来。

"我明天，要和我爹走了。"

"去哪里？"

"回我老家，不过可能还会回来……"

"不必回来了。"这样说的时候，她的表情出奇的平静，"这里什么也没有，你总不能一辈子就讲故事吧，人还是不要总说别人的故事的好。"她很快就转过了身，在剧烈地呕吐中，他只是不停拍着她的肩膀，在河水的冲刷声中，他们二人都听见了陈越影的话。不知何时她站在了他们身后。

"我给你们自由不是叫你们肆无忌惮地败坏门风。你现在的丈夫永远都是你的丈夫，就算是你自己想走，你也走不了，你的命就在这里，你逃也逃不掉。"

陈绮蓝只觉得腹中一阵翻腾："陈越影，你自己的这些年算什么？"她转过脸，"林家的女人？林啸岚什么时候承认过你是林家的女人？你抢了你亲姐姐的丈夫，连孩子都是私生的，他就算跟你一起到沙漠来了又怎样……你女儿都能成为你亲外甥的媳妇，他林啸岚有半句话吗，你以为你带着儿子离开，他就会找你吗？你——"

"啪！"

陈越影说道："现在还不是你教训我的时候。你是怎样被我养大的，就要怎样回报给林啸印，我陈越影待你不薄，你要知恩图报。"

陈绮蓝在很久之后还能感觉到脸颊上那记耳光的余温，灼烧着她的记忆，煎熬着她的年年月月，她就要这样守着一个病恹恹而且无爱的生命度过还算漫长的时光。如果没有爱，至少还有关怀，如果连关怀也没有，至少还有欲望，但若一切都没有，她只能艰辛地期盼那本就被她珍视的另一场爱，即使在那里，她所看到的，依然是逃避。他承认他爱她，但他宁愿娶一个不爱的姑娘过他所认为的正确的人生，也不愿意义无反顾地带她走。她无数次想要溺死在这场无望的爱里，但每个人的沉默都成了能撕碎她的利器，摩擦着她的骨骼，让它们连最后的喘息都不曾真正发出。

"你难道真的不愿意多说一句话吗？"当林啸印以一副再也站不起来的样子面对她时，她总是这样说。每天她都要看一遍床榻下那只密封的冷冻箱，徘徊于林啸印的房间，对着冷冻箱中的仇恨说着一句句咬牙切齿的话，而来到林啸印的房间，却只是一场场卸掉伪装甚至是固守自尊的诉说。而床上的男人只是以这样的沉默来对抗她的出轨，即使他并不爱她，依然不愿意她为了获得光亮而去选择另一个男人。但林啸印知道，他从一开始就清楚地知道，他之所以这样沉默地对抗，之所以从一开始就不曾给她一点儿关怀，真正的原因也只是为了保持所谓的自尊，为了保持一个连生理机能都不能拥有的男人的尊严，因为他的自卑，来得深重。

从沙漠边缘的城池到靠近河流的偏东小镇，实际上都在这个国家的西北部徘徊，只是路线渐渐靠近中部，他们的一生都在迁徙，直到她以为够远了，才愿意停下来，实际上她知道她可以再多走一些路，多忘记一些东西，那样她的生命就不会那么沉重了，但是，如果真的忘记了恨，那爱还有多少意义？

"但愿你就这样死去，再也不要醒来。"她这样说的时候难过得就要死掉了，死了也好，她想着，死了就不用负责了，死了就不用报恩了，死了就不用爱了，所以，也不需要恨了。

她这样想的时候，泪水一点点地涌出了眼眶，它们的体积越来越大，有时候她觉得自己周身的汗水都仿佛是被挤出的泪，她的身体像一条潮湿的羊肚皮手巾，被拧出的血液和所有她登陆过的土地，接壤了。

而此刻，当那个西北偏东的小诊所里漫出的气味在这所医院重现时，所谓死者的衣物停靠在医院的一层。墙壁像一张人面孔，被白涂料糊掉了五官，只剩空白的表情，等待这气味为自己添加一层人气，生龙活虎起来。此刻，她面对着这样一种告别，她想到那个在闷声不吭的第三天突然迸发出嚎叫一样的哭泣的女婴，在歪歪斜斜的一场青春之后终于长成现在这个样子，却要顶着莫名其妙的名头成为一个死去的人。

"如果你要死，为什么非要等到今天？"陈绮蓝直到现在才愿意说出她对林郁不可遏制的爱，如果你要死，为什么非要等到今天，你那时候就可以痛痛快快地死去，你生得那么艰难，为什么还不能活得顺畅一点儿，为什么你自己还要继续那么艰难地活下去？

"你在报复我吗？"她不知道这句在心口徘徊许久的话语是不是冲破了嘴巴那最后一道防线，她只知道疼痛已经可以把她风烛残年的生命耗到一滴不剩，可以顷刻间就把她剩下的半截光阴挥霍到老死，连最后的仪式都显得多余。

唢呐声再次响彻在这座城市。

苏文哲在外出写生时结识了一所美院的教授，成了他的弟子，居然进而进了美院研修班。他刚刚接到通知书，却在这喜悦之时迎来了林郁的葬礼。陈绮蓝没有对死去林郁的那张血肉模糊的脸表示反抗，她知道自己多么希望她活着，就多么希望她死去，因为她死了，她的恨就没有了，也许是无爱了，但她至少只需要一个人承担，不用把这千斤的恨和爱联系到另一个生命身上，从前是林啸印，后来是林郁。她的怯懦，其实丝毫不亚于苏莫遮，丝毫不亚于林啸岚，她实际上从未比她鄙薄的那些人勇敢多少。

在林郁先前的工作单位礼堂举行了她的告别仪式，学生们疏朗地哭泣着。陈绮蓝再次愤恨起来，居然是这样寡淡的告别。但还要怎样的告别呢，怎样跟她的女儿告别？现在她终于愿意称呼她为她的女儿了。

"你怕什么？"苏文哲在那场葬礼的最后直直地对她说着，"你怕什么？她根本就没有死，就算是三天三夜没有找到，那也并不代表她死了，他们这是在逃避责任。"他的声音是平静的，但她知道他的情绪是如何挤压成这样扁平的一句话的。

"那不是林郁，她绝对没有死。"他几乎是孩子般地诉说着，"她没有死，她一定没有死。如果她要死，她早在生下两个孩子时就死了。"他望着陈绮蓝，居然就这样泣不成声。他哭得肆无忌惮，陈绮蓝只是望着他，渐渐地，泪水也布满了她的脸。

再次布满了她的脸。

1967年的夏天就这样在驿城过去了，那也是苏莫遮躺在驿城区人民医院病床上的最后一年。严重的眼疾早已让他看不清任何东西,但在那最后几年里,他依然念念不忘地叫着女儿的名字——林郁。他那样叫的时候,周围的人都以为那是他的妻子。

2

从美院出来要走一个狭小的过道才能到苏文哲现在的住所,那是美院分配给他的住房,从那里一直望过去,能看到模糊的海平面,这座在他的少年时代成为理想坐标的城市终于离大海那么近了。他想,这样总可以忘记了吧,他心中的一半希望林郁还存活于世,而另一半却在不断让自己相信她其实已死去。每当后面这个念想再次袭来的时候,他又会想到苏义达和苏郁和出生的时候他在速写本上画下的两个小人头。林郁问他为什么要先画苏郁和,他说,他可能快要死了,所以要先画,否则他就再也看不见爸爸的画了。他说这些话的时候很平静,他内心的波澜早已成为纸上的线条,光影都是多余,只有属于人本身的轮廓,皮肤上细微的喘息,每一条皱纹的脉搏,这些才是真正重要的,因为它们是恒定的,而不像光影那么肆意妄为地把自己喜欢的照亮、不喜欢的屏蔽进暗沉沉的背影里。

苏义达就是在那天睁开了眼睛,他睁开眼睛看到的第一件事物就是父亲画画的姿态,其实血脉这个东西,是需要气味的融合的,如果没有了这个,一切相似都是生硬的,一切流传也不能够成立。林郁没有看到苏义达睁开眼睛,苏文哲更没有看到,即便看到了,他依然没有太大反应,除非那张属于苏郁和的画稿已然完成。"他就要死了。"他的心里不断重复着这五个字。从一开始,苏文哲就在追赶苏郁和生命的步伐,他总是害怕苏郁和马上就要死掉,而苏郁和留给自己的记忆却是一片空白。但就在他画完的那一刻,眼前的婴儿发出了嘹亮的啼哭,一时间,周围所有能听到的人都转过头,林郁看了他一眼,又沉沉地睡去了。只有苏文哲跳起来喊着:"我儿子醒了。"

"我儿子醒了。"

他一定不知道,林郁在沉沉的睡梦中听到这句话的时候真的以为自己是在梦中。但不自觉间,她的泪水已经蜿蜒涌到了脸颊上,而且越来越多,直到半个枕头都潮湿了。

此刻他想到这一切,嗅着预料中的熟悉气味,看着陈绮蓝一步步挪到苏莫遮在驿城医院的床位,突然想要失声恸哭起来。苏莫遮被送到这里两个月了,两个月没有洗澡,身上已经有了异味,但陈绮蓝没有厌恶,只是突然难过到不能自已。她坚决不让苏文哲踏进病房一步,苏文哲不解地望着她,她只是一遍遍重复——"你照顾你爸,还不如去照顾两个孩子。你爸这边就交给我,你只需要来看他,就这样。"

床上的男人昏迷不醒,额头上垂下几根长的白发,盖过脸庞。她望着他,不断回想他最开始的样子,他们玩着所有孩子玩过的游戏,她每次受伤后总希望林啸印背她回家,但每次都是苏莫遮,是他一次次为她捡起掉落的鞋子,是他把最大最长的一条鲤鱼留给她,让她交给陈越影的时候不会挨骂。他们在艰难岁月中历练出的如同磐石的友谊，最终成为她冰冷的内心中唯一的慰藉，但这慰藉在被命名的时候就是不得见天日的，他们惨淡的经营最终也没有逃过悲惨的收场，公开的秘密被彻底捅开之后就必须有人牺牲。

他不年轻了，甚至比她老十岁，其实他本来就是逐步老去不是吗？是她在记忆的洗涤中给了他年轻的定义，让他的爱护成为恒久的关怀，让冰凉的情怀还能继续保持当初的温暖。苏莫遮总是能清晰地觉察到她到来的脚步，有时候他会问她一些苏文哲的情况，但他很少问林郁。陈绮蓝到医院的时候总能听到有人叫她林妈妈，每次她都恍然不知所以，苏莫遮也不解释，但陈绮蓝也像众人所以为的那样，真的承担了一个妻子的责任。

"我把没给林啸印的都给了你。"她这样想的时候正在为他换洗衣服，然后是洗澡，在眼癌扩散的时候说他其实还没有老去。

苏莫遮说话间总会不自觉地握住她的手："谢谢你。谢谢你还记得。"

"不。"她抬抬眼，"都过去了，苏莫遮。"如同数年之前，在林啸印的门外，她对他说的一样。

"为什么不告诉我林郁就是你当时生下的那个孩子？"

"那样你才能走，我才有可能更好地生活下去。"

"是我害了林郁，如果不是我，她不会得这种病。"

"其实我也相信，她没有死。"

病房之外的走廊变得更幽深了，陈绮蓝走在里面，心里平静得不再想任何事，感觉空落落的，连回忆都成了多余，她的眼睛里充满了看不见底的泪水，但一滴也没有落下。她这是在走向哪里呢,她这是要走过哪里呢?她生命中最重要的人只剩下了一个,躺在她身后的病床上,连叹息都没有留给她。

"为什么还要那么气定神闲?"她说这句话的时候,苏莫遮觉察出她口中的怨恨,"你装什么装,苏莫遮?你心里难受就给我说出来,何必这样,你这样让我们大家都难受。"

实际上的"大家",除了苏莫遮本人以外,也就只剩下陈绮蓝而已。医生说他在最后这段时间会很暴躁,大发脾气,让她和苏文哲做好心理准备。她已经做好了一切应付他坏脾气的准备,他却丢给他一个坚硬的姿态。

"为什么你不能早点儿那么坚强?"她接着又说道,嘴角是抽动的,她像半瓶油,在颠簸的旅途中一点点晃出埋藏最深的一抹印记,她还是忍不住去回忆,只是这回忆总会突然遮住光亮,偏偏要在一片漆黑中给她一个灰色的影子,她为此惶惑,只得继续寻觅更清晰的记忆,但每次这样想就又头痛。

而他只是黯然地坐在床沿,任由她为他收拾最后一件行李,他就牵着她的手,蹒跚地走出了医院。双目失明之后,苏莫遮的听觉渐渐变得出奇敏锐,周围越安静,他越能分辨出不同的微小声音,它们风起云涌,在他不自觉的搜集中变得庞大而尖厉,从他的耳边呼啸而过,他因此总是耳鸣。在这些天然旧唱片中,他的历史也被剪成了一道道声线,明明是断掉的,但还要呜咽地发出一连串的嚎叫,惨烈也好,淡然也罢,汇聚成一片,就成了一声哀鸣,只是这哀鸣里,已经没有悲伤。

林郁给苏文哲写信是在1965年的冬天,雪下得很大,整个驿城都是白茫茫一片，有些地方洒上了水，不一会儿就结成了冰。孩子们在结冰的护城河上一溜烟往前跑，风传李守信刚满两岁的儿子掉进了冰窟，再也没捞上来。李守信的老婆疯了一样绕着整条河哭，眼睛都哭肿了，嗓子也哭哑了，还是不断地流出眼泪，直到寒冬都快被她哭走了，那孩子的尸首才在那一声声哭喊中浮出水面。在那一洼撕开的冰水潭中，孩子的五官被冻结了，李守信背着这坨冰走回了家，但妻子还是不相信，固执地用身体暖了一夜，结果于事无补。

　　林郁在那年冬末的黄昏写完了给苏文哲的信，就一个人跑到了岸边，冻结的河面渐渐化开了，把手浸到里面，还是感到刺骨的冷，把内心尚存的一点儿温暖都给抵消了，林郁沿着短短的河道走了一遭，还是没有回去。

　　领导很爽快地批准了她去支教的申请，而苏文哲却是最后一个知道的人。他正在当时的单位郁郁寡欢做着工，就听到了林郁离开的消息。苏文哲不曾料到，这就是她所说的安静的告别方式。那一年，冬天来得迅猛，离去时却悄然无声。苏文哲也是在带儿子去幼儿园的时候，才真正意识到冬天的离去。整条护城河沿岸都是新绿，走在附近的小路上，能看到一团团柳絮从面前飘过，这一切对于没有经历过的人而言，如同一个笑话，但这就是事实。林郁的离开让他丝毫没有了兴致。苏文哲请了假，急匆匆地跑回家，却只看到那封信。

　　他几乎心力交瘁，连夜赶到林郁工作的学校，得到的只是她几位同事一脸诧异的目光。他甚至去找了康思懿，看到的只是一副酒鬼的嘴脸，眼睛里布满血丝和青丝，让自己陪他喝酒。三天的请假期限眼看就到了，林郁却丝毫没有消息。直到陈绮蓝在扫地时看到了林郁一张已经泛黄的诊疗报告——时间显示是1964年，那一天正好是她结婚的前一天。

此刻，苏文哲拉着板车走在路上，满脑子都是林郁的声音。他想起这一切的时候，脸上没有表情，但眼眶已经红得像在炭火中灼烧一样。

关于康思懿的传言就在那一年突然多了起来。苏文哲回到驿城帮陈绮蓝打理旧居时，几个过来帮忙的女人就说到了关于他的消息。他假装心不在焉，心却始终揪着，他说不上来自己希望康思懿是什么样子。只要不是李守信那样就成，他想到这句话的时候不禁苦笑了下。

李守信托父亲的关系在东部城市兴城定下来之后，驿城的斗争总算没之前那么严重了，而李守信在驿城的表现最终也为他在兴城夺权打下了基础，但他始终不坐那头一把交椅，他就像躲在"革命风暴"之后的实际操控者，连看起来是他上司的市委书记都不得不让他三分。苏文哲拉着板车把父亲带回家的时候，李守信正从政府办公室走出来，他看人的眼神和小时候无二，但是多了一些"礼貌"。

"苏老师身体好些了吗？"

苏文哲正要回答，只听板车上的陈绮蓝说道："呵呵，托您的福啊，苏先生身体好多了，这不都出院了。"

李守信斜了她一下："这哪能是托我的福，这是托国家的福啊！"他边说着，右手食指已不自觉地弹下了烟灰，随即目光又转向了陈绮蓝，似乎想要说点儿什么，但欲言又止。

"没什么好事。"陈绮蓝望着他的背影，"现在这造反的，没一个好东西。"她说话间，不自觉又想吐出点儿什么，但口中早就没有瓜子皮了。

早在驿城住的时候，陈绮蓝就能感觉到那个黑影来过很多次，她在很长一段时间里都以为那是苏莫遮，但身影总是焦急地在房子四周徘徊。李守信在那些个白天总会找借口到陈绮蓝家来，自从林郁离开之后，苏莫遮和苏文哲就一直在陈绮蓝家开火吃饭，文化路上的风言风语陈绮蓝听惯了，也早就不想听了。但李守信每次来到陈家总是说上学时候的事，苏文哲始终没有在意，苏莫遮那时候的眼疾已经很严重了，驿城的大街小巷到处都是造反派贴的各种标语，人们说好多标语都是李守信想出来的，但他从来没有真正喊过那些标语。他就像看着这座城市的一双眼睛，当每个人都在挥洒年轻的激情时，他却为自己留了条后路，尽管人人都知道他就是那个指使者。

李守信在那两年写了不少文章，大部分都发表在《驿城日报》上，还有一些在省报上发表。他从小城市的隐秘开始，甚至是各地的风化案，整出了许多"反革命头头儿"，那些人胸前挂着各式各样的牌子在大街上走的时候，李守信总是执意站在后面，说什么也不肯跟着大部队一起喊，这一举动也遭到了不少上级的批评，但因为这些案子都是李守信查出来的，上面也不好再说他什么，又因为他父亲的关系，他很快就调离了驿城。

发现脚印也是在李守信离开之前的那个黄昏，他笑盈盈地提着一只鸡让陈绮蓝给苏莫遮煲汤喝。不料下起了大雨，陈绮蓝就留他一道吃饭，那天苏文哲正好不在家。暴雨很快停了，李守信就要回去，陈绮蓝没有阻拦，不料他刚走出去，就被门前低洼地上蓄着的脏水灌满了鞋。陈绮蓝给他拿出一双苏文哲的鞋让他先换上，李守信也没有在意，就穿上了，本来要提着鞋走，但陈绮蓝过意不去，坚持要为他洗。李守信有些不愿意，但也无奈，只得穿着苏文哲的鞋走了出去。她就一直站在门口看着他的背影消失在雨后的巷口。接着她就忐忑着走到后门，隔着那扇门就是她的屋子，林啸印死后，她就搬离了那间屋子，只是屋里的东西都没动。苏莫遮时刻需要照顾，陈绮蓝就揽下了所有的活儿。

她提着那双鞋的时候脚是抖的，手也是抖的，她几乎是摇摇晃晃地走到了自己的房间，隔着后院和后门的屋子此刻看起来有些古旧，虽然只是一载未吸收人气，倒像很多年都不曾住过人，陈绮蓝抖着手把手中看起来是成双的鞋和后院那只很早前那个黑影落下的鞋放在一起，显然，这被落下的一只，才应该是穿在李守信左脚的那只，而他这天穿的这双鞋的左脚和右脚显然就不是一双。

"躲得过和尚，躲不了庙。"她自言自语的时候，两边嘴角向上弯起了一个很好看的弧度。

只是从那之后李守信就再也没来过陈绮蓝家，陈绮蓝说要洗干净给他的那双鞋也一直放在那里，他也没有为这双鞋再来过。不久之后苏莫遮就住了院，一住就是一年多，直到她们要搬到兴城，才知道李守信前一个月就调到了兴城组织部工作。陈绮蓝是在吃饭时知道这个消息的，苏文哲说完自己要去美院研修班的事，就说起了这件事。他说起这些的时候，丝毫没有察觉，陈绮蓝吃饭的筷子已经不自觉掉了一根。

那根筷子直挺挺地躺在地上,倒不像是失足落下来的,反而像是自愿乖乖落了下来。

3

新的转机就在他们搬到兴城的半年后开始了。

苏文哲在美院期间收了很多学生,他沉默的个性没有让他过多地因为家庭原因遭到时代太多的诟病,除了每周交上去的各种时代画和印章画,剩下的时间只能画一些小画,它们被他锁在了箱子里,放在陈绮蓝一直留着的那只冰柜旁。

时间就这样沉默地顺着外面的"硝烟"一路流淌,频频传来以前的老师、同学被批斗的消息。连汪小二那种人都没能逃过厄运,这些远在驿城的消息,就这样顺着李守信发在《兴城日报》上的宣传文章袭来,那些报纸就像每个人佩戴的毛主席印章一样普遍。苏文哲居住的那条街上随处可见时时贴出来的大字报,一群年轻的学生用严酷的语句教育他们的前辈。苏莫遮所在医院的住院部一时间也都变成了医学院学生的乐园,他记得父亲的床板就是从那个时候渐渐发霉的。年轻的面孔上尽是时代的激情,火焰四射的背后却是实际工作中的漏洞百出,这些学生手忙脚乱地把自己的老师和前辈们推进了一个个牛棚,自己却对着一大堆病例和病人一筹莫展,陈绮蓝差不多从那时候开始就不得不天天去医院探望,尽管这样,还是一次次被拦截。

"你不相信我们?你不相信我们就是不相信毛主席……"

很多次,陈绮蓝试图将苏莫遮接回家,得到的都是这样的回答。很多个夜晚,在反复的睡梦中,夫妻即便同床异梦,也都能听到从遥远的夜空深处滑翔而来的一声凛冽号叫,伴随着枪声,是一个个新死的生命。那声音每次都很短暂,后来就干脆不响了。

苏文哲在那天下午被叫到了院长办公室,很久之后他还是无法忘记院长的肥厚嘴唇说起话来时,就像能挤出一大盘油。苏文哲不明白一个美术学院院长怎么能连最基本的绘画都一窍不通,他上任后的头几个月,学生还会集体向教务处提点儿意见,但院长真的就是新官上任三把火,第一把火是把联名写信给教务处的学生一个个给开了;第二把火就是把默许学生写信的几个老教授给开了;第三把火就是把研修班学员的补贴给取消了。关于最后一点,他的理由非常充分,那就是——节约。苏文哲记得差不多从那时起,班上的同学就有昏死过去的了。虽然没有学费的负担,但少了补助,苏文哲和陈绮蓝的生活就成了问题,陈绮蓝的退休金从那时起就被之前的单位压着,他不得不在课业之外和她一起去拉煤贴补家用。李守信在陈绮蓝出事之后的第二天把苏文哲家的粮本给拿走了。苏文哲吃了三个闭门羹,才要回来,而那之前苏义达和苏郁和已经靠凉水过了两天两夜。

被学院领导叫过去的那天正好是苏文哲研修班要结束的那个月,领导说:"研修班确实有留人的名额,你成绩不错,但是……"

他转了一圈道:"你是有必要问问你岳母,她都干了些什么。"说完就递给了苏文哲一沓材料,"这是李秘书让我交给你的。"

"李秘书?"苏文哲狐疑地问。

"那不是你老同学嘛。"领导笑道,"这次还是托他的福哪,本来按照你岳母这个案子,你是完全不可能继续在我们院待下去的,但我爱惜你是个人才,而且对待我们的毛主席、我们的党,还是很忠诚的,每一期的伟人像都完成得很不错,上次去苏联参展,还拿了奖。所以啊,你千万不要为了你岳母……"

苏文哲的心猛地一沉,手写材料上被红笔画着的一行清楚地写道——我是一个杀人犯,我害死了我的婆婆——陈越影。

整条兴盛路在那天晚上变得出奇的漫长,黑夜像无边的眼睛注视着他笃笃前行的脚步,苏文哲刻意加快了步伐,但潜意识里他的步伐又是缓慢的,他不知道前面会是什么样的深渊,他早就已经不再侥幸能带着他的艺术安然无恙地等到可以自由创作的时代,他也早就不再奢望自己能在美术上有很高的造诣,活着,活着就好,不是吗?

可是,这不就是不想让我活着吗?苏文哲不安地皱起了眉,在身旁行人提着的灯笼的照耀下,他微茫的背影透射在右边斑驳的墙壁上,像一张无限拉长的脸。

屋子空无一人,他想到自己有些时日没有看苏莫遮了。年轻学生一脸热情地说服他把父亲交给他们照看,交给为人民服务免费治疗小分队的时候,他还乐呵呵地答应了下来,直到陈绮蓝为人洗衣回来后给了他一记响亮的耳光。

"你知不知道你爸被塞进了那个地窖就再也出不来了？"她突然变得失控起来，"他会死，会死，你知不知道？"

"他本来就快死了，不是吗？"即便很多年过去之后，苏文哲还是惊异于自己当时的平静。

第二记耳光之后，他没有感到疼，但他知道自己流出了眼泪，林郁死后他再也没哭过，但那天他还是跪在了陈绮蓝的面前，苏义达和苏郁和在漫长的童年之后一直无法忘怀父亲那个跪下的身影。

"他只有六个月了，六个月了啊。我有什么办法呢？我不让他去，你知道那些人会怎么说，到时候我们有什么？我们就算有什么也早就被他们拿去了，我们什么也没有啊，妈……"

陈绮蓝知道他只是想哭了，所以才这么失态。但她什么也说不出来，是啊，他们有什么？她陈绮蓝就是有十个脑袋，也抵不过李守信的一根手指头。她的睡眠就是从那时起变得出奇地浅，大脑总是不自觉地吸收着属于这个城市的一切声音。执行枪决的人在那些个凌晨变得忙碌起来，有一次，枪响了三声，陈绮蓝还能听到犯人那一声如泣如诉的号叫。

那号叫就像她梦境深处的一个溺水弯道，她有时候觉得自己会彻底窒息在里面，然后她惶惶然睁开眼，发现被子早就深深地埋住了她的脸。

此刻面对着空旷的屋子，他能看到的只有客厅散落一地的东西，在无数个年头流失之后，那些新鲜的肝脏和手臂依然躺在封存多年的冰柜里，陈绮蓝小心地守护着自己的秘密，而这秘密却一刻也不曾停止对她生命的侵蚀，当秘密被戳开的那一刹那，她真的感到轻松了。

"我累了。"黑暗中传来她的声音,苏文哲看到了她的脸。

"我跟你说,一会儿车就把我直接带走了,小达和小和,你要好好照顾。"她直直地坐在床上,"有时间,替我看看你爸。"她的眼中突然闪动着流动的液体,苏文哲知道那是什么。但他只是心里一阵难过,在警笛声中,黑夜渐渐拉开真正的序幕。他追了出去,在手电筒的照耀下,陈绮蓝的脸泛着青光,泪水缩回了眼眶,现在的她,静默得像一幅伫立墙角的油画。

苏文哲没有看到李守信,他不曾想过,当陈绮蓝的秘密终于在无意间被发现的时候,她是那么坦然。因为他不知道,她所有的恐慌和惊惧早就已经在漫长的岁月中丧失了本来能带给她的忧郁。她习惯了这个秘密的存在,所以她对它倾诉了冗长的言语,当秘密承载的不仅仅是爱和恨,还有更直观的相守时,这个秘密,本身就和活着的生命一样有了重量。

4

苏郁和只记得那天放学出奇的早,当然学校放学一向都很早,有时候干脆不上课,但那天校长还是让大家都站在了一起,所有的老师、学生一起喊了很多口号,那些烂熟于心的口号此刻泛滥起来,他感觉自己突然斗志昂扬起来,甚至想要像上个月把教务主任突然抓起来的李乔木一样。那天他拿着一把假手枪，戴着他爸的一个臂章，就把凶神恶煞的教务主任给斗下来了。当时他提着教务主任的办公用品沿着校园一路游行的时候，所有的孩子都认为他必死无疑，教务主任是那么凶神恶煞的人啊，但那天要死的不是他，而是那个凶神恶煞的教务主任。那时候苏郁和觉得李乔木太厉害了，居然把那么厉害的教务主任给斗下来了，但他记得全校都没有欢呼声，大家死一般的沉静，李乔木面对着主席台下的同学，一时间不知该说些什么。

"他居然给我们布置这些没用的作业。"李乔木像煞有介事地在主席台上走了一遭，"在这个万分危急的时刻，他让我们没有时间去学习毛主席的教导，而且居然在他的办公室发现了反动书籍……"苏郁和后来觉得那时候的李乔木认识什么反动书籍，顶多是发现了他爸李守信办公室里堆着的一些被打上反动烙印的老书。他记得李乔木当时手中拿着的是一本叫《情感教育》的书，他记得他跟着苏义达跑到李守信办公室的时候看到过那本书，只是他不知道此刻这本书居然安安稳稳地拿在李乔木手上，而它的主人，变成了教务主任。只是记忆总在到达这里的时候突然照出苏义达激情洋溢的脸。

他爬上了主席台，接过了李乔木手中握着的书，一下子就把它撕成了两半——"打倒资产阶级走资派！"

苏郁和当时只觉得内心一阵发麻，一时间忘记了早上苏文哲还对他们说这一天要去看姥姥，姥姥要走了，他们要送她。他更忘记了那天是他和苏义达的生日，他忘记了，忘得干干净净，他只觉得自己不能在周围突然爆发的掌声中继续沉默下去，但他是万万不能说些什么的,他说不出来,什么也说不出。他是一个逃兵,就那样健步如飞地逃离了学校,甚至没有听到苏义达在身后一遍遍叫着他的名字。

"小和,小和。"

苏郁和记得他长大之后苏义达还是会叫他小和,苏文哲很少这样叫他,苏莫遮也没有过,陈绮蓝更没有。但他只是在那一声声"小和,小和"中想要迅速地躲起来,直到他看到苏文哲坐在家门前的石阶上。

他的脸是铁青的,眼睛满是血丝,一丝丝想要胀裂他的瞳孔,从那里面能看到苏郁和歪歪斜斜地跑了过去,他跑得太急了,连脚都崴到了,他一瘸一拐地跑过去的时候,苏文哲很快就看见他了,但他只是问道:"你哥怎么没来?"

那天去看陈绮蓝的只有苏文哲和苏郁和,苏文哲把儿子扛在肩上,他扛起苏郁和的时候觉得这个举动无比陌生,似乎他从来没有对这个儿子做过如此亲昵的举动,他就这样扛着他走到了看守所。看守所里的麻将声越来越大,他走进办公室报出自己要探视的人,打麻将的男人齐刷刷地望向他,直到为首的那个站了起来叫出了那串数字——0219,0219。

苏郁和没有想过,当陈绮蓝再次出现在他的面前时,她的双脚已经套上了沉重的锁链。

"如果人心也能像这锁链一样被紧紧拷住,就好了。"她对苏文哲这么说的时候嘴角上扬,"他,还好吗?"

还没有等他回答,陈绮蓝的眼睛就望向别处了:"其实不问我也知道,你爹就是要死的人了。"她眨眨眼,"说不定,早就已经死了,我昨天还听见外面有人在叫唤。"

"妈……"

"其实你们不必难过,你们应该高兴,我这是罪有应得,现在这世道,罪有应得这种事不多了啊,你妈我是罪有应得,我死得心安理得啊,心安理得。"

"0219,你又在疯言疯语什么?不许在这里宣传反动言论。"

"你知道我是疯言疯语还担心什么反动言论?"

有时候苏郁和觉得这一切都离他很远了,他再也记不得陈绮蓝那天的笑声,她在和警卫的厮打中露出了腰部的三道疤痕,血迹已经干涸了,但依然像三道尖利的牙齿,撕咬着她剩下的血肉,而苏文哲只是牵着他的手,像石膏一样定在了原地,再也没有走开。

"爸,你是懦夫。"

即使过去了很久,苏文哲也无法忘记苏郁和对着他咬着牙齿说出"懦夫"二字的时候,那个恨恨的表情,他的眼里蓄满了泪水,被父亲紧握的手突然就挣脱开来,但苏文哲当时依旧一动不动,直到两个警卫把昏死过去的陈绮蓝拖到了那间黑屋里。而苏文哲只是问道:"什么时候?什么……时候?"

转过身去的警卫漫不经心地说道:"今天晚上……苏老师,你回去吧,这次能让你来看她,我们已经破了例了。"

苏文哲在那时才发现苏郁和已经跑远了,但他突然没有气力再去追赶年幼的儿子,他的勇气和热情早已经在自己都不知道的时候消失得一干二净，连掉下的那点儿渣滓都被吞噬得无影无踪了。

　　此刻，这世界上最大的痛苦，第一是无能为力，第二是无欲无求。

　　而无欲无求是因为无能为力，只能打烂了牙齿往肚里吞，即使在下咽的过程中疼痛难忍，也只能继续忍着。这两种痛苦啃噬着他心底的血肉，它们吱吱呀呀地发出钝重的回声，从他的内心一直冲到了牙缝间，但他还是狠劲地把这团就要脱口而出的愤慨咽了下去。这是热情的时代，这也是懦夫的时代。苏文哲只觉得自己的身体削得像纸片儿一样薄了，但这张纸片儿还是重重地落在了身后的椅子上，那把椅子发出吱呀的声音，像哀怜的呻吟，只能默默承受自己的遭际。他的双手不自觉地抱住了头，继而就捂住了脸，潮湿漫过他捂住的脸孔，他感到很冷，也很热，只是这热和冷，都成了阴晴不定的天气，冷不再是寒冷，热也不再是温暖，它们对于他，此刻都成了一种发泄，只是这情绪囤积在他的脑中、心中，出不去，却不断地走进来，一个、两个、三个、四个……他感到自己未来的生命就要这样被吸收掉了，然后留给大地，一个空荡荡的，躯壳。

　　他走回家的时候，屋里已是一片狼藉，他端坐在门口，满脑子都是那天晚上去找李守信的一幕。那时候李守信抽着一根烟，屋子正中央挂着他父亲的遗像。人们都说李守信命好，他爹要是早死一年，他李守信能有今天？但人们又都说，多亏他爹死得巧，要不这李守信能把他爹弄成个烈士……

　　但这些和苏文哲没什么关系，他懒得听也不想问，他提着水果和烟酒一步步走到李守信家时，满脑子都在构想一会儿的言辞以及他想象中的李守信的表情。他的记忆霎时回到了那一年，李守信把写有苏莫遮历史的报纸铺在课桌上，汪小二他们半生不熟地念着，直到他用双手扼住了李守信的脖子。

"苏文哲，你干什么？"

"你把报纸拿走，我就不掐你……"

"我爹可是政协主席，我告诉你，苏文哲，你再敢这样，我敲死你，连你爹一块儿敲死。"他恶狠狠的表情终于在岁月的洗礼中渐渐隐忍成一个野心家应有的抱负，所幸他还是给自己留下了后路，所以才能在之后安然无恙地生活下去。

后来苏文哲觉得，如果当时没有人去帮李守信，他一定可以打赢那场"恶战"，但后来他又觉得就算打赢了又怎么样呢，那场战斗本来就无关输赢。他苏文哲从一开始就不在理，他还记得那天汪小二他们跟着李守信把自己踢得鼻青脸肿，而最终他们只是在门口罚站了一下午，那也是苏文哲第一次看见李守信他爹，他的确穿得像个领导，当着全班人的面扇了李守信一耳光，但苏文哲当时只觉得浑身的伤都在疼，它们疼得彼此呼应，疼得前仰后合，但他什么也没表现出来。他只是白着一张脸，安静地坐在位子上。没有人知道，坐在那张硬板凳上，让他疼得像要死掉了一样。而实际上他最难过的，还是苏莫遮对他所受的伤漠然的样子，他为他涂了酒精，贴了膏药，却没有留给他一句关怀的话。除了那声"对不起，对不起"，他像个孩子一样在他面前这样说，苏文哲知道自己当时真的不争气地哭了起来，从那之后他就觉得这是他唯一可以依赖的亲人了。

他想到这些的时候已经走进了李守信家所在的那条街,他很快就看见了从李家走出的康奈德,尔后他就看见了苏义达。

"小达,"他正欲脱口而出的话被憋在了口中。苏文哲靠着墙角,看着他在夜色中一路走了过去,忽视了他。苏文哲心下一凛,他不愿意让孩子看到这样一幕,有时候他妄想能够保存他们所有的稚嫩与纯真,实际上在后来看来,这些都成了伤害的前兆,只是他更不知道的是他们早已经学会了把伤口埋起来,继续光鲜地生活下去。

开门的时候,李守信没想到会是苏文哲。他愣了下,不禁说道:"刚才小达还来过呢。"苏文哲应了一声,继而放下了礼物。

"李秘书,我这次来只是想问你,我岳母的事情,能不能缓缓,我是说,能不能晚点儿执行,小达还没有见他姥姥最后一面,她和两个外孙相处的时间还那么短……"

"岳母?苏文哲,你怎么还没有跟那个女人划清界限呢?"

"我只是……"

"你是不是也跟这事有点儿关系?我可听说你那老子和陈绮蓝有点儿不清不白的,你心里想的是让苏莫遮跟陈绮蓝见上最后一面吧?啊?那林郁的烈士为什么没评上你知道吗?出身哪,出身!"李守信敲了敲桌子比画着说道,"林郁,她根本就不是林啸印的亲生女儿,你知不知道?你不会不知道那苏莫遮当年成天在陈家后院走来走去是因为什么,他们有奸情!这叫什么,这事多严重你知不知道?要不你以为林郁背孩子上学回家被泥石流压在水底下是多么大的功劳,却连个烈士都没评上!你问问,问问你老子,是不是他干的好事儿?"

苏文哲呆呆地立在原地,只听李守信继续说道:"本来呢,我好心让你爹住进那医疗条件好的医院,还免除了医疗费,而且呢,这次还破例让你探视陈绮蓝。我倒也不是邀功,只是你可以问问,从我李守信手下滚过去的案子,哪个不是大案,而这些大案的背后又有哪个亲属被我这样允诺能去探视的……文哲啊,我们是老同学,要不是看在老同学的情面上我能这样吗?现在你又提出这样的要求,不觉得过分吗?"

李守信摆摆手,坐回到沙发上:"东西你拿走,我李守信才不是那种拿人钱替人办事的人!"

"李秘书,你这话说得,我要是想有别的念头,那我还能这么说吗?这次我能留在美院都是因为您宽宏大量,您不计较,只是您也知道,林郁走得早,本来想着去支教几年就能回来,结果回来的却是个死人。这俩孩子自小就是他们姥姥照看的,陈绮蓝是做错了,可她也是个将死的人了,就算有天大的能耐,也不能翻身,您就看在孩子们的份上,宽限几天,宽限……"

李守信转过脸:"明天晚上十点半,不能再变了。"

"真是谢谢了,谢谢了。"苏文哲正要往门外走,外面突然就下起了雨。他转过脸,只看到李守信不知从哪里拿出了一双鞋。"这是你的鞋吧?"李守信说。苏文哲接过来,只觉得浑身一阵冰凉。他提着那双鞋走在雨水里,李守信的妻子给他递了一把伞,但他似乎没看见,只是愣愣地冲进了雨中,雨水充沛地把整座城的水汽弥漫得更为透彻。但此刻他只觉得自己的身体被灌满了水,他像注了水的鱼,在这场大雨中,无措起来。

回到家的时候两个儿子已经睡下,他把鞋子放在了陈绮蓝的屋子里,突然就看见了盖在一片狼藉之中的那只鞋,那只李守信始终都没来拿走的鞋。冥冥之中他觉得自己似乎明白了点儿什么。

其实，早就算计好了。

那场雨来得迅猛，苏文哲突然一阵心酸，脑子里再次想到的依然是林郁，他闭上眼，想到林郁和他在一起的最后一个晚上。夕阳把她的白裙子包裹得像一朵花，开得那么娇艳，那么绚烂，有时候他觉得林郁就是朵美丽的花儿，因为太美丽，所以容易打碎，打碎了就再也开不起来了。他把她包裹在自己的怀里，那一刻，他相信自己想的只是天长地久，他相信他们可以就这样，相伴度过彼此的人生，他以为他们真的可以这样一直平凡却安静地生活下去。至少他相信她是爱他的，否则，为什么在最后一刻，林郁选择的，依然是他苏文哲，他相信她从不是委曲求全的女人，她一定是因为爱他才那么做的。一定是因为爱他。

一定是。

他这样想着，像一个孩子一样自我确认着她的爱，他这样想着却突然流出了眼泪，它们伴着窗外淅沥的雨水充盈了他的眼角，但他不允许自己再流眼泪了，因为那一刻，他觉得他的爱，已经死了。

雨依然在下，苏义达的鼾声再次让苏郁和无法入眠，哥哥回来的时候就是一副志得意满的样子，没有人再提起白天的事，苏郁和也没有询问关于教务主任的事，这些，跟他有什么关系呢？只是这两兄弟，一时间都忘记了这一天是他们的生日，他们的生日啊。一片鼾声中，苏郁和突然觉得孤独到不能自已。

这是怎样漫长的夜晚，他呆呆地躺在木板床上，搬到这里以后他觉得空气湿润得像无时无刻不在哭泣。他记得爸爸已经答应他下个月就教他画石膏,还对他说他一定要成为一名画家,一定。他还说要教他画的第一个石膏叫哭娃,那孩子长得跟他小时候一模一样,他说这些话的时候,真的就像一个慈爱的父亲。

他正这样温柔地想着,还是听到了那声足以划破尘世的呜咽,那声音在响起的时候已经没有了性别之分。但他确信那是一个女人的哭泣,尽管一个刚上小学一年级的孩子似乎还没有这种判断力,但苏郁和无比相信自己就是听见了。

是的,那就是一个女人,她尖锐的哭泣声足以让这座城市永远记住她。她的生命还是没能延续到第二天的夜晚,她死了。倒地而亡的时刻,她想的终于不再是她的罪恶,而是她生死未卜的爱人。

5

数年之后,那一切在苏郁和看来,就如同一场梦境。那些天,苏文哲总是很晚才回家,他要写很多的材料,关于他自己的,关于林郁的,关于苏莫遮的,甚至是已死的陈绮蓝的,他没有时间也没有机会去教苏郁和画画了。而对于苏郁和而言,苏义达也再不会等着自己一起游戏了,他和李乔木一起穿过兴城所有布满氤氲水汽的巷道,敲打别人家门前的果树,每次总有人来赶他们,但只需一两秒,他们就跑得让追赶的人看不到了,其实他们往往是找了个地方躲起来了。有时候苏郁和慢吞吞地走回家,总能看到他们躲在他前面的一个角落，强忍着笑望着气急败坏的果树主人。很多次苏郁和都希望哥哥能带着他一起进入那一场游戏，希望他们也允诺他加入那个小分队，但苏义达始终对此置之不理，结局就是，每次苏郁和试图跟着他们的时候，就像被甩掉的果树主人一样无可奈何地东张西望着。

"你是一个累赘。"当苏义达嚼着泡泡糖对着他说出这句话的时候，苏郁和感到自己从没有那么难过。即使是不能画画的时候，他也没那么难过。他把苏义达丢在地上的嚼过的泡泡糖捏在手里，它们总能被他捏出各种造型，尽管它们在成形的时候已经脏兮兮得像那只被开水烫死的老鼠一样了，但苏郁和还是坚持不懈地捏着，对于他而言，这是唯一能拉近他和苏义达关系的桥梁。每每那时，他总要扶着自己过宽的镜框，而身后是一声声"瞎子，瞎子"的叫唤。但这些叫声都不能让他真正难过，他真正难过的，只是童年时代没有母亲，没有朋友，而长大之后，没有爱人，没有荣光。他唯一的爱好和特长却因为自己对色彩的反应迟钝和眼疾而变得困难重重。的确没有人想到，苏郁和生下来就有眼疾，在那声啼哭无限延后的时间里，苏文哲焦躁得在屋子里踱来踱去，陈绮蓝还是嗑着瓜子皮说："好歹死了算了，一个野孩子。"苏文哲听到那句话时气得抓起了陈绮蓝的衣襟。

这就是他的孩子，因为他们生下来的时候第一眼看见的男人就是他。

有时候苏文哲觉得自己的逻辑真是奇怪，但他真的就是这样认为的。但当苏郁和终于醒过来时，他又不得不面对他随时可能瞎掉的事实。

此刻，早早戴上眼镜的苏郁和跟在苏义达身后，心中一直希望哥哥能像别的哥哥一样转过身教训一下那些骂他的人，哪怕是一声训斥也好，但是没有，他最终等来的只是那一声"累赘"。如同所有不相信苏郁和这样视力的人也能画画的人一样，苏义达始终都是破坏者。有时候连他自己也不明白为什么一定要去欺负这样一个弱者，但当苏文哲总是抱起苏郁和的时候，当苏文哲总是把最好吃的食物留给苏郁和的时候，他知道他甚至邪恶得想要让苏郁和死掉。你去死吧，你去死吧！即使过去很多年，苏义达还是无法忘记自己在黑夜里突然想到白天苏文哲的偏心就要在心里诅咒一遍他们，有时候他咒着咒着，就不自觉地流出了眼泪，而这眼泪在被他发现的时刻，早就已经打湿了他的枕头。他就像一个小兵，无时无刻不关注着弟弟，苏义达知道，当苏郁和站在墙角一遍遍艰难地抄写"粒粒皆辛苦"的时候，他的确有些开心，他一直希望苏文哲能看到他黑板边上贴着的小红花，他一直希望他能重重地表扬他，但是没有。他留给他的，永远都是一个微笑，或者沉默的脸孔。

但在那些日子里，这一切都变得不再重要了。苏义达知道，在苏莫遮从医院三楼跳下去的那一刻，这一切都不再重要了。

时间在苏莫遮看来早就是静止的了，他总是在夜晚听见来自远方的声音。有时候，他觉得它们迫近了，但他一伸出双手，它们就不见了。在微小的喘息声中，它们渐渐扩大成记忆里的景象，那景象里，他不是现在这个样子，而是穿着一件雪白的长衫，他行走在沙漠里，对那个孩子讲着汉族公主的故事。有时候，他觉得它们很远了，连最漫长的生命都不可能走过那一寸记忆了，但此刻它们就真的像流水一样顺其自然了，它们流到他的手心来了。像一条隐忍的河流，渗透每一个灵魂，他感觉他的故事又都来了，它们前仆后继毫不矜持地跑来了、扑来了，他来不及拥抱它们的脸，它们就让他难过地跳进了福尔马林溶液中。他无助而又难过，但是无论他再怎么用讲故事的腔调召唤它们，它们就是不来，甚至连来的可能都没有了。它们的足迹被液体搅混了，连自己走过的那些路都混沌了，那混沌的一片把他们的生命都碾碎了，空留一场回忆，权且陈列给后人。

明晃晃的窗子在那个夜晚是打开的，风猛烈地灌进屋里，几乎要把这里的臭味都带给外面世界的人了。他的身体突然荡漾出前所未有的激情，他感到自己还能站起来，然后他真的站起来了；他感到自己似乎还能爱上一场，他决定去爱；他感到自己还想再看清些什么，他决定睁开眼睛，尽管此刻，他什么都看不见了，但他还是愿意祷告一番，此刻，其实他多么想要活下去。

但晃动的窗帘和明晃晃的窗子反射的光芒还是闪住了他的眼，那一声呜咽呼啸着袭来的时候，他确信自己听到了她的声音。

他用漫长岁月观望的爱人，他用后半生赎罪的爱人，他一次次想要再去爱的爱人，在那声枪响之后，他只觉得自己看见了她躺在遥远城市尽头的头颅，它是滚烫的，流淌着她的热血、她的眼泪，它们一起在流淌中看到所有爱的对峙，苏莫遮就这样迈出了自己的脚步，他确信这声召唤才是他能走动的原因，他最后的激情就是为了最后一次前仆后继。

他觉得自己滚烫的血泪盖住了那颗焦灼的心，它们一起燃烧，然后变得冰冷，在这个年末，留下自己的温柔，跟随那个倒地而亡的爱人，一起奔跑。

他相信，这将是所有私奔中最久远的逃离。他固执地想再次相信，他还有这样的机会，至少能让他证明一次———个男人的情怀。

枪声响了不止一下，苏莫遮不知道还有没有人听见那第二声枪响，但他真真切切地听见了，它们就在他胸前滚烫的热血中，他感觉它们就是为了让他听见才射进了她的身体，是她为了召唤他才那么做的。只是在这个寂静的夜晚，没有人会再去观望他们的爱情。苏莫遮觉得自己终于能和她走到一起了，在这场观望宣告结束的时候，他终于能够确信，他是和自己的爱人，一起倒在血泊里了。

他们将有着同样湿热的温度。

发现苏莫遮的尸体，已经是三天后的黄昏，血泪浸染的肉体经过水汽的润泽很快开始腐烂，医院后门附近的居民终于嗅到了这阵阵恶臭，敲门声绵延起来。直到男人被拖出来，不对，实际上他已经是个老人了。的确是个老人，一个在所有人看来自杀的老人。

没有人相信他是殉情，因为在这个连谈论情怀都奢侈的城市，又有谁会为了爱去死？但苏文哲不知道为什么，在看到闭上眼睛的父亲那一刻，只感觉他一定是死在陈绮蓝执行枪决的夜晚。

火葬场的车子再次拉走了他们的亲人，那是苏文哲唯一一次固执地看着烧尸工把亲人的遗体送入了焚尸炉，在火焰中，他第一次觉得焚烧的骨骼真的是在跳舞，它们舞动着僵硬的身体，变得越来越狭小，越来越瘦弱，最终成为一盒灰质，他无法相信，这样的东西真的来自一具活过的灵魂。

而当苏义达和苏郁和坐在苏文哲借来的板车上时,他们终于像盟军一样握住了彼此的手,托着爷爷的骨灰盒,在亲人的别离中,这两个孩子第一次不再计较所有的仇恨和失望,因为他们眼前所面对的死亡,足以让所有的怨恨都止息。

在那盒灰质融入大海的时候,他们流出了眼泪,他们没有看见,就在他们的前方,他们的父亲,对着黄昏里那轮沉入地平线的太阳,无声无息地流下了满脸的泪水。

6

欢庆的人群走进兴盛路的时候,整座城市还昏睡在暗沉沉的梦里。

红色大字报的碎片成为纷扬的葬礼,它们崩裂的血管射出了肉体,冲进了每个人的视线。队伍里弥漫着热情而蓬勃的朝气,但这种朝气对于许多人而言其实是毁灭,而不是新生。那天苏文哲突然觉得自己无所事事起来。"我这是要去做什么呢?"坐在美术学院办公室里写着那沓厚厚材料的时候,苏文哲是真的不知道自己还能做什么。

因为一切都结束了。

连死亡都湮没在这场新生中了。

但他感受到的只是一阵空虚袭来的阵痛。真的过去六年了吗？他突然不知道自己这六年来做了什么，除了写厚厚的文字材料，除了一个不得不被他遗忘的理想，除了素描室里一封又一封画作，上面整整齐齐地罗列着同一个人。那是他六年来的工作。美术学院在那些年招收了许多奇奇怪怪的学生，他们拿着一封封介绍信，沉默地站着，但每个人都对他们和颜悦色。每个人交着同样的作品，但苏文哲却不得不给每一幅伟人像评一个"优"。但现在这一切都结束了，苏文哲却突然无所适从。

他走进街角的时候正赶上最后一拨儿跳舞的人。高台一时间都被撤掉了，他就是在那里看到了康奈德。

"你好，苏老师。"

他没想到康奈德会主动跟他打招呼，这个在他的记忆里根本与他毫无交集的人突然就这样冲到了他生命的前沿。

"其实我们很熟的，只是你忘了。"

苏文哲突然一愣的时候，苏郁和正慢慢走在苏义达和李乔木的身后。整条兴盛路的香樟树一夜之间都长出了花苞，苏郁和看着哥哥和李乔木一起用弹弓打落了每一朵将要开放的花，它们抽出了脸庞，滚落在兴盛路上，瞬间就被欢呼的人群踩成了新泥。

那时候苏文哲的背包里仍放着那本日历，上面依旧标着林郁离开的日期，只是突然又来了一拨儿人，他们挡住了苏郁和的视线，阻挡了苏义达弹弓的路径。苏郁和就站在队伍的后面，看着父亲的背包被挤掉了，然后看到了那本旧日历暗沉沉的红色，瞬间就被迷住了。然后他听到康奈德对苏文哲问道："你难道真的忘记了吗，苏文哲？"

李守信的好日子就是在那个初夏结束的，但在李乔木的记忆里，那天他爸爸只是长长地舒了一口气，他两腿并拢，安静地点燃了那支烟，在它快燃尽的时候突然说了句："结束了，挺好的。"

那天，香樟树的花开得艳丽，雨水倾泻而下，把它们全身都淋了个遍。苏郁和那天待在苏文哲的画室里，把那幅叫作《哭娃》的石膏画画完了，在他要离开的时候，他看到了那幅被掩盖在旧画框下的油画。他没有发现雨水落下，他也没有发现苏义达把那个弹弓从那面窗户抛到他脚下。很多时候他都觉得就是那个下午改变了自己的命运，即使很久之后苏郁和也不能单凭照片就记住一个人的样貌，这就像一种习惯，在那些面容被画上的时候，而即使画者并不是他，他也能从那里找到那枚令自己记忆深刻的内核，然后将它们放入自己的胸怀，打造成一双深邃的眼睛，望向自己，凝视自己，从此不再遗忘。

那是苏文哲画了很久的一幅画，若干年后，当苏郁和在那片沙漠找到和这幅画一模一样的面容时，他像找到了自己的理想一样，只希望它们就此放飞，不再着地。他的爱轰然而去，像岁月的马达，把自己的生命都蜷缩成了一团浓郁的绿色。

苏义达气急败坏地把弹弓扔进去的时候，李乔木正站在人群的外围看着父亲被推搡着上了那辆警车。那时候苏义达突然觉得自己完了，美院外面的车轮声滚滚而去，但里面的人没有听见。苏文哲那天早早就回了家，自从那幅画完成之后，他就再也不敢看画上的人，画上的女子长着一枚泪痣，那痣黑得像皮肤的底色。画上了眼眸，他就长久地凝望着她，那是他的爱人，他忘不了、放不下的爱人，他孩子的母亲，他死去的岳母和父亲的女儿。苏文哲的手在无数个夜晚画下她的脸庞的时候，他知道自己拂过的，不是自己的记忆，而是早已不能割舍的生命。

"你在哪里？"有时候苏文哲觉得自己问得已经让自己都厌烦了，但他还是不能停止对于有关林郁信息的搜罗，虽然每一个消息都是——失踪。

在他所知道的法律里，失踪是有期限的，而一旦过了这个期限，这个人就可以被命名为不再存在，他的妻子可以重新出嫁，她的丈夫可以重新娶妻。有时候苏文哲是真的不明白为什么失踪到一定的期限，原本存在的人就被抹去了历史。那是对亡灵的告慰，还是为了了却生者的牵挂，这是告别，还是逃避？

他只记得自己在那场"葬礼"上真的流泪了，只记得那真的是一场告别，生离死别，在一瞬间煽情得让局外人都不禁潸然泪下。感动，其实是这么简单的一件事。

挂满兴盛路大街小巷的横幅在一个月后被撤了下去，把它们撤下去的不是别人，正是那次欢庆队伍中的人。变革对于苏郁和而言是悄无声息的，就像那些年里苏义达突然就和他走得很近了，他们父子三人突然结成联盟，成为不可分割的真正的家人。苏义达的弹弓扔到那间画室之后就再也没被捡起过，李乔木的弹弓在李守信被带走之前被没收了，然后再也没拿起过，这些孩子坚持过的事业，除了苏郁和的，都夭折了，伴随着一个叫作成长的注解，留下一个不算空旷也不算饱满的背影。

苏郁和记得自己就是那天突然被苏文哲带到了康奈德的诊所，李守信是那天早上被带进去的，但黄昏的时候就回来了。关于他的故事众说纷纭，普遍的说法是李守信的后台很硬，他这次逃过劫难都要感谢他死去的老爹为他留下的人脉。但兴城人能记得的只是李守信最后的一个背影。那年年末兴城突然下了一场大雨，李守信的身体被挂在兴城城墙上，脸是垂下去的，目光被头发掩盖了，他落魄得就像这座城市在那场雨后的狼狈一样，护城河里冲出了许多污垢，雨点砸在大街小巷，生怕敲不痛这座城市的神经。

那天黄昏，当苏文哲带着苏郁和走进康奈德诊所的时候，他完全忘记了康奈德那天问他的："你真的不认识我了吗，苏文哲？"

7

很多时候苏郁和觉得自己其实是在十二岁那年的秋天才真正拥有恒久的记忆。兴城一中的校舍都是灰白色的，苏郁和总觉得这些景物在成为记忆之前就已经有了记忆中的颜色，它们灰白得像这座城市若干年后的遗照，盛满所有因为改革而被弃绝的生灵。

苏郁和的速写本在那个时候占据了书包最多的空间，照片已经不能记录他所看到的世界，这个世界只能这样被转换成他眼中的底色，然后，他把它们印在自己的本子上。美术教室是木质结构，它们层层叠叠的，就像累积起来的情怀，蘸满了他的岁月。他的座位一直稳定在最后一排，苏义达写黑板报的时候总能落下很多粉笔灰，它们总是让苏郁和的后背白茫茫的。关于那幅油画的影像在他的记忆里挥之不去，但每当他试图去求证画上的女子是谁时，苏文哲总是含糊其词。和苏郁和一样，苏义达也不记得母亲的样子，那幅在灵堂上摆着的遗像就是他们唯一的记忆，有时候太美丽的东西总是刹那芳华，而后就被遗忘得彻彻底底，任凭艰难的寻觅也不得其容。很久之后苏郁和觉得其实只有父亲才真正记得母亲的样子，那些伴随着洪流奋不顾身死去的人都被他们三人遗忘了，存留的岁月气息只是在叨扰着他们的成长，而唯有对母亲的思恋是不变的温存，只是那天，当苏郁和满脑子想着油画女郎的时候，康奈德只是愣愣地问了他一句："你知不知道，其实你妈妈并没有死？"

他像洞悉了一切，对着惶恐的他堂而皇之地说出了这句——你妈妈并没有死，没有死。康奈德这样说的时候，苏郁和还紧紧握着铅笔，他在那张空白的纸上画了很多房子，它们有着长长的屋檐，落下的水滴，纷纷扬扬地在城市飘摇，他画了一个背影，那个背影模糊向前，长发舞动，依然是黑白，那些彩色的蜡笔，苏郁和并没有用。那时苏文哲一度怀疑他是色盲，带他到各种大医院检查，都说没有问题，但他画不出彩色，任凭苏文哲怎么努力地教他画色彩，他依然画不出彩色，他能说出对每种色彩的感觉却画不出它们的颜色。在那一次次的检查中，苏郁和只觉得自己突然成了被怀疑的人，但是谁能真的相信，一个正常的孩子，一个对画画一直敏感的孩子，竟然不懂得运用颜色，而只能在斑斓的世界里游移于黑白的境界，并且始终走不出。

人体课程解禁之后，苏文哲成为这门课的主要授课人，美术学院的模特从那时突然多了起来,近郊镇子上的打工妹多数都要来这里走一遭,做一次人体模特的钱几乎赶上做一次"三陪"的钱,但是很多打工妹做了几次模特之后都选择了直接进按摩城。因为在她们和她们周围人的认知范围里,人体模特和"三陪"没什么区别,而且做一次人体模特的钱还不如做"三陪"的钱多。从"艺术领域"走入"娱乐行业",本身就是一件顺理成章的事情,娱乐的预热已经不能接近艺术,却更接近喧闹的人群。

那时候兴城正在兴建全城最大的按摩城,苏郁和经常去那里画速写,因为人体模特,苏文哲几乎认识所有的按摩女郎,她们的技术和发嗲的口音让她们很快就从穷困的泥淖中脱离出来。按摩城东边的县城是美院学生的写生基地,兴城所在省最大的淡水湖就在那里,而围着那片湖泊的房屋就是按摩女郎们的资产,但其中只是少数人才能拥有,大部分时候,只有做了"鸡头"的按摩女郎才能轻轻松松地在那里买上一套房子。在苏义达的记忆里,苏文哲就是从那时候做起了画品生意,而那属于他们家的车队,也是在和按摩女郎的接触中渐渐兴盛的,在苏郁和高考那年,它们终于得以耀武扬威地在兴城兜了一圈,苏文哲也成了这座城市的头条人物,他的背也是从那时起真正地弓了起来,神色也颓唐了,再走过兴盛路的时候,香樟树已经被砍掉了,兴城市政府加紧出租属于这座城市的任何一寸被建筑物占用的土地。那一年,香樟树的花香胎死腹中,就像很多人的爱情,伴随着这座城市数以万计的广告牌,在逐渐干燥的风中,不停地战栗。

对于苏义达而言,兴城兴建的按摩城只是他的小帮派聚集的地方,他习惯了在那里发现苏郁和,正如苏郁和习惯了在那里看到苏义达抽着烟,牵着一个"小姐"的手,但只是在夜色里。而苏郁和和哥哥唯一的不同是,苏义达只是在消遣,而他只是在这里寻找盟军。亲情是这样一种东西,苏义达身边的每个女朋友都可以走马灯一样来来往往,但他的弟弟只有一个,父亲也只有一个。苏文哲在那些年倦怠绘画,满脑子都是沙漠,那幅画一直被放在画室的最深处,很多时候苏郁和觉得父亲把它和他们共同的记忆都遗忘了,爱是苦的,一旦化开就淡了,但苏文哲的没有化开,他只是把苦涩挪到了看不到的地方,伤痛也只有在震动的时候才发出低语,而这低语只有他一个人听得见。执意去西部那天他没有迟疑,他的脚步依旧笃定,穿过学校走廊的时候他没有回头,走过兴盛路的时候也没有转身,那年苏郁和十五岁,他依旧木讷地待在家里,耳朵里是老师建议他退学的话,苏义达还在外面,逃掉了漫长的晚自习。那时候按摩城还没有筹建,苏文哲就站在当时那片空地——后来的按摩城上抽完了一支烟,呛出了泪,他原本站直的身躯突然弯了下去,接着越来越弯,直到耳膜迸发出一阵碎裂的声音,他知道那只是压抑的哭声,那哭声绵延无边,像永不止息的脚步,把他的心都踏平了,但他还是在头埋进双膝的那一刻听到了自己心里的声音。

林郁。林郁。

在地图上找到西北偏北的位置,他在那里画出咸水湖的区域,距离那里不远就是林郁支教的地方,她在那里和自己的同伴失踪,只留下一班失去记忆的孩子。他们在沙漠徒步数日才找到绿洲,却不记得老师林郁。这一切通过电报发到这里的时候,苏文哲只觉得这分明就是不可能的事,这些鳞片一样的情境怎么可能真真正正地刻在他的生命里呢?这一失踪却真的就是恒久。当年他听从安排为她办了丧事,为了消除影响,只说是为了救学生而死于泥石流下,他自以为她此后会回来,像他们所承诺的那样被找到,但这一切在后来看来真的只是一种逃避,那年去往西部的人没有一个真的走回来。他们在那里索性停留了一生,爱恨都被湮没,空留一生他人的追忆。但这追忆大多被时间掩埋,只有他仍念念不忘,反而在岁月里加深了印迹,有时候他觉得凭借记忆里画出的早不再是那个她,但这个名字所带来的热爱却在经久不散的怀念中成为疤痕,一层层揭掉,一层层生长,终于成为坚不可摧的铜头铁臂,成为连他自己都无法祛除的一颗痣。

他决心去那里,去她走过的土地,不是因为相信能找到她,只是希望自己离她近一点儿,再近一点儿,让自己不再那么自责,不再那样艰辛地爱她。"我们是一起的。"有时候他还是会想起自己对她说过的话,在林郁疼痛难忍地抓住他的手时,他这么说,尽管他比谁都清楚,那两个呱呱坠地的孩子,并不是自己的儿子,但又有什么关系呢?这是他的妻子,他的家,就算付出一切,他也不愿意放弃这股热爱。

这是和信仰和事业一样沉甸甸的梦想。

兴城火车站在那年真正通车,恢复高考之后,每个人看起来都精神焕发,苏文哲却在那个热情洋溢的季节觉得自己真的老了,身体的一部分器官的功能已经开始衰退,有时候耳朵里会冒出并不存在的声音,它们焦灼的嘶哑在黑夜里折磨着他的神经,有时候他觉得是记忆又回来了,它们由远及近地来了,踏上他的身体,蔓延过他的情怀,它们对他说,近了,近了。但他还是流出了泪,或者不是泪,只是被吹进窗户的风刮过流出的液体,但这一切如此真实,他在走向生命另一个禁地,与回忆抗衡。那是他的第一笔生意,他决心抓住,那是一片永不褪色的红,他将前往那片地域,它叫落阳,人们都说,在那里将看到最美丽的夕阳。

他们说,那是这世界上最美好的盛景。

8

琐事很快安排完毕,苏郁和在美院附中安顿下来。苏义达也执意上了高中,发现那幅画的时候恰好是苏文哲离开的那个季节。陈绮蓝死后,那只箱子就没再出现过,那时候它被翻开的时候盛着的是一副剔除肉体的骨骼,长久泡在福尔马林溶液里,失去了最初的模样,苏义达一直以为它会因此被抛弃,伴随那声枪响,成为废物,却变成了苏文哲装油画的箱子,里面依旧弥漫着浓重的消毒水味。和苏郁和一样,他始终对这种味道情有独钟,仿佛那才是自己真正的栖身之所,他不知道他最初的记忆,其实就浸泡在这样的气味里,他的母亲躺在床上叹息、呻吟,他的父亲握住他的手,他不知道那是爱,在后来他抱住第一个坐在他腿上的女孩时,他也不会想到那幅场景。"哥哥喜欢你",在遇见曹汐之前,这一直是苏义达表达爱意的句式,没有人在他这里祈求恒久,最多只是一种热量,至少在两个人都感到寒冷的时候,拥抱和欲望是获取温暖的最好方式,他在那里滑过他的青涩。当苏文哲带着那列车队浩浩荡荡地回来的时候,他已经觉得自己的生命,早已过了那一季。

　　从不在孩子们面前提起林郁可以说是苏文哲一直以来的习惯,烈士陵园一直存留着林郁的一方土地,尽管她没有烈士的名号。苏文哲知道那里面空无一物却还是习惯性地在那里停留,他离开的季节阴雨绵绵,整座城市发出最后微弱的呐喊,从县级市升成地级市一直是兴城那些年努力的目标,随着按摩城的兴建,这座城市终于迎来了那纸文件。再次穿过那片按摩城工地,是一个黄昏,苏郁和结束了美院的考试。待他排了漫长的队伍终于给苏文哲打了那通电话之后,他只觉得眼珠都要掉出来了。医院的诊断单还紧紧揣在他的怀里,生锈的油画笔上还停留着早先染上的墨绿色颜料,太多的蓝和一部分红混合成那张人像的布景,他依旧画不出自己看到的颜色。素描考试时,他熟练而淡定的笔法让监考人员惊叹,考完后就怂恿他去北方,考那所全国最好的美术学院,但色彩考试后,只是唏嘘一片,苏文哲叮嘱他报考雕塑系,但他执意报了油画专业。很久之后他才后知后觉,其实自己终其半生,也不过只坚持着这一件事。

　　李守信死后,李乔木就离开了兴城。再看到他的时候,苏义达已经从高中休学,整座城市的树都被砍掉了,变得空旷而寥落,只剩人声,充斥着鼎沸的气味。每次走过小城里的巷道,苏义达心里好像总会流一遍血。

　　眼疾同样没有放过他,苏郁和只知道他是因为打群架而被学校劝退，但为了保全他的名誉，更为了保全他优良的成绩，才以病休为名让他暂住家中。李乔木再次出现在兴城的时候，身后就跟着那位照顾过他的人，那个女人不年轻了，嘴角有一块红斑，她就站在苏义达的面前，轻轻地问道："你爷爷，还有墓地吗？"

如果苏文哲在，他一定会让苏义达叫她一声阿姨，但苏义达只是病恹恹地点了一支烟，像一个真正的痞子那样，问了声："你谁啊？"

"刘立文。"

他没有想到这个女人爽快地说出了自己的名字。李乔木跟着母亲投奔远房亲戚的时候，刘立文早已离开，不料他们却在落脚的北方乡下遇到了客居的她。她得知苏莫遮自杀、陈绮蓝被枪决，平静地喝下那二两白酒后，她决心去兴城找他们。此时已经是1982年，李乔木的外公为他物色了邻村的姑娘，他却在婚礼的前夜逃得无影无踪，母亲早在父亲死后不久因病去世了，他在那座安静的镇子度过了自己剩下的少年时光，有时候李乔木自己也不知道自己那些年究竟是快乐还是不快乐。父亲李守信做事一向隐秘，也不曾想到自己会有什么仇家，因为祖父的人脉，他本已脱离了被逮捕的可能，牢狱之灾一向与他无缘，却在审查结束后被人绑在了兴城最高的那棵香樟树下，那是距离烈士陵园不远的地方。那天李守信突然很想去看一眼林郁，他不知道自己为什么在脱离危险之后第一个想到的人是林郁，不是他的结发妻子，也不是当时尚顽劣的儿子，他只想到了林郁，他觉得自己一定要去那里走一走。其实他再走几步就到烈士陵园了，但那条绳子突然就勒住了他的脖子，漫无边际的黑暗里，他觉得自己一时间又回到父亲出事的时候。没有荣誉，没有赞美，没有前程，更没有友谊。他被隔绝在人世之外，每个人都忙着跟他划清界限，每个曾给父亲送礼的下属都忙着揭他们家的老底，除了林郁。

那是哪一年呢？再想到这个问题的时候，李守信只觉得自己浑身都是轻飘飘的了，他的眼睛朝上，看到的是月亮，但月亮没有看他，那晚的月光很稀薄，月亮不是蛋黄色的，而是银白的，像白纱箍住了双眼。他能感觉那双眼睛在望着自己，却感受不到那目光的温度，它们冷冷的，但那时候他没有恐惧，真的没有恐惧，他只是想安静一下，而那条绳子也真的让他安静了。

"不用理他们，你爸爸很快就会出来，都会好起来的，一定是这样的。"

林郁这样对他说的时候，他并没有领情，但他还是握了一下女孩软绵绵的小手。那时候林郁比他高，他就那样看了她一眼，像看到了久违的盟军，感受到了久违的友谊和爱护，那时候他才真正明白，他其实从未被真的爱护，他没有过朋友，没有过支持者，那些只是泡沫，它们在太阳下一照，就消散了。发现真相的时候，他感觉自己难过的要死掉了，那天晚上就是这样一个月光稀薄的晚上，黄昏褪去了，只剩下漫无边际的深蓝和黑，它们压下来，很快就压到了他的胸口，他感觉自己的眼眶中又涌出了那层潮湿，它们一路拼杀，很快就要到他的脸颊了，但林郁突然捂住了那双眼。

"男生，是不能掉眼泪的。"

李守信一直都觉得林郁的眼睛是他看过的所有女孩子里最大的，那双眼睛总是适时地出现在他的面前。在他离开的那个晚上，他翻过那个墙头看了一眼熟睡的林郁，她的脸又红又白，粉粉的，睫毛长长地垂下来,像一朵变换了颜色的睡莲,那一刻,他希望她永远也不会醒来,就像那条绳子勒过去的时候他蓦地希望自己永远不要醒来一样。

就这样吧。那一刻他真的觉得自己无欲无求了,他没有转头,因为他不想知道身后站着的仇家是谁。

索性湮没好了,就这样吧。在他突然想起林郁那晚的脸庞时,再次想起女孩睡着时漫出眼眶的泪水时,他觉得最大的悲伤不过如此。最大的难过,也只是这样而已。那是怎样美好的生命,居然愿意救助他几乎要灭绝快乐声息的童年?

"林郁。"

死的时候他叫出的只是这个名字,不是朝夕相处的家人,只是一个在那样的童年里握住他的手、捂住他双眼的,小女孩。

9

苏文哲第一次出行并不顺利,当他一脸颓丧地再次推开半年未进的屋门时,他觉得自己只能这样绝望下去了。和他同去的人都说苏文哲去那边根本不是去做生意,那些跟随他去的第一批个体户,这个沿海小城第一批希望致富的人,几乎把全部的家底都赌在苏文哲身上,却一无所获。他本来就隐忍的青年时代随着那次出行彻底崩塌了,从那之后,他彻彻底底是中年人苏文哲了,当他弓着背出现在苏郁和的画室时，他停下笔抬头看了一眼父亲，耳朵里再次冒出康奈德那天说的话。那一年他还是个男孩子，现在他真的长成青年人的模样了，他开始经常刮胡子，文化课成绩依然很烂，那时候苏义达已经经常参与各种打架事件，尽管如此，他依旧保持着优异的成绩，并且在那年年尾，他再次回到了学校，准备来年夏天的高考。

  那个夏天很安静，或者说，在苏郁和的记忆中，那真的是安静的，因为他脑子里总是不断出现那个影子。他一直不知道那画上的姑娘是谁，他只觉得自己的脑子里不断冒出那个影子，他几乎是疯狂般地去寻找那幅画，但他不敢告诉任何人，或者说耻于告诉别人，这真是一件难过的事，很多时候他从那个漫长的梦里醒来，心里都一阵接着一阵的失落。

  第一个发现他异常的是苏义达，当苏郁和惊慌失措地把自己的内衣塞进大木盆里并迅速倒上水，用涂抹不均的肥皂沫一遍遍揉搓的时候，苏义达就站在他的身后。那时候苏义达的背包里已经装了很多的彩绘图，上面的姑娘都长着同一张面容，那是在当时的高中一些男孩子间广为流传的图画，画技拙劣，但这些模糊的影子就这样堂而皇之地成为他们第一个情人。情人，即使很久之后，苏郁和也认为这是一个羞耻的词，他像一个卫道士一样封锁着所有属于这种念想的出口，炎炎夏日他也会穿着长衣长裤，这几乎是一种癖好，他不愿意直视自己的身体，唯一一次去大众浴池洗澡是跟着苏义达。但当一具具肉体在氤氲水汽中显得亦真似幻时，他的眼睛一阵阵晕眩，他扶着墙壁站了一会儿，才渐渐舒缓过来，但目光从此就是低垂的了。他唯一能容忍自己潜心记忆的，只剩下那张脸庞。甚至有时候，他觉得自己一切的刻意，都只是因为那幅面容。

那是他不可替代的，爱人。

第一单生意打了水漂之后，苏文哲并没有放弃继续出行的希望，他游走于之前的各家各户，但没有人再愿意和他一起去。矿石颜料生意的难度也让之前那些合伙人望而却步，很多人安于在家门前做小买卖，苏文哲建议他们把店面开在美院附近，销售他的画品。再次去那里时，苏郁和已经在焦躁不安地等待高考结果。索性专业课是通过了，也许是内心的怯懦，苏郁和决定就在兴城读书，反倒是苏义达坚持要去北方，经历那段暗无天日的复习之后，他通过了预考，并考出了高分，接到了理想中的大学的录取通知书。

和弟弟分别的那一天，他突然很难过，火车的汽笛声伴随着他内心的一阵狂喜。"终于要离开了。"当苏义达说出这句话的时候，刘立文已经远远地离开了这里。那时候苏义达觉得，居然还有这样的等待，刘立文的到来让苏文哲措手不及，生意的失败、旧时记忆的感慨，一时间让这样的相聚显得有些悲凉。

此刻，苏义达再次感到了这种悲凉，苏文哲没有送他离开。学校的老师和班上的一些同学送了他，甚至都要把他现场唯一的兄弟给淹没了，一时间他觉得自己再次回到了香樟树繁茂的时候，兴盛路上到处飘散着花香，他玩着水枪，那是父亲的一个同事出差回来送给他的玩具，他那样自在地淘气着，只是为了换取父亲的一丝注意，而不是每次都哀怜地看一眼弟弟，弟弟的孱弱成为获取父爱的不自觉的力量，他自小的强大反而让他的爱因此微弱。那天离开的时候他再次想到了这一点，眼圈红了的时候，他满脑子都是童年时代的记忆。而苏郁和只是在不远处讷讷地说了句："哥，路上小心啊。"

尽管如愿被油画系录取，开学后的第三个月，苏郁和还是被调到了雕塑系。整日面对的是痴呆呆的石膏像以及晦暗的光线，有时候一丝风吹进来，他都觉得是希望。苏郁和一直觉得自己很奇怪，明明画不来色彩，还偏偏要执拗于此，明明最擅长素描却始终对素描不感兴趣。他喜欢一种感觉，唯有色彩能真正表现，但他始终画不出来。苏文哲发现他这一点的那个夜晚几乎有些绝望。

"你怎么可以——"他这样说的时候，苏郁和觉得自己又回到了小时候，那时候没有什么人愿意跟他玩，他的成绩总是全班倒数，没有一科是及格的，留级也没有老师要他。抄写生字词的午后，苏义达在外面不耐烦地等他，他的手心汗津津的，汗是冷的，简直就把自己的手给冻住了，指头总是打结，天气有些温和的凉，教室的窗户发出轻微的哗哗声，因为破掉的半截被糊上了油光纸，就是李乔木用来包油饼的那种油光纸，最开始的时候苏郁和在那种纸的背面画父亲画画的姿势。那时候他还没有留级，刚上小学一年级，老师总是表扬苏义达——他的哥哥，他就那样看着他在黑板上写下正确的答案，看着他站起来流利地背诵课文。那时候他就知道，自己无论怎么努力，都无法像苏义达那样优秀。哪怕是外表上，看起来木讷、病恹恹的他也赶不上哥哥的一半，走在人群里，苏义达永远是最能惹人注目的，即使是打群架的那两年，他优异的成绩也总是成为他的保护伞，那年月大学本就难考，学校不愿意因此真的让他以涉黑分子进监狱，那样对他没好处，学校也会失去一个可在外宣扬的人才，而事实也证明，他们的做法是对的。

当苏义达的名字气宇轩昂地挂在兴城一中的大门上时，他先前一切的劣迹都杳然无踪了，那些做过他女朋友的女孩，那些跟随他奔跑过兴城大街小巷的女孩，他的兄弟，他拉帮结派为了摆脱现世生活，让自己变得勇猛无畏的兄弟，许多个像李乔木那样的少年，更多时候只是惆怅一下，便转身离开；或者像李乔木一样自豪地指着那条横幅说道："这是我兄弟，你晓得不？人才！"

只有苏郁和，无论他做什么，都没有人真的放在心上。有时候他觉得，真的只是因为这样，苏文哲才总是表现出对他的关照。他称之为关照，他们父子间的隔阂在他记事起他就有所察觉，只是这么多年来，也只有在苏文哲决定去做画品生意后，他才在心里明确了这种隔阂的存在。正是这种隔阂，让他和朝夕相处的哥哥显得生疏。按摩城日渐兴盛的日子里，苏义达放假回家还是会去那里转一圈，只是苏郁和再也不去那里画画，当那些面目妖娆、表情一致的姑娘在他身边晃来晃去时，他觉得索然无味。有时候他试图在那里寻找属于他的姑娘。尽管他知道这只是一个幻觉，那些被厚重的脂粉包裹的姑娘，那些会对他笑、对他撒娇的姑娘，只是一种幻觉，因为白日之下，一切都将坍塌。她们没有看清过他，而他更未曾想要去看清她们。但他依然没有彻底离开那个场所，因为只有在那里，他才是被重视的男人。

10

苏义达带回了正式的女友,是在他大四那年的寒假。鞭炮声让整个院落听上去异常热闹,这是一个高挑但略显瘦弱的姑娘,嘴唇是淡淡的红,眼睛很大,弯弯向上,和嘴唇的弧度保持一致。她穿着羊毛裙,及膝,娴熟地拿出一支万宝路香烟,点燃的时候,苏郁和在她的对面不禁打了个喷嚏。

很久之后苏郁和还在责怪那个喷嚏,因为是它让他没有机会早一点儿仔细端详她的脸。但这一切还有什么重要的呢?夜晚穿过爸爸和哥哥的房间,苏文哲已然睡下,只有那间屋子的灯光还明明灭灭,晃眼的床头灯下是苏义达和女友细弱的谈话声,蠢动的呼吸掺杂其间。苏郁和只觉得自己浑身都是抖动的,他为自己感到羞耻,但还是无法放下长久以来的好奇,他并非没有游移过声色场所,但从未真正置身其间。很多时候他都觉得自己实际上是被隔绝的,他的呼吸和眼前的世界是平行的,因此,他才画不出世界的颜色,只能用那些形迹可疑、诡谲丛生的重色调来掩盖自己色弱的现实。

苏文哲的生意终于在那一年有了大的起色,他还在美院附近开了一家全城最大的画品市场。电视机播放的新闻中,苏文哲说着成功人士的话，站在一层层的包围中，成队的小孩子为他戴上数朵艳俗的大红花。新上任的市长为他颁发各种名头的奖牌，甚至连美术学院的展厅中都突然列出了苏文哲当年的作品，无论好坏，一应俱全，全校的师生都在用他的颜料厂生产的颜料，都在他的画品市场订购产品，它们从生产的流水线上走下来，又从销售线上跳下来，在这个小城如鱼得水。

为苏莫遮和陈绮蓝买了墓地之后，他就定期去那里扫墓。苏义达学的是经济，由于家里的生意需要照顾，他拒绝了学校的分配。苏郁和的画作一直不被欣赏，偶有一些素描得到嘉许，雕塑上也是一塌糊涂，苏文哲对他失望不已。尽管关照的天平还是倾向他这里，但苏郁和更多的只是感激，内心深处与这个家的关系变得更淡。加上临近毕业，苏文哲开始担忧他的未来，唯一的希望是继续读下去，最好能去最好的美院，或者留校，但苏郁和不善交际的个性让这条路变得殊为不易。

那个姑娘并没有在苏家过久停留，年三十的前几天匆匆乘火车归家。送她去火车站的时候，苏郁和说什么也要跟上去，苏义达开玩笑道："在家这么多天，也没见你好好看你嫂子两眼，怎么这时候这么着急了？"苏郁和嗫嚅着笑笑，在姑娘踏上火车的那一刻，才急忙看了一眼，他不知道自己为什么那时候才看清她的脸。或许，之前，他一直都把那张面容配上一种和她不甚相同的个性，因此在她来到的时候不愿确认，不敢相信。在看到她的那一刹那，苏郁和终于明白父亲为什么在看到她的那一刻是那样诧异。

"你是谁？"在她来到苏家的第一天，苏文哲就抛给了她这棒槌般的三个字。苏义达窘迫不已,她也一愣,但还是说道:"伯父,您好。"

"不是,我是问你是谁。"当苏文哲喝第二口茶时,他觉得眼前的一切都变得不真实起来。眼前的女孩突然击中了他数年的梦魇,那一切硬生生地从他自以为遗忘的生命中探出头,像哀婉不停的歌声回旋成现在的平和,但这一切眼下就要分崩离析。

她还是平静地答道:"曹汐。曹操的曹,潮汐的汐。"

"家是哪里的?"

"沙漠边上,一个镇子,我们都叫它虹。"

"你不是汉族人?"

"是,我家原本在北方,平原上,很早就搬到那里了。"

"到你这儿是第几代了?"

"第四代了。"

"我去过落阳镇,那里离虹城挺近的,我去过那里几次。"

"哦。"

他们在屋里絮絮地说着。苏郁和不敢去看她的正脸,尽管那时他就有所察觉,父亲看到她,一定想到了那幅画。

那是母亲,那就是母亲。这样想的时候,他突然觉得自己先前的岁月都是停滞的,他深藏在那个秘密的缺口,却逃避了它的答案。当苏文哲踏上第一列火车决心离开兴城去沙漠的时候,他就应该知道,父亲去那里不只是做生意,他费尽心机想留住的、想画出的,就是那幅画里唯一不甚完美的,嘴唇。

曹汐离开那天是立春。火车驶出兴城火车站的时候,她的长发被风撩起了一角，就是那个瞬间，苏郁和确信眼前的姑娘就是他记忆中回旋往复的那张脸，只是在发现这个事实的时候他已经不能欣喜，她将成为他的嫂子，她的孩子将称呼他为叔叔，他们就将这样失去成为恋人的机会。但或许就算不是那样，苏郁和这样想的时候的确无比难过，就算不是那样，就算他们彼此都是自由的，这样的姑娘，会喜欢他这样的人吗，会喜欢他这样轻易地就会走失在人群中的人吗？也许他的确没有资格，也没有资本拥有这样的感情。

想到这里的时候，苏郁和打了个冷战，他竖起了夹克衫的衣领，让它深深地埋住了自己的半张脸。让我留在你的世界背后，世界背后，就让你永远不会发现我，就让我永远这样看着你。其实，他们这样是最安全的不是吗？他在衣领后的嘴唇突然又向上微微翘起，恋人可能会分手，爱人可能会离异，情人可以朝三暮四，只有这样，只有亲人，是坚不可摧的，就算以后她离开苏义达，他也能像她一个早就熟识的友人那样给她打一通长长的电话来关心她以后的生活。

这样，其实是最好的，是吧？

似乎就是从那时候起，苏郁和屋子里的日历就停滞了。毕业分配时他没能留校，兴城一中在他大学毕业那一年开办了第一届美术班，他就被分到了那里。当他戴着更厚的眼镜出现在学校的时候，每一个教过他的老师都轻易地叫出了他的名字："苏郁和，是吧？"

他们就那样平静地看了他一眼，再也不吱声了，偌大的办公室里，只有沙沙的批阅作业的声音，他呆在那里看着自己干净的办公桌，除了百无聊赖地再把它擦一遍，他实在不知道自己还能做些什么。

但他很快就看到了一张报纸。那张报纸那一天也被苏义达看到了，苏义达看到的时候已经在落阳了，那是一封邮寄给他的挂号信，按照字迹他觉得应该是李乔木寄给他的。那时候苏义达也戴上了眼镜，几年的治疗让他的眼疾有了些好转，医生说，只是近视而已，度数不会再增加了。看到那张诊断单的时候，苏郁和是真的觉得，这个世界上的确有命运这回事，假如当年第一个从母亲腹中钻出来的婴儿是他，那会不会现在不用再担心眼病的人就换成了他？

报纸上有一则报道，当它摊开在苏郁和的面前时，他突然觉得似曾相识。只是他还不知道，在他接下来的生命中他将遭遇无数个似曾相识，他将在陌生的地点感受到熟悉的氛围，但无论他感觉多么熟悉，他都无法真的踏入那个熟识的世界——那个并未和他有所交集的世界。此刻他逐字逐句地阅读起报道的内容。

李守信死时的模样在报道中有了更为具体的描述。昏黑的照片上，苏郁和只能看到和记忆中相似的他的姿态，没有人看到他死时的眼睛，那像一个秘密，凶手并未像很多人想的那样是流离在外的，他就在他们的身边，当他的照片再次登在兴城日报的时候，所有见过他，认识他的人都惊诧了。

尤其是苏郁和。

"你爸其实不是你爸，你不是你爸的孩子，你哥也不是，你们是你妈和别人生的，所以你才看不到你妈，因为你妈根本就不想见你们。"

当他从记忆中剥离这句话时，他已经没有了当初的惊惧。从兴城一中的校舍往外望能看到升起的黄色烟雾，那是从苏文哲的加工厂里飘出来的，当质量优良的画材从那里源源不断地生产出来的时候，他总是会迷蒙起来，觉得自己眼前所看到的世界都是梦一样的了。那几年，苏郁和没有画过一张完整的画。每次摊开纸的时候手都是颤抖的，然后他就觉得自己画笔下的世界都是癫狂的，它们冷冷地注视着他，报道上的故事让他旧时的记忆再次复苏，他看到康奈德的脸，他像噩梦一样再次莅临他的生命。

"你爸其实是骗子，骗子，你知道不？"

同一时刻，当苏义达翻开那张折起来的报纸时，他满脑子都是和李乔木用弹弓毁掉的花朵，它们奄奄一息地挂在树梢上，香樟树的香气仿佛也因为这场厮杀而有了血肉横飞的意味，变得腥臭起来。但他们还是斗志昂扬地穿梭于大街小巷，仿佛那才是他们最伟大的事业。而他旧时伟大的玩伴就出现在报纸上那张康奈德被审判的照片中，李乔木的神情透过昏黑的纸背依然能显出狰狞，人们三三两两拦住他不自觉要打向康奈德的拳头，而康奈德则冷淡地看着他，也不躲藏。

案子是怎么查出来的，报道上没有说，只写着杀人犯康奈德终于被逮捕归案，文中对他杀李守信的动机做了很多添油加醋的描述，他甚至被说成是社会道德缺失的典型。似乎在写下这一切的时候，人人都忘记了李守信其实是死于1978年以前。

康奈德被执行枪决的时候，兴城一中全校师生都去围观了。那是一场很多孩子在上学期间都会去看的审判会，众多犯人中，苏郁和只看到了康奈德，他觉得他必然也看到了自己。每个人都直愣愣地冒出了冷汗，那声枪响的时刻，康奈德用最后的气力在人群中搜寻到了苏郁和的脸，接着他同样也看到了所有他曾经认识的人，只是他努力了又努力，还是没有看到她的脸。他其实也知道这是徒劳无功，在这一场又一场的注目礼中，人们终于发现，他除了发福的身材和脸上的刀疤，其实和多年以前的那个康思懿没有两样，只是包括苏文哲在内，都在他消失之后，莫名其妙地屏蔽了他的脸，或许从一开始，大家就以为这将是一个不会再出现的人。这么想着的时候，苏文哲突然想到不久前，康奈德站在他家门前看着苏郁和走进家门，突然就说对他说了句："以前我能让你们认不出我，现在又怎么会不能呢？"

第二天，康奈德那张脸就再次出现在《兴城日报》上，只是这次它没有出现在头条，而是在报纸的中缝中。但苏文哲还是很快就认出了那张脸，那是苏义达和曹汐在兴城举办结婚仪式的那天下午，黄昏再次蔓延，他像多年前一样看到了那张报纸。只是这张报纸上的康奈德没有了胡子。

此刻，苏文哲的脑海里只剩下了惊讶。

"你到底还是活了这么些年。"

自言自语出那句话的时候，苏文哲是真的觉得，康思懿杀死李守信，其实只是为了让自己以这样的方式被他看到，或者，被他的两个亲生儿子看到，因为那张脸，和苏义达那么像。

只是苏义达没有看到他死时的样子，而且以后也不会看到，更不会有人跟他说了。

死亡，终于迅速地成了一件如此缄默的事。

第三章：树上的灵魂

曹钟出生在那个无限哀愁的时刻。

远处苍凉的红日静静照耀着每一张寂然无声的脸,在塔玛的呻吟声里,所有的树都在干旱中变得抑郁了,只有埋葬着曹冥的那棵还在昂扬着,只是它目光深邃,枝叶干枯,望着父亲和祖父向他走来,曹文景心悸地凝视着它,只觉得那是一张被无限扩大的脸,上面画着他们每个人的灵魂。

曹涌渐想着塔玛那句话,抱起了瘦弱的小儿子,他的手抖着,身体也开始抖,眼皮渐渐垂了下去,湿润的气体在他的睫毛上滚动着,循环往复。他把曹钟高高地举了起来,坚定地说:"你是要种一辈子树的,懂吗?"

老一辈的植树人死后,还是会有人说起这片沙漠中的不朽传奇。那时,老死的人已成为刻下的墓碑,冷着脸永久定在巫沱河边。人们会在茶余饭后嬉笑怒骂般诉说祖先种下的事业,直到那场干旱袭来。

那时候距离虹城三十里的路上黄沙肆虐,它们玩笑一样砸死了曹涌渐父子悉心栽培的树群,连紧抓地面的胡杨和红柳也在一夜之间悉数死去。在曹钟的记忆里,虹城的鱼从那场最持久的干旱后变得多起来，虹城刚刚积聚起的人气，因为这场灾难，死的死，逃的逃，而逃的人，也大都在路上渴死了，那条河的水在那场干旱里似乎没有了。是没有了。他们说，那是被诅咒的年代。

很久之后曹文景也会这样对曹汐说，那时候她才十五岁，很漂亮，亭亭玉立。那是被诅咒的年代，他一遍遍地重复着，像念着记忆里的一本厚书，那是怎么都翻不完的一本书，写着每个人的表情、劫数。但最后，曹文景又总会把那本书合上，他的眼睛总在那时变得不再钝重，而是潮湿的，他蹒跚着脚步走去喂养的树种前，扑面的绿色和红柳形成鲜明的对比，在它们漫长的攀谈里，是所有的祖先和后代走过的路。

虹城终于成了曹家的天下，塔玛在那些重整旗鼓的日子里总是形迹可疑地在巫沱河边坐上一整天，有时夜里也去，先是远远地看着，然后走过去，坐下来。如果你走过去和她说话，她必定不理睬，不过如果她心情够好，她会给你讲一些外面的故事。比如，在沙漠流离的喇嘛最后去干什么了。

她说，是在河里淹死的，最长的那条河。

那条河是巫沱河，很久之后，他们的后代到了内地，到了那里的许多个市县，会有许多人给他们讲述巫沱河的故事，还有许多传说，都和爱情有关，那些爱情传说给后来的曹家人以无限的遐想，也成了他们经久不散的梦魇，需要数年的辗转反侧，才能获得生的宁静。道路多崎岖，安静就多彻底。

而每一次塔玛的静坐都被曹涌渐打断，他总是在她将要睡熟的时刻把她大老远驮回家。"我是你的骆驼。"很久之后，塔玛还是会记得这句话。

"我是你的骆驼。"这个男人说。

那群骆驼死在所有人未曾想到的时刻，曹涌渐最后没有把它们杀掉，它们却从很高的山头上自己跳了下去。它们庞大的身躯从最远的那座黄色山头一路滚落到了最底部，并被肆虐的黄沙吹了整整七天。

七天，把它们的尸首烤得够干够燥了，它们还没来得及度过生命的四季，却已经被漫长的夏天埋葬了。曹涌渐把它们大卸八块，安置在自己新栽的树下，那是一场耗时巨大的工程，他的儿子们都出动了。他们驮着骆驼的尸体，驼峰被放在小货车的最顶端，那只骆驼涎着脸，曹文景看见了它，手猛地一松，曹涌渐看着他，巴掌刚想挥过去，却停了。他招呼了塔玛，让所有人停下来。

那天，是干旱的最后一天，太阳终于渐渐倦了眼，星辰稀疏地分布着，没有传说，没有爱情故事，只有凄冷的几颗星星望着篝火边吃驼峰的男人和跳舞的女人。

曹钟竟在那天晚上学会了走路，然后吐出了第一个词汇——塔玛。

"塔玛。"他喊着。这在许多年里，替代了母亲的称谓，替换了哥哥们一声连着一声的"娘"。没有人再喊她的称呼，儿子们在那天之后都开始叫她塔玛。她的容颜终于被护佑，衰老停滞在那个夜晚最后一颗闭眼的星星下。

塔玛围着篝火为所有人跳舞，她的头发很长，眉毛很浓，像男人的一样，只是眼睛一直失神，她在失神，随着眼珠越来越快地旋转。只是没有人唱歌，或许有人唱了，也没有人会听。听歌子干什么吗？很久之后，曹家的女人还是习惯在吃饭的时候跳舞，曹家的男人还是习惯在吃饭的时候看着女人跳舞，只是没有人唱歌，没有人唱歌，没有人发出吃饭以外的声响，夜漫漫，路长长，他们就着岁月悲喜交加的酒走在这条求同的不归路上，一去不复返。

重整寺院被提上了议程，失却了邻居的曹家人变得自信了许多，几十个只有代号的男孩子由曹文景率领，进行了奇异的修缮。这块土地承载力低，原本就不高的房梁被挤得更矮了。很久之后，曹钟责怪这座寺院把他铸成了一个不折不扣的矮子时，曹文景的脊背已经很弯了，他很长的脸也变得像被折过了一样，他只对曹钟说了一句："所以，你才活到了现在。"

所以你才活到了现在。在沙漠里长高是罪过，因为那是以你的血肉、你的生命为代价的，你只能这样扎根，永远记住，长得再高，你还是没有你脚下的黄沙宽广，它躺在你的脚下，绵延了无数个年代，那是谁也抢不走的气场，你唯一能做的，只是被它接受，否则，你永远也得不到它。

重整之后的寺院是围着他们已有的屋子建造的一串圆形矮房，形式单一，白的屋顶，白的墙壁，分布了四个出口，那座写着曹太公姓名的塑像被置于中央的一座小屋子里，那是曹涌渐和塔玛住的地方。在干旱的时候他们就住在那里，那时还没有寺院，只有那座屋子，儿子们住在他们四周，去找水和鱼，试图从干涸的河道中找到水源。

巫沱河是在黄沙肆虐的第三个月消失的。曹文景说，黄沙沉积太多了，把活着的和死了的，一起埋了，彼此看不见。那天夜晚他代替他爹去干涸的河段找回塔玛，塔玛那时候变得很瘦，比她来到的时候还要瘦，眼睛是泛蓝的那种绿，只是里面的光很微弱，嘴里时时叫着听不见的人名，有一刻，他自认为自己听见了。

苏幕遮。

苏幕遮，他确定自己听见了这个名字。他像一尊雕塑一样定在了那里，接受记忆排山倒海的清洗，它们又来了，又来了，苏幕遮，苏幕遮，他的记忆纠结着这个名字，伴随着仿佛错遇的童年。他惶惶然的，像丢失了什么。

"你说什么？"他怔怔地问着。

"苏幕遮。"她回应着他的目光，吐出了那个名字。

"你记错了。"曹文景说，"是苏莫遮。"

塔玛愣愣地看着他。"苏莫遮。"她重复着这个名字。

"你认识他？"

"他是我的先生，我先生。"

塔玛只是说着，眼睛渐渐就湿润了，她的泪水无声无息地落下，直到发出一声撕心裂肺的呼叫。曹涌渐远远地听到这个声音，他感到林熙文迈着步子向他走来了，她轻轻地走来了，在潮汐深处一点点探出了头，在他的怀抱里静静地喘息，她叫了起来，声音缭绕了整片沙漠："这是什么？"

"女儿红。"

他无法忘记她，他终于知道自己无法忘记她。林熙文。他的心被纠缠着，梦魇在身后追赶。"林熙文。林熙文。林熙文。"他呼唤着她的名字，一刻不停地呼唤着，不自觉中，双手已经深深埋在了沙子里。

"这沙子，已经没有那么干了，雨季就要来了。"

他怔怔地看着塔玛说完那句话就走远了。那天晚上，曹涌渐没有睡着，他一整个夜晚都握着塔玛的双手，塔玛醒来的时候，他还握着她的手，握得那么紧，他的手掌宽厚，却总是生怕握不住她的手，所以一定要抓住两只。塔玛的手指很修长，但是太瘦太瘦，感觉要被榨干了，但总剩那么一口水还卡在喉咙里，出不来，也上不去，就卡在那里。她知道他握着自己的手，因为她无数次地想要坐起来，不断地以为自己要一走了之。

但他握着她的手，呼吸均匀地附在她的耳边。放在枕边的那只旧表仿佛看了她一眼，接着停在了凌晨两点。很久之后，她依然不明白曹涌渐是怎么把那只表停在了凌晨两点，或者说，他料到了她要在凌晨两点走。也许他早就知道了。

他知道塔玛总是去巫沱河边，无论河水丰盈还是干涸，她一直在那里徘徊，他知道可以从那里去往落阳，他知道落阳已经被人接管，坟场成为墓地，他知道，他知道。

那只表只停了五秒钟的样子，就接着转动。

塔玛看了他一眼，依然掰开了他的手，她没有回头，很快地投入了茫茫夜色。星辰耀眼，她的眼里含着莫名的光芒，微弱的，细细的，不停地闪动。

曹涌渐是从那一年开始迅速苍老的，他老得那么快，就像很久之后，曹文景一夜间熬白了头发，那是彻彻底底的荒芜，生命开始架空，除了还存有一个信念。曹涌渐说，她是走了的，谁也拦不住她。曹钟那一年开始了种树生涯，他跟随着只有名号的哥哥们沿着平地寺院种起了绿树。曹文景用一辆换来的板车推着曹涌渐和那些新的树——从落阳附近的莫镇拉来一捆捆树苗，它们有的被种植在坟场里，有的被种植在虹城，但事实是，种植的十板车树苗无一成活。在第十个月来临的时候，曹涌渐把它们一棵棵拔起，在巫沱河开始出水的时候，码成一排排，接着他用了一个白天把它们成功堆成一垛，然后他站起来，狠狠地踢了它们一脚，枯死的树苗轰落一地，像那些急于离开虹城的人一样，滚到了巫沱河里，而水就是在那一刻喷薄出来的。

它们涌出来了，甚至涌出了淙淙的乐曲，他望着日暮西沉，年代在天空打了个结，就迅速毫无阻隔地向前奔涌了。在雨水毫无预兆地降临时，巫沱河像产后大出血的女人，发出一声声茫然的哀号，水源跨过万水千山逃来了，它们逃来了，带着无限的哀怨和坚忍，奶水一样涌来了。

曹钟那一天出奇的高兴，他跑到河边，丝毫没有顾及水流会把他淹没，他没有顾及，也许是曹涌渐拉得及时，迅速就把他救上了岸，只是他拼命地舔着流到嘴角的水分，只是此刻，再也分不清哪些是泪水、哪些是流水。

它们在他的脸上交汇，曹涌渐抱着他，他仍在舔着，但突然感到了咸味，水是咸的。

"水是咸的。"他说着，就哭了起来。

即使很多很多年以后，虹城的女人依然没有奶水。人们说，因为这里曾经没有女人，女人生下孩子就会离开，离得远远的，她们用这种方式照看自己抛下的生命，像泉眼一样远远地望着他们长大。孩子们跟随父亲，自小就听着河水的传说，父亲们说："河水就是你娘的奶水。"他们这样一说就是许多个年代，直到虹成为虹县。

曹文景没有说塔玛认识苏公子，但也许他本来就知道，在这片土地上，什么是不知道的呢？曹文景和曹钟在曹冥死后便开始迅速地长高，每个人都说，曹文景吃一块驼峰，就能长得比骆驼还高，这是他数年不吃驼峰的原因。

"我是一个贴着符咒的人。"即使很久之后，曹文景还是会对一些人这么说。那时候兰朵已经死了，闭着眼睛在沙漠里暴晒着，来来往往的行人又出现了，他们从落阳来，兰朵在光芒下像睡着了一样，曹文景就蹲坐在一旁，这是她的意愿，他知道她一会儿就会不见，绵延的绿树和红柳会用根须吸收她的养分，她靠着大树睡过去，很安稳，不会有人打扰。

至今，关于银发男人的传说仍然在沙漠地区盛行，虹城开放之后，人们拥进城内，争先恐后地观望着食鱼为生、永葆青春的男人和女人。看到一圈圈的寺院，他们不会再像几十年前闯进来的人把它们砸得破烂不堪，而是仔细看着被缝合的塑像，无比良善地相信它们的庇护，私下里，向曹汐打听价位。

"多少钱啊？"他们问。

但每次曹汐都说："留下来就白送你，你敢吗？"

树苗在干旱一年之后不再大批量死亡，曹文景在每棵树向西的一面刻上张牙舞爪的面容，在向东的一面刻着温润的一张脸。曹涌渐看着东面的脸说："那不就是苏公子吗？"曹文景没有作声。在塔玛离开的那个晚上，他在她面前画下了那张脸，塔玛望着它很久，以读着另一本书的姿态，心脏抖动，目光凝重。"你是要把他画在树上吗？"她问。

"不是画，是刻。"他说着，低头继续刻着。

塔玛望了他一眼，就踉踉跄跄地转身走向了曹涌渐。

曹文景知道是他把塔玛赶走的,她本来可以安然无恙地住在这里一辈子,或许她还会继续生育,或许曹钟还会有妹妹。他只是想着,在每棵树上刻下记忆里的那张脸,掌心湿热,热得几乎要把他整个手掌点燃,手心血液沸腾,无数根细小红线在皮肤下雀跃着,呼喊着无数个缺失脸庞的姓名。

曹涌渐说:"向西的脸一定要画得不认识。"

"为什么不认识?"记忆中,那是曹文景第一次也是唯一一次这么问。

"不认识的人永远都会对你客气,认识的,就不一定了。"他这样说着,一面画着,记忆里的脸孔是他们父子唯一会画的图像,这些图像在很多年里都是一门手艺,却终结在未来的一次清扫中,那些清扫的人说:"把苏公子画出来。"

但没有人画,他们不会画了。"喜欢和习惯的东西,是最不能在不适当的时间被强免的,那是罪过。比如我们的来到,对于这片与世隔绝的土地,是罪过,所以我们必须种植绿树,来洗涤我们罪孽深重的双手,让它作为我们灵魂的负重。"这是兰朵重复最多的话,说话时她始终都戴着她来虹城时戴着的那条玉坠。

"那是和田玉。"微弱地说话时,她正躺在自东向西流着的巫沱河边,身下是一块很薄很薄的竹筏,手还紧紧地抓着岸边一棵新栽的小树苗。曹文景握着她的手,把她从竹筏上解下来。她身上缠着很粗的麻绳,眼睛很黑,和曹家人一样,皮肤泛着古铜色的光芒,仿佛负载了一层油脂,只是摸上去很干燥,他用热得要燃烧的手抓住她,像抓住一棵倒地的红柳。曹文景把她背到树木环绕的寺庙里,对着自己的爷爷叩了三个响头,口中念叨着兰朵听不懂的话，和田玉上刻着她的名字，她的手像玉一样通透，呼吸缓慢，像被记忆卡住了，突然回不过神来。

几个弟弟帮忙把她一路拉到了曹涌渐住的地方。那时候，除了种树，曹文景几乎不踏出家门一步，没有人知道他怎么把兰朵救起来的，她的呼吸越来越微弱，像一泓渐渐不出水的泉，夕阳很快就来了。在那轮红日渐渐落下的时候，曹涌渐把那块玉塞进了她的口中，在一阵又一阵的刺痛中，她斜躺着咳出了一口又一口淡黄色液体，它们流到了一棵树的根部，那棵树就迅速枯萎了。

她是清晨的时候被绑上了那只竹筏，那是曹文景最熟悉的竹筏，所以他不让任何一个弟弟试图去打造一只竹筏，即使在巫沱河最适合航行的时刻。

寡妇婆婆从货商的手里把她买下来，她是那里最黑的姑娘，两眉间有一颗微小的红痣，红色越过古铜色的皮肤，像一抹瘀血，刺到了女人。寡妇用所有的家当把她换回，瘦小的她在十年中长成高挑的姑娘，在一个打完水的夜晚，被寡妇拖到了病恹恹的儿子的床上，直到一声惊呼穿过了黑夜。

兰朵从镇上逃了出来，那天下了暴雨，镇子在夏天里总是有很多的雨，雷声一声接着一声，始终咆哮。兰朵在镇上跑着，她以为很快就可以跑出去，她会很多手艺，她还有那块玉，当铺的人说了，那是块和田玉。但她很快就被追上了，追来的人把她堵在了巷子口。寡妇匆忙间穿了男人的鞋，很快就叫了一帮男人。那些人吆五喝六地把她围住了。她认识他们，他们是寡妇在不同年代的情人，数年间，无数个闷热的晌午，他们总是走进寡妇的房间，他们巨大的声音震动着这个摇摇欲坠的小镇，但没有人敢招惹他们，那些男人都是镇上在不同年代的头面人物。寡妇就依靠着这具活着的尸体把她教养成一个居家女人，她叫了她十年的干娘，终于叫进了那个男人的病房。他身材矮小，好像十年间从未长过，他从不和自己说话，干娘说，他是被吓住了，被沙漠里的一群罪犯。她的红痣越来越大了，瘀血越来越严重，她马上就会死。隔壁的郎中说，这媳妇活不了太久。

但寡妇顾不了那么多了，她只需要一个孙子，哪怕是孙女，否则，儿子死了，兰朵死了，她也没什么可活的了。兰朵并没有太抗拒，她只是看见了丈夫露出的那团痂子。

"我早就没有这个了。"他缓缓地说着，他说完就把兰朵的衣服全撕掉了，她顶着碎步片在镇上奔跑着，眼睛里是深夜的黑，那个夜晚怎么也走不完。她想着，那些人就要追来了，真是打着灯笼来的。寡妇老掉的情人们把兰朵打了个半死，就把她一路押解到了寡妇的家里。卖了一辈子的女人脸搽得很白，她一个连着一个给了男人一耳光。"这是替我死去的孩子打的。"她说着，接着又一个连着一个地打了一耳光。男人们恼羞成怒，一把将她推倒在地。

"婊子！"

"你不照样睡了一辈子，你怎么不去睡你老婆？"

屋子被砸得稀巴烂，寡妇被他们狠狠地揍了一顿，但日出的时候她还是站了起来。兰朵望她一眼，寡妇在她的眼神里边笑边倾斜着抖动，她感受到寡妇眼中那团明灭不定的灯火跟着抖动着。

寡妇休息了几天，接着做暗门子。在巨大的喘息里，她数年来第一次高声叫了出来。"啊!"她喊着,而隔壁的儿子,也永远被留在了那一刻。"我不该离开那儿。"之后她这么说,"我是那里的人。"

身上的男人在那声喊叫里停止了动作,他伏在寡妇的胸前,留下一阵粗重的喘气,眼睛就泛起了鱼肚白。寡妇感觉到男人迅速起来了,那股气体马上就起来了,他一步步接近了她儿子的房门,几乎是同一时刻,隔壁的儿子在床上没有了鼻息。

那女人是个妖精。

她们被逐出镇子,寡妇只被允许携带一件物品,她选择了那只竹筏。

又是一个夜晚,她把熟睡的兰朵绑在了那只竹筏上,眼睛泛出生冷的光芒,像岁月生涩的回响,更是她这数年来的回声。在一阵由近及远的恸哭里,兰朵醒了,但已经在河面上飘远了,女人在岸边僵硬地哭着,声音和泪水一起奔涌,兰朵的喉咙被什么堵着,什么声也发不出来。微小的波浪一阵阵舔着她,她只感觉自己要翻下去了,女人的恸哭还在回荡着,每一朵浪花都是呓语。

"她死了,你会活着。"它们说。

在东面的镇子上,人们叫巫沱河为永定河。镇上的每一场葬礼的第一杯酒水一定要和骨灰交替撒入河里,这些骨灰大多都成了沉积河里的饵料,这里的鱼总是比其他地方的鱼白一些,它们像一条条羊皮手巾浮着往来尘世。但也有例外,比如那条红色鲤鱼。它一路跟随着兰朵到虹城附近,到达巫沱河的界碑,它看了界碑一眼,就迅速地潜了下去,留下一串又一串透明的泡泡。童年像潮水一样袭来,兰朵感觉自己渐渐回到了过去,父母带着她在永定河旁做生意。"这里是屹立不倒的。"父亲曾这样说。他的眼睛是墨绿色的,深深的,除了她和母亲,没有人能清楚地看到那里面的颜色。

那时父亲总要讲很多的故事,其中有一桩就是关于红鲤鱼的。

从前有一个唱歌子的人,那人每次出门都戴着斗篷,整张脸埋在阴影里。每一次镇上举办葬礼,这人总要来唱歌子,而且是整支送丧队里唱得最好的。但他始终穿着橘红色的衣服。一场丧礼上,终于有人看不惯了,他们把这人绑起来,在端午节那天把他扔进了河里,直到三天之后,尸体自己浮了上来,这一浮就是一个月。渔人再也没能打上鱼来,他们死后,下一代的渔人也没能打上鱼来,镇子失去了赖以生存的东西,终于暴发了不可遏止的瘟疫。每天都是鬼哭狼嚎,一场又一场哀怨的死亡纠缠着镇子。直到有一天,一个女人声称可以医好疫病,那天晚上灯火通明,每一个看起来病好的人都在欢呼,那个女人却突然不见了。半夜,大火穿越熟睡的门户,肆虐着每一具肉身,人们龇牙咧嘴地叫唤着,每个人都失去了行动的力气。在最后一刻,距离镇子最近的一户人家看到一条红色鲤鱼翻出了水面,一跃三尺高。

兰朵的母亲生她的时候,红色鲤鱼接连跃出水面,人们忙着捕捞,只有他们一家静若泰山,直到一声啼哭响彻红光。那似乎的确是鲤鱼雀跃的时节,但人们宁愿看成吉兆。这未能阻挡兰朵悲惨命运的来临,有一天,她在床上醒来的时候,父母已经不见了。在她吃百家饭长到懂事的年月里,每个人都告诉她,她的父母是被抓走了,父亲被当兵的抓走了,母亲后来也追随父亲去了,他们说,他们去落阳了。

落阳在哪里?

永定河的西面。

她的生命里始终有一个向西的梦魇,她生命中很多年都奔跑在这场梦里,但她是有病的人,她没有红色。也许是那年跃出水面的红鲤把她体内的红色夺走了。所以她才在被卖到第一户人家的第二个夜晚被赶出来。

卖她进去的男人只得寻觅下一家,直到寡妇出现。那时候他们刚到这里不久,水井里,还流淌着甘醇的水,到处都有拉着破板车的男人女人兜售麦仁糟酒,而兰朵的价钱,就是那么一缸糟酒。

只是寡妇拿出了两缸的价钱。

她在巫沱河的界碑边睡着了,竹筏依旧向西滑行,鲤鱼不见了,天地之间,只有她自己与之相伴,红柳越来越多,没有水井,没有泉眼,苍茫大地上,只有这条河无声无息地流淌,承载着哺育生灵的责任。

兰朵在到达虹城的第三个月和曹文景一起住进了曹涌渐让出的房子,这在多年以后成为虹城嫁女不变的风俗,新人必须在公婆的屋子里和丈夫住上一晚,因为只有躺在已成定式的生活里,新人才得以更好地在这样的土地上开垦自己的生活,这是这片土地不曾更迭的真理。

那天晚上的兰朵扎着十九根发辫,她的古铜色皮肤和沙子合二为一,曹文景无数次被热得醒来。"你是谁?"他总是这样茫然无措地叫着,一遍一遍,像呼唤着永远都见不到的亲人。那天巫沱河的水位上升,几棵靠河岸太近的树苗被冲向了更西的一面,踏上了不归路。兰朵恍惚间感到风暴即将莅临。"水。"她喊着。

即使是曹汐出生后,曹文景还是会时时想起兰朵那天的声音。那一刻他知道他们是一起的,有着同样焦渴的呼唤、同样干裂的身躯。他把她翻折过来,像一条溯流而下的鱼,从脖颈吻到了体下,在巨大而无畏的充盈里,他轻轻啜泣。

"你会走吗?"

在兰朵因健忘而残缺的记忆里,这是唯一一句刻骨铭心的言语。她无从想象关于曹文景更多的往事,这个个子比自己高不了多少的男人总是沉默寡言,和这片土地上的男人无异,有着定型的红黄皮肤和滚烫的胸膛。

他们的婚礼在第二天举行,一家原本已经离开的人不知怎的又回到了虹城,他们在寺庙外安营扎寨,成为这里唯一的外姓人。兰朵的妆容比前一天更精致,她在脸颊上掐了掐,咬了咬嘴唇,只是咬得太急了点儿,不小心涌出了一朵鲜红,它顺着她染了油脂的身体一路向下,瞬息就陷进了黄沙地里。

曹涌渐在那之后比之前更老了,塔玛走后,他就老了,现在他更老了。虹城没有人过生日,便是至今也不会。心里盛了太多记忆就会忘记自己该做的事,这是老辈人的古训。

巫沱河从那时起水位一路上涨,曹钟最喜欢做的事就是坐在兰朵来时乘坐的竹筏上,但他自然是不能去水面滑行的。竹筏被曹文景绑在了岸边最粗壮的一棵绿树上,那棵树,就是曹文景移植的埋葬曹冥的那一棵,那棵树紧紧抓着竹筏,任凭年幼的曹钟如何淘气,它依然稳固地抓着它。曹文景每个夜晚都要去那里,兰朵熟睡的时候,总能隐隐感觉曹文景渐渐离去了。她总是耳鸣,每一夜都要在这样的感觉里耳鸣,她感觉父亲来了,故事来了,往事来了,轰隆隆地沉到这里了。红鲤在触觉里一跃三尺高,伴随着每一次的最后一声耳鸣。曹文景总在鲤鱼落下的那一刻走回来,他轻轻地重新躺在床上,试图把她重新压在身下,但兰朵像鱼一样翻折了过去。曹文景轻轻地抖了一下身体,在兰朵迷蒙的眼睛里,他捉住了她的手。

十指交缠,命运相连。

"我不会走。"她说。夜晚拖着沉重的身躯和白日彼此更迭,在他们十指环绕的梦境里,潮水吸气一样浮上来,明丽的鳞片密布姑娘的长裙,她乘着竹筏跑来了,笑容明亮。

她吻向他的眼睛,她现在才发现他有一双很大很深的眼睛,瞳孔像那座东面镇子上经常在黑夜中放的孔明灯一样。它们总是越飞越高,瞬间就看不见了。那个镇子夜晚没有星星,所以每个季节都能积攒下足够多的雨,它们淋淋浇了下去,总有许多人来不及躲避而成为雨人。

而泥巴路上,总有推着板车的农夫叫她的名字。

"苏兰朵。"他们喊着。她是镇上最漂亮的姑娘,人们说她长得那么像她父亲,但他们说这话的时候,父亲不见了,母亲也走了。她生命中遇到的男人,除了卖掉她的中年人,就是那个病恹恹的男孩,他直到最后也没有长成一个真正的男人,他死得那么突然,但她必然不知道他在听到寡妇那一声尖叫惊起的震荡中,在停止呼吸的前一秒,他想到的是她。

"兰朵,兰朵。"他总是那样喊她。"你快点儿走,快点儿走,离开这里,"他总是那样对她说。她以为自己留下来是一种报恩,她以为自己终是可以留下一份恩德，来洗涤自己的残缺。"我是不完整的。"那天晚上，兰朵这样对男孩说。但皮肤浮肿的他却随即拉下了自己的衬裤，那个本应饱满的部位，却像一颗烂掉的石榴，发出阵阵恶臭。

"它们已经快要烂掉了。"他声音平静，"它们很久之前就开始腐烂了，我只是不知道它还会不会把别的部位也一起烂掉。"

是的，她应该知道的。她无数次看到他在屋内检查穿戴在身上的衬裤，小时候他就喜欢检查，寡妇夜夜为他清洗身体，便是长大了也喜欢这样，她最后一次为他洗身的时候，门外正是她一个染了病的情人。

"乌云梅你这个婊子。"那人隔着门板喊着，声波一声高过一声，像这里同样阴郁的天气。镇上的每个人都听到了男人在骂寡妇，但屋内的女人无动于衷。兰朵怯怯地想说些什么，却被她一个手势打断了。

"我早就是个没有脸的人了。自己都不要脸了，还怕人说不是？"

她继续给儿子洗着，十年来第一次如此平和地选择承受。她是这里出了名的暗门子，整条街的男人都来过她的屋子，他们来来往往久了，这屋子就染上了男人的气味，那气味一阵接着一阵，像一声不高不低的怨诉。但是怨诉早已没了形貌，成为夜里不会叫喊的脸。

"你难道不会叫一声，母猪还会哼哼！"他们总在事后这样说。

"我不叫，你不是一样来劲？"她总是这样回一句。

但从来没有人少给她钱，他们通常都是把硬币撒在地上，说："你就值那么多钱。"接着便扬长而去，男人并不高大的身躯就像这里不阴不阳的天气，永远不能让人真正打起精神。乌云梅就在那样的背影下和兰朵捡着地上的钱。然后她突然面向兰朵："你这么漂亮，一定比我值钱。"

而逃离虹城的寡妇和她的儿子在兰朵来到之后成为一个禁忌，那些只有代号的男人和男孩尊奉父亲的话日日为他们上香，但不许敬酒。"我们这里不喝酒，人喝水就够了，喝酒是浪费，向死人敬酒更是罪过。"这是曹涌渐时常说的一句话。

那时起，曹涌渐每个夜晚都要打禅，在此之前，他依旧步履坚定地坚持陪同曹文景去落阳运来树种。这里的扩建迫使坟场大规模迁移，许多死者都在这样大张旗鼓地迁移中尸骨无存，曹涌渐的工作变成在这些散落尸骨的土地上种植树木，他的工钱并没有因为年代渐长而得以增长，曹文景在那些日子里正式接过他的职务，那时落阳的人都叫他扫墓的，而叫曹涌渐老先生。但曹涌渐的头发没有真正白下去，他的头发像一丛丛来不及变黄的旧报纸，遗落在了那个夜晚。

兰朵和曹文景在那个夜晚发出一声连着一声钝重的呼吸，连着那些模糊了脸孔的儿子的鼾声，它们在深蓝的天空中连成一片，在流沙的回响中变得淅沥起来。曹钟和哥哥们排成一列睡在一起，扑鼻的汗臭让他失去了熟睡的理由，他站了起来，快速地向前跑去，也是从那晚开始，曹钟才发现自己在夜里居然看得那么清楚，他的夜晚是白夜，人们在这样的夜晚，不可以有秘密。

他就这样跑着，一个人奔跑在别人看不见的漫长夜晚，而那些细密地攀爬而上的黑色睫毛，就像一排阶梯，沿着他的眼眶生长起来。许多个年头之后，曹钟还是会突然在夜里走出去，并终于成为方圆几百里睫毛最长的人,但这片丛林从未遮住他的视线,他依旧能在每一个白天和父亲、哥哥们一起把树种往虹城拉,尽管沿途依旧风沙凛冽。

但这样的状况只持续到那个夜晚以前。

曹钟在巫沱河边的竹筏上看到曹涌渐,他坐在夜色里格外耀眼,嘴巴啧啧有声,一只手还摩挲着竹筏的底面,手上沾着他们发霉的气味。曹钟没有打扰他,他渐渐靠近,直到看清了那团耀眼的颜色,曹涌渐的头发彻底变银了,它们反射月光,从遥远的彼岸照到了这里,它们的明丽几乎让他目盲。那晚的星星又大又明亮,哥哥们在梦里继续着巨大的鼾声,它们像一个又一个来不及引爆的闷雷,在一闪一闪的星星下,总像有话想说,但最终什么也没说。

曹涌渐就那样坐着,直到天光破晓,他才看到曹钟,他耷拉着脑袋,像他一样忧郁,睫毛真是越来越长了,曹涌渐已经分不清哪里是他的瞳孔,而眼白又在哪里。

那天晚上曹文景没有走出来,他整夜握着兰朵的手,梦呓一声高过一声,醒来时,枕边已湿了一片,而兰朵不知何时起了身。他一阵痉挛,疯了似的喊着她的名字,直到几个外姓人说:"她在山头,苏兰朵在山头。"

那是他第一次知道她的姓氏。苏,很好听,很好听的姓氏。他踩着黄昏里和天空混合的大地向山头走去,那座山越来越平了,曹文景觉得它不久就会彻底地平了,因为树已经越来越多了,巫沱河的水变得充沛,有人说是最西面的雪山上化下来的,但曹家人都觉得那是树木融化了沙漠。它就要渐渐软下来了,像黄昏一样，把最坚硬的东西沉到最西面，而把柔软的，升起在黑夜。黑夜，浓得像化不开的睫毛一样的黑夜，在自我沉醉的黑夜里，没有人看到他的影子，除了曹钟。

在曹钟惊诧的目光里，曹涌渐的头发一根根变得更银了，它们像一根根闪亮亮的针线，缝制着他来不及老去的身躯，巫沱河那晚发出很大的回声，他们附和着兰朵和曹文景的声音，浪潮合龙，地下地上，人不再只是人，河流也不再只是河流，彼此暗合，彼此交融，所以曹文景才看到兰朵湿淋淋的前胸，它们透着水汽，只是他们不知道，曹涌渐就在门外。

他站了好久了，天光微明，他歪着身子，靠着窗户一角，耳朵耷拉在窗户纸外，巫沱河的流水似乎越来越近了，他听着这声音，回忆被河流带回。林熙文。他再次想到了这个名字，她在哪里，她在哪里呢？他的眼神变得很落寞，没有云的天空从来没有真正把他的心读懂，只是绿树和红柳相映成伴，而落寞了胡杨林，这也许算是虹对他的恩赐吧。他早已忘记了时间，但沙漠其实也是没有什么时间的，太阳是主宰，它总是守时地升起，守时地落下，不会因为哀愁而迟延，更不会因为欢喜而提前，塔玛走了有些年头，他想着，但他似乎有那么一点儿明白了，没有人能真正对过去释怀。

林熙文。

在屋内飘来的声色里，他只感到无限的孤独，那风声里，不再有他，而他的风声，彻底成了过去，并且不会被足迹记得。沙漠总是轻而易举地掩埋他的回忆，他连她们怎么离开的都不知道。

曹文景走出来时，天已微亮，他在山头叫着她的名字。此刻他带上了姓氏。"苏兰朵。"他喊着,直到女人诧异地转身。

但她什么也没问,只是说:"你看太阳,多亮啊。"

在那片明亮的橘色里,他轻轻地从后面环住了她的腰,他的手游移着,他感觉自己是无所不能的,无所不能,绿树环绕着他们,空气变得氤氲。兰朵只觉得自己的呼吸开始急促,像一首还没来得及唱完的情歌。她的掌心沁出了汗,汗津津的,她的身体成了流质,天地在白日里凛冽隔开。她感觉自己在渐渐下沉,身体的夜覆盖了白日的明,她再次抓住了身旁的树枝,像她来到时那样抓着,她没有抓住身旁的那个男人,或许她早就觉得这是徒劳无功,她从来不在任何一个男人身上留下期许,被寡妇逼迫接客的那个夜晚,她即是如此。

红色鲤鱼在那个夜晚再次跃出,她的身体奇异般地流出了血水,它们像一朵朵逃逸数年的花终于散开在她的床单上,在那个男人雀跃的呼吸里,她眉间的红痣散得了无踪影。"我需要你。"在他一声声的呼唤里,她只是感觉无限的燥热,身体的焦渴没有因为空无一物的填充变得饱满,过于充盈的汁液只是没有情感地在身下奔涌,满足了另一个无法被充实的欲念。

男人给了寡妇很多钱,那些钱足够她医好她儿子的病,如果有那样一位老中医的话。在许多个日夜,兰朵总怀疑身上的男人只是那个呼喊着"我需要你"的男人,为什么他们在最高峰的时候总是露出同一个表情?那个表情很模糊,她的眼睛蓄满泪水,她看不见他们的脸。也许是他们一起来了吧,他们都来了,在她的身上攫取,看着她身体的红晕欲望高涨。欲望,就如同现在,欲望,只是让曹文景一点点地接近她最底层的身体。那是一个无底洞，只要你愿意不惜血本地去挖掘，充当它的陪葬品。

她这样对曹文景说时，他怔怔地看了她一眼，却只感觉血管重新肿胀，他似乎像不堪忍受病痛的折磨，不得不一次次激流勇进，她阻止自己像寡妇在那个夜晚一样喊出声来，她宁愿血块凝结在体内，哪怕会致命。她紧紧地咬着嘴巴，她厚厚的嘴唇上满是咬痕，挤压着里面的血液。曹文景看见她这样，左手迅速地抓了一把树叶，他把它们在口中嚼碎，狠狠地覆在了她的唇上。"吃掉它，"他像个疯子一样喊着，"吃掉它！"

兰朵把一口绿液报复一样喷在了他的身上，嘴里喊着："滚！"

曹文景却只是继续着，他加快了速度，仿佛真的要把那个洞门捅开。"不要走，不要走。"他只是重复着这句话，眼睛里流出了枯黄的液体。

"不要走。"他变成了一个孩子，仿佛一路流离此地的不再是苏兰朵，而是这个脸部轮廓开始硬朗的男人，他的身高在那几年再次生长，伴随着一株株绿苗的成活，伴随着曹钟不断向上生长的睫毛，伴随着曹涌渐日复一日的白头，它们由银变得苍白，由苍白变得透明。

几户外姓人在那个白天之前的夜晚被迫消失了，他们坚持住在最靠近水源的地方，不料却越过了自然的禁区，巫沱河的水位惊扰了他们的梦境，还来不及被记得的人就这样被浪潮卷入了河底。

曹涌渐坚持认定是曹文景惊扰了他们，所以苏嘉善的塑像才从那一天起再也看不见了，他率领儿子们在每一个黄昏对着树上的脸谱祷告。欲望是罪恶的，任何源于此的行为都是罪恶的，尽管它总是长着一张明亮的脸。

时光原地打了个圈，他们霎时回到那年的喇嘛队里，那群拒绝建造寺庙的喇嘛，在如今早已塌陷无踪的庙碑上留下的言语。在曹涌渐的重复中，它变得掷地有声。

"把我们看成草芥，看成一滴血，看成一粒沙。"

曹钟站在队伍的最前列，无数个模糊不清的哥哥依旧推着刚刚运送来的树种，他们总是很慢，或者快也快不起来，曹钟那天才发现他们其实都长着同一张脸，同样的五官，同样的表情，甚至同样的身高，久而久之，他们不再称呼彼此的代号，而是一个"你"就指代了一切，除了他和曹文景还会叫曹涌渐父亲，其余的男人看到他，不再叫父亲，更不会叫你，不知道从何时开始，他们都变得寡言。

红柳在林木蓬勃生长的年代大批量地死亡，虹城那时就已经没有了整片的红柳，那些烂在大地里的根基，成为一团又一团血肉，膨胀了沙漠的血管。种树之余，曹钟的乐趣就是捡拾那些想要浮出地面的红柳根，每一次他都要忙上好几个钟头，漫长的根须纠缠着大地，他的汗水在那些时日的历练中，变得很强硬，绝不肯轻易现身，而那些盘桓而上的睫毛似乎只是一层海藻。每一个红柳根被曹钟雕琢成巨大吊灯的夜晚，沙漠里的男人总要围着篝火欢呼很久，然后兰朵才端上食物，大部分是在落阳换来的，偶尔会煮些可食用的植物，但少有人再去打驼峰的主意。

落阳那时候总会时不时地来一些当兵的，但穿的衣服都不一样，曹钟认不得他们衣服的颜色，曹文景认得，但他总是忘记，忘得很快，有时他一路上都在重复那个颜色的名字，回到虹城却又忘了，记忆在那时不再饶恕他。终有一天，他面对着自己画的那张脸，彻彻底底地忘记了那人的姓名。

曹文景在兰朵开始呕吐的第二天发现了苏嘉善的塑像，它最开始是和曹景祥连在一起的，它们贴得紧紧的，曹涌渐费了好大力也没能把它们分开，兰朵看见它的时候它还贴着曹景祥，她静静地走过去。

"你爷爷，长着很长的胡子。"父亲的话再次回荡在她的耳边，此时的塑像下，印刻着这个名字，只是没有胡子，兰朵只感觉胃里一阵翻腾，整个人瘫软在沙地上。

她唯一一次看见苏嘉善是在五岁的时候。那时候父亲终日穿着同一身衣服，爷爷的脸是瘦长的，眼窝很深，兰朵感觉自己只要伸出手就能摸到那汪水泽，有一天她真的伸出了手，她的手在爷爷眼前抚弄了一下，手指尖就真的流出了一滴水，她含在口里，感觉咸咸的，再转身的时候，爷爷已经倒在了地上。

那是苏嘉善第一次失踪前的样子，往来的大兵从那一天起就没有少来过，但没有人告诉她爷爷去了哪里，父亲和爷爷一样有一双墨绿色的眼睛，而母亲的眼睛兰朵自始至终都没有看清楚过，她只觉得她很美，但她和他们长得都不一样，她的眼珠是黑色的，很深的黑色，一眼望不到底。倘若望见了，又后怕得厉害。

这句话是曹文景说的，他说这话的时候，天空是一片炽热的火焰，远处不断有看不清面庞的人叫嚷着，曹涌渐说战争开始了，这是早晚的事，但那些叫嚷总是在日落时分才会响起，天黑时就会散去，有时候兰朵觉得他们就要来了，再次把她带离，她这么想的时候手指间就会流出咸的泪水。曹文景在很多时候都能看见她的眼眶泛着淡淡的红,但流不出泪,夜晚的时候他点着蜡烛只为看见那些咸咸的液体来自哪里,为什么沾湿了他的胸膛,但眼眶在她的脸上抖着,发出低沉的声音,因为太低沉了,强烈的耳鸣总会时时侵扰他,他永远也听不见它们说了什么,又想说什么。

兰朵指尖的泪水却永远不明方向,它们伴随最为深刻的忧郁在她的体内流淌,却很少在需要的时候现身。曹钟六岁的时候,曹涌渐决定让他去落阳念书,曹钟的书包里总是包着一把剪刀,每天他都要剪一下睫毛,它们却因此生长得更为肆虐,他的座位永远在最后一排的石凳边,先生教他们算术和念书。兰朵开始和小叔子们一起去运送树种,他们的队伍在那时才引起注意,没有人能看出他们的不同,更没有人知道兰朵和他们的关系,那些面貌一致的男人跟随着一个女人从被喻为死亡圣地的虹城一路向东,从属于巫沱河的地域走向永定河,那只竹筏依旧在腐烂,但从未被埋没,或者说每次的埋没在曹钟回来的时刻总会伴随那些红柳根被刨开。有一天,兰朵突然想起它来,她走到那里,她狠狠地拔着,但它们像树根一样紧紧地抓住了河床,抓住了这片土地。

曹文景在夜里知道兰朵走向了河岸,他步履急促地跑到那里,通过急促的呼吸,兰朵知道他来了,她的手指一点点握着竹筏,左手再次流出一滴滴水,它们浸润在夜色里的巫沱河岸。曹文景看到了它们,他的手按在湿漉漉的胸前,突然变得很湿热,他的眼睛一刻也不离地望着她。

曹钟的乐曲总会在那些夜晚响起来,哥哥们总是睡得很沉,像背景,他总是轻易地躲开他们的鼾声,把一块块红柳根掩埋进沙地里,黎明将至时才吹起来。他似乎从来就不是孩子,曹十三这样说的时候，他和那些一模一样的哥哥弟弟已经开始变老了，那时候绿色把这片沙漠掩埋得彻彻底底，没有了出口。

曹文景在那个夜晚抓住了兰朵的左手，那根食指在他宽大的手掌上打了一个又一个的圆圈，像是怎么也走不完。

"你可以带着我出去吗？"兰朵转过来对他说，"用这只竹筏，就乘着它，我需要它。"

曹文景那时候才觉得自己似乎是很高的，否则他为什么要弯下腰才能抓住兰朵的双手。"我们去山头，不要去河流。"他的嘴唇抖动着，不停重复着这句话，"我们去山头，不要去河流。"

但他的话没有说完，兰朵就开始剧烈地呕吐，她的眼眶依旧在干枯地抖着，左手紧紧抓着曹文景，那些气味呛人的黄色液体在她的身下流着，但她怎么也吐不完了一样，直到竹筏开始松动。

绳索早已经烂成了黄泥，它们轻易地脱离了竹筏，最先进入河流，它们被刨出来的命运一点点侵扰着他们的神经，曹文景觉得兰朵越来越轻了。黎明很快就会来到，是的，很快，他抱起了她，像一个一去不复返的勇士，乘着那只竹筏，一路东流。

在那些面目一致的男人心中，兰朵是在那次之后才成对他们而言不一般的人。整整三年，没有人询问他们的去向，曹涌渐除了打坐念佛，就是画图，有时是那两张护卫虹城的脸，有时是个女人，人物的嘴角总是流着星星点点的绿色，那是枯死的树叶磨成的颜料，这就是曹钟的另一个工作。

兰朵和曹文景一直飘到东面的镇子上时，正是一个黎明，兰朵的呼吸越来越急促，曹文景望着她，胸膛紧紧贴着她的胸膛。在一起一伏中，兰朵的手心再次涌出了细密的水珠，很久之后这双手救活了虹城唯一的一棵再生树苗，那时候漫天的绿色已经让这里不再那么缺水，人们却再也不能轻易在这片土地上种植任何一棵树。

他的手一遍遍抚着她的睫毛，兰朵周身变得很僵硬，指尖只是冷静地流着液体，曹文景捧着它们，他的掌心很快就聚集了那么一滩。他的嘴唇变得很干裂，风吹得很急促，他尽量保持她的湿润，但嘴巴却越来越干燥，河水不时会漫上来，他的下半身被惹得潮气浓重，裤腿却怎么也不会湿，白色的上衣被撩开，一把裹住了瑟瑟发抖的兰朵，她向他挤出了一个微笑，嘴唇就接着白了下去，她的双眼渐渐看不清楚任何东西，每一个微笑都像告别。曹文景不停地搓揉着她的四肢，但他的双手很快也变凉了，他不停抚摩她的身体，用仅有的温度驱赶她的冰凉。

"我们会去哪里？"曹文景流出了眼泪，它们一点点和兰朵身上的汁液混合，发出一阵薄荷的味道，只是加剧了他们的严寒。

那晚没有月亮，在虹城所在的大地上，没有月亮是绝对不可以出行的，姑娘会被风沙掩埋，男人的货物也永远不能安全带回家。"但我们是两个人。"这是曹文景在那天晚上唯一对兰朵说的一句话。她沉浸在那句话穿梭在耳边的幻觉中一点点倒了下去，全身几乎没有了温度。"我是不是要死了？"她自语般念叨着。

他把她的四肢摊开，上衣领口微微打开，他发白的嘴唇厮磨着兰朵，一点点，像有病菌在她的嘴唇滋生，提醒着她保持清醒。她的衣服渐渐被褪去，铜色的皮肤在夜晚发着微弱的光芒，他很匆忙地把衣服垫在了兰朵的身下，许久未修剪的胡子埋住了她的脸。

"但我们是两个人，我们是两个人。"

他的声音变得很轻，在她的耳畔一阵撕咬。在兰朵生活了十九年的镇子上，在突如其来的燥热欲望里，他们满身潮湿地越过了所有的寒冷。兰朵手指流出的汁液渐渐变得温热了，它们流在曹文景的胸口，他的呼吸变得深重，他们能感受到彼此的呼吸。

竹筏在镇子周围徘徊着，远远把属于巫沱河的一切抛在身后。在兰朵激越的呐喊里，曹文景确信自己看到了它。

它的身体很长，行动缓慢，跳起来的样子也是老态龙钟，但他清楚地看见了它，看见了它跳起来的样子，看见它的五官。

那是一条鲤鱼，金红色的，即使最深沉的夜色也无法抹杀它通身的红。

月亮和鲤鱼跳跃的姿态一同走了出来，兰朵的身体在呐喊之后燥热至极。她的眼睛没有望向眼前的男人，它们四下游移着，直到停留在鲤鱼走过的水波上。

在东方开始嵌起的微光中，她说："我知道，是红色的。"

他们走后的第二个黄昏，虹城来了一个草药郎中。那人头发很长，前额一团灰白发遮掩了不知宽阔还是狭窄的额头，人们只能看到他眼中闪烁着黄澄澄的光，和沙漠混为一色，映衬着即将垂落的余晖，他手指瘦长，每根指头的顶端，都有一块不大不小的紫斑，紫斑很厚，他用大拇指摩挲着食指，很肯定地说自己可以治好曹钟的长睫毛，话音刚落，曹钟的红柳根吊灯木雕就从白色天花板上坠了下去，像一尾红鲤，咚的一声就没了行迹。

他学着曹涌渐骂了一句，这不是属于虹城的语言，风沙如期席卷而来，把最后一点儿夕阳的光辉埋了下去。

"我能治好他的病。"郎中又重复了一遍,右手食指上的紫斑在摩挲中发出灼热的啧啧声,像一个人锐利的眼神,与沙子彼此冲撞,直到曹钟怔怔地看了他一眼。

"爹!"他的声音十分急促,奔跑中溅起的黄沙几乎要盖住他的脸,黑夜踩着点铺天盖地,曹涌渐在那个午后开始的漫长的盹中被人一把推翻在地,盘起的双腿抖了一下,曹钟气喘吁吁地站在了他的门前。

"一个背草药的,一个背草药的。"他不停重复着,即使过去很久,那人留给他的印象依旧只是个背草药的,他甚至不会记得那人曾站在黄沙中对他说:"我能治好你的病,真的。"他忘记这一切一如他忘记了每一个用小刀雕琢红柳根的夜晚。

郎中把草药一点点暴晒在竹筏放过的河边,巫沱河的河水冲刷着它,那棵岸边的绿树紧紧地抓着它,它已经变得像泥土了。郎中的嘴角露出一丝不易察觉的微笑,他把暴晒好的草药和泥土仔细地和在了一起。

"坐下来。"他的口气不容置疑,曹钟愣愣地站着,直到曹涌渐一把将他推倒在地,然后扬长而去。

曹钟把长睫毛撩起来,望着男人晃动的背影,那背影看起来困极了,在一天最后的炙热里,他发觉自己是被遗弃了。很久之后,他觉得那就是一个信号,他从此被推向了另一个世界,那个世界里,只有他自己和他的人生。

郎中把用泥土包裹的草药粉末敷在了曹钟的眼睛四周,他恍恍然觉得有一串东西紧紧裹住了他,它们围着他唱着他听不懂的歌谣,他遗失的记忆似乎瞬间又回来了,他的嘴巴无声无息地张开了，仿佛想要跟着唱些什么。口水大口大口滚落到泥土里，郎中只是望着他，面对着沉下去的夕阳，重重地叹了一口气。

那个夜晚，面目一致的男人们再次打起巨大的鼾声，曹钟第一次被惊醒，他感觉眼睛周围突然变得空荡荡的，不禁摸了一下，什么也没有摸到。治病的郎中还在竹筏放过的地方睡着，整张脸变得很肥大，可以说比白天整整大了一圈。原来，他还是可以看见的，而且似乎更清楚了。郎中把身体摆成了大字形，他无法把眼前这个男人和白天棱角分明的郎中相比，只可惜他依然看不到男人眼睛底部的那团颜色，它们仿佛触手可及，却深得可怕。

他把他大字形的身体翻折了过去，男人风尘仆仆中留下的汗水味把他狠狠地呛了一下。曹钟往前走了几步，就背转过去，决定就地睡下，很快，他的鼾声就和哥哥们彼此呼应。

那些年，日子开始有了规律，虹城的每个人都学会了应付自然的一套手段，在绿树规模化种植的同时，形状开始规则，只是远远看去，它们依旧杂乱无章。而奇怪的是曹涌渐在家门前的那块沙地上画的虹城地图从不曾被风沙掩埋。郎中走的那个白天，曹涌渐就是在那样一个重新完成的地图前睁开了眼睛。

曹钟的睫毛脱落了一地，有许多还垂挂在鼻翼两侧，曹涌渐突然发觉他的鼻子已经挺起来了，变得很高，高高耸起的鼻梁让别的器官变得很低。他想对小儿子说些什么却突然失落地发现自己的声音变得很沙哑。他使劲咳嗽了起来，一口浓痰落在了脚下的泥土里，很快就陷了进去，他心下一紧，让曹钟赶快离开，等曹钟回过神来时，郎中已经游到了河中央，在那里，他的船等待着他，他朝岸边的曹家父子喊了声什么，但没有人听见。曹钟向晚上他睡在身下的那块泥土地看了看，鼻翼两边掉落的几根睫毛一时间都被震落了地。

只是一个夜晚，那里就成了沼泽。

只是曹钟不知道，在父亲仰面望向另一岸的郎中时，他终于把头发撩了起来，那张脸恢复了正常，没有了夜晚时候的肥大，但曹涌渐突然怔住了。

"苏……苏公子。"

运送砖瓦的劳工把晨曦完全拉走了，灼热的光盖满了他们的竹筏。曹文景用衣服把兰朵包裹起来，扛在了自己的肩上。镇子里已经没有人认识他肩上的这个女人，一个卜卦的独眼跛子一直跟着他们，嘴巴啧啧有声，直到曹文景在一个巷道深处一把扼住了他的脖子。那人没有害怕，只是斜着眼望了望兰朵，发出了几声干巴巴的笑。

"我还以为她跟着她干娘一块儿投了河，没想到还活着。"他嘶哑着嗓子说道。

曹文景愣愣地望了他一眼，一丝冷风吹了过来，他打着赤膊的身体突然抖了一下。

"小伙子，你老婆的命可是我给的。"独眼人望着他若有所思地说。

曹文景的手松了下来。独眼人蹒跚着向前走了几步，曹文景突然叫住了他："给我卜一卦。"

独眼人带着他们穿过了镇子最热闹的一条街，他喋喋不休地向曹文景说着乌云梅在的年月里是如何带着那个病恹恹的儿子一步步穿过人墙求医问药。曹文景按了按背上的兰朵,她还睡着,只是那一刻,他不知道他离他背上的女人多么遥远。

她终其一生都没有忘记那一刻所做的梦,梦里的河流狭长得气势磅礴,满是酒糟的味道,她干渴得几乎要死去,鲤鱼没有来,她本以为它们会带她走,向西,向西,向她爷爷和父亲走过的地方去,每一口畅饮的水都是咸水,她的额上冒出大滴大滴的汗液,它们酣畅了每一个毛孔,却让她更加焦渴,寡妇在身后一遍遍叫着她,只是她一声也听不清了,耳畔满是呼啸而过的轰鸣,她感觉无数条鲤鱼跳了起来,把她深深地埋在河底,像一尊永无天日的泥塑,被河水一遍遍冲刷,进入万物的轨道,失去了自己。

曹文景只觉得从那一刻开始他丧失了对温度的感知,它们细密地堵住了每一根可能有所察觉的神经,沉睡在了他身体的最深处,只是听从任何一个条件反射去左右自己的行动。镇子上的人们总叫他虹城来的人。"那个虹城来的。"他们说。兰朵不明白为什么寡妇和她的儿子从一开始就没有被这样称呼过,即便是最早的时候,在寡妇还只是个寡妇的时候,人们依旧是说"那个给儿子治病的寡妇"。兰朵生活在这里的年月里,人们又说"那个赚了漂亮媳妇的暗门子"。但这镇子上其实没有一个真正的暗门子,人们总是不愿意把天窗开得敞亮亮的,即便公开的秘密也要当作不可告人的秘密,窗户纸总是能坚忍地抵挡每阵风的莅临,强硬地守护着最后的尊严。

人们早就把寡妇当作镇上的一份子,他们指责她,辱骂她,但往往只是在夜晚,白天人们宁愿当她只是个寡妇,或者是个丹凤眼的寡妇,总是画着浓妆的寡妇,兰朵和那个陪伴她陌生岁月的病人永远只是站在她的身后。但她永远不知道的是,在那一个个被她用作报恩的夜晚，乌云梅在屋外听着她一声声强忍的呻吟和尖叫时心里顿起的波澜，她在冷清的屋子里使劲地抓着床单，直到男人起身，听到那撒在地上的一把银圆。在那些呻吟和尖叫里，她总是执拗地为儿子洗身，每一次她都能看到那个继续溃烂的创面，她小心地揉搓着，第一时间把每一块干掉的皮屑清除，她剪掉留了很多年的长指甲，不像从前一样总是带着厚厚的羊皮手套，外面还要缠上一层羊肚皮手巾，水流哗哗漫过大木盆里的病体，也漫过她粗糙生硬的双手。她一次次想到自己挣来的第一笔钱原本是要让那个人治儿子的病的，但他早早地提上裤腰带翻墙回了家。乌云梅穿着厚底草鞋，踏着那天的霜露，一脚踢开了男人的房门，他瘫在床上的妻子隐隐约约听到响动，但无奈动弹不得，只得一遍遍叫着丈夫的名字。他唯唯诺诺地从屋子里走出来，肥大的裤子里灌进了风，不停地抖动着。乌云梅抓起了他的手，汗毛都竖了起来。她轻声笑了笑："我早就该晓得你这种人怎么能治好那种怪病。"男人怔怔地听着，不知所措，直到乌云梅撒开了左手。

"你有多少钱，就给我多少。"她说完，一口唾沫就溅在了男人家门前的石板上。

他的眼睛瞪得滚圆，但什么话都没有说，随即就进了里屋，然后他提着一个乌黑的铁箱在乌云梅面前打开了，可惜都是毛票，总共也没有多少钱。但她什么也没说，把它们团在一起塞进了草鞋底。

那是她做暗门子的开始，直到有一天，她不再相信儿子可以真的像一个正常人一样生活，她给自己画了最浓的妆，对着苏兰朵说："你肯定比我值钱。"那时候兰朵扎起了辫子，它们像夜晚的河流一样流淌在她的肩膀，是一团趟过黑夜的梦魇。

在那面昏暗的镜子前,她第一次思考自己的未来。但她被那团黑堵得喘不过气来,她嚼了几下牙签,不小心就把牙龈逼出了几丝血来,她舔着它们,松开了扎辫子的手。

"我接。"她说。

记忆就此再次打了个结。很久之后,曹文景再次回忆起那次卜卦。在阴冷的寺庙里,头上生了疮疤的和尚对着破旧的佛像一遍遍念叨,那时候他尚不知道无数个年代之后,将没有人再真的去念经,他们抚弄着手里的佛珠,音响就在大殿之上高高地取代了人声。

独眼人把曹文景抽到的签贴在大佛的背后,但他一眼就认出这绝不是什么佛像,这就是本地的宗庙,而那个人,在兰朵的泪水再次不知不觉间浸润他的后背时,他终于尝试着去叫出了那人的名字。

"苏莫遮。"

但没有人理睬他,只有兰朵继续流着莫名其妙的泪水,在曹文景的记忆里,差不多从那时候起他再也尝不出她泪水的咸味了。那些液体在他的唇边,成了河水的召唤,但他还是选择停留在这里,他觉得自己要寻找些什么,但究竟是什么,他自己也不知道。

独眼人最终没有告诉他那是个什么签,和尚也没有说,独眼人唯一告诉他的一点就是:"你需要找个大夫,给你老婆治病。"

镇子上所有的郎中都认识苏兰朵,乌云梅消失之后,人们迅速地忘记了她,唯独记得这个去了虹城的姑娘,在那个漫长的旅途上,独眼人和他的红鲤远远地跟着她,鲤鱼前仆后继,想要带着她到什么地方。永城的河流在那个年月突然迅速减少,没有食物的人们像当年不知去向的曹景祥一样，随意听信了旅途中可能遇到的人，一条鱼就能在那里换一个女人，许多出走的永城人就带着一个个外地人贩子来到了那里，这就是独眼人的工作。但他最终没有把苏兰朵带走，尽管他知道在更靠东的地区里，她可以卖上一个好价钱。

因为她像一个人。独眼人在离开的那天晚上对曹文景说，一双墨绿色眼睛、古铜色皮肤的姑娘，她拒绝对任何人说她的姓名，但他在一天晚上看到了她光洁的肩膀，上面印着巨大的字——塔玛。

她也是虹城来的，只是她在这里的岁月里，成了一个有些老的女人。曹文景突然想到，他已经很久没有吃驼峰了。他的身高早已不再生长，曹钟都已经十几岁了呢，塔玛走了多久了？三十年了吧。他突然意识到，尽管面部没有什么变化，但他早已经是个老年人了。他突然感到难过，眼睛睁得大大的，仿佛马上就要死去了。他望着独眼人："其实她比我大不了多少。"

"你认识她？"

很久之后，他能记得并相信的就是这些最为浅显的问语，除此之外，一切都像梦呓。"她是我弟弟们的母亲。"说完这句话，他觉得塔玛或许已经死了，他接过独眼人递来的烟，吐了一个巨大的烟圈。

但兰朵突然在他背上轻轻说："她应该是我母亲。"

但曹文景早已不能确信兰朵是不是说出了那句话，再或者，那只是他条件反射般想到的。虹城永远是男人的驻地、女人的流失地，所以河里的水泛着咸涩味，她们把哺育交给大地，从未为任何一个生命真正地停留。

第四章：绿洲上的爱情

1

有时候,兰朵在虹城看到像那年一样的白白的月亮,就仿佛再次看到了曹汐冒着热气的小脸。她是在竹筏上出生的,哭声嘹亮地响起的时候,曹文景还在沉睡,梦中他的手臂仿佛变长了一样,紧紧环着兰朵的肩。兰朵没有睡着,剧烈疼痛的时候,她并没有告诉他。竹筏靠在岸边,绳索紧紧连着它和东面镇子的土地。"还是不要走吧。"曹文景这样说的时候,兰朵并没有拒绝,虽然她还是有些诧异,因为原本要留下的应该是她,说出这话的却是曹文景。

大夫没有来,她在夜半时分突然抓住他的手。

"走。现在?"他迷蒙着双眼。

"去河边,去河边。"兰朵知道自己想看到什么。

"没有祝福的婚礼是不幸福的婚礼。"很久之后她这样对曹汐说,而没有祝福的生命,同样也不会有美好的人生。对于这一点她一向很固执,就如同对待自己的前途和命运。命运,此刻再说这个词,兰朵已经觉得过于叨扰,没有谁注定幸福,也没有谁注定惨烈,当年和糟酒一样的卖价不是她本来就应该承受的。这样想的时候她心里突然一阵愤懑,她多久没有愤懑过了呢?其实,还有什么关系吗?她已经深陷其中度过了这么多年头,如果真要愤懑，真要逃离，那她不应该早就行动了吗？她只是心有不甘。

想到这一点的时候兰朵握紧了曹文景的手臂，他像会意般，但仍愣愣地望着她，不停地说："你想去哪里？我带你走。"

镇子很小，兰朵每隔几天就去大夫那里走一圈，曹文景认真地呵护她和孩子，就像很久之前他呵护虹城里的树苗。从最深的记忆里挖掘出他流下的第一滴眼泪，就是为死去的树苗，它们死得悄然无声，那时候他几岁他现在已经不记得了，竹筏泊在河岸边已经半个年头了。他们借住在独眼人介绍的人家里，在外面打零工，时时为主人做一些家务，会在这里待多久呢？曹文景知道兰朵还是没有好，也许她从未好过，对于他而言，她顺水漂来，就算没有漂到他的怀抱还是会被另一双手托起，他如此相信命运、相信自然的规则，就像那些死去的树苗，要想在它们死去的土地上种下另一棵树苗总是那么困难，流产之后需要休养生息，一个不算漫长也不算短暂的过程。

只是现在的镇子已经让兰朵有那么一些不认识了，她不断在记忆里搜寻属于乌云梅的章节，属于那个她曾一度希望的男孩的节奏以及她的童年和父母。那是多久远的事了呢？父亲消失在那天的雨水里，母亲戴着大草帽在河边站着、喊着，但船还是没有停下来。直到嗓子喊出了血，直到脸色苍白，她还在喊着。兰朵不知道，其实那是她记忆中对父母的唯一深刻的记忆。他并不爱她。很小的时候她就知道了这个事实，但母亲还是执着地为说书的父亲送上精心准备的午饭。父亲在场子上吃完，然后默默转过身给她买一串糖葫芦。在这片地域，这是奢侈品，做糖葫芦的人是来自中原的逃难者，做的糖葫芦很得当地少数富人的喜爱。但每次她都不吃，回来就说父亲买了两串，一串给她，一串给母亲。看着母亲脸上的笑容，她的心却一阵阵地酸楚。

"为什么还要跟娘在一起呢？"问出这个问题的时候，兰朵还很小，她穿着这片地域人们常穿的白衣服坐在父亲的船头，"带我和我娘走吧。离开这里。"这样说的时候她依然很小。那些年苏莫遮觉得兰朵其实从未真的长大，这也是让他心疼的地方。但他还是义无反顾地离开了，塔玛站在河边哭的时候，他断断续续地听到了，它们像突然凌厉起来的和风细雨，瞬间就要把他的内心击打得零零落落。但他还是选择了缝合，那时候他才明白，原来他还是无法跟一个他不喜欢的女人在一起。

但何苦现在才要离开呢？点起烟的时候他在那阵烟雾里嘲笑了自己。

船在路上出了问题，浪头把它打下去的时候，苏莫遮觉得大不了死去就是了。但他要死的时候他才突然意识到自己的不负责，既然选择了另一条路，那就至少要对另一个人负责吧。他奋力游到岸边的时候看到的已经是另一番景象，沙漠地区的绿洲分布疏朗。他滞留在其中一个小洲上，当地人食鱼为生，脸上总是裹着一层细细的汗珠，苏莫遮走到那里的时候才发现他真的是孑然一身了。

只是这一切苏兰朵当时并不知晓，等到她知晓的时候，父母都早已离开了她。时间总是错开的，当塔玛还是执意要去虹城寻找苏莫遮的时候，苏莫遮已经离开虹城去了中原；当苏兰朵顺水漂流到曹文景的怀抱时，塔玛走失在了那个夜晚。穿过这一切错开的时间，他们只是行走在自己孤独而蜿蜒的道路上，只是每个人从未想到要和自己身边的人结盟，仿佛必须经过那一场艰难险阻,才能让自己甘愿闭上眼,为此,即使眼前安稳,他们也可以舍弃,除了兰朵。

跟着兰朵走过那些曾在她记忆中出现过的房屋时,曹文景觉得自己走过的只是一片断壁残垣,其实时间并没有过去多久,只是兰朵此刻看着它们,居然觉得不那么寻常了,它们在并不漫长的记忆里染上了颜色,变得朦胧又锐利起来,像发出了以前不曾发出过的声音,让她欲罢不能。只是此刻,她走在这场让她痴迷的跫音里,再也找不到当时的节奏。走过以前乌云梅的旧居,她只看到惨白的封条,它们迎着赫赫北风来回摇摆,镇子变得萧瑟许多,只有过早变黄的日历还在隐隐约约诉说着时代的变迁。

2

很多时候曹钟觉得他的人生从长睫毛掉落之后才真正开始。

他的童年一直孤独,后来也是,直到他长成一个高大的男人,能扛着十棵同样高大的树木时,他还是弓着背,记忆中,似乎只有作为升旗手的那个早上,他是那么昂扬,像一个奔跑的少年,奔跑在一个充满暴力但激情洋溢的大路上,歌声嘹亮。

虹城的日光在那些年更加凛冽起来,有时候他觉得其实还是有四季之分的,只是每一个季节都比较相似而已。搭建起来的寺庙已经变得陈旧了,每一年曹涌渐都要带领着他的哥哥们修缮它,外围的白色涂料被他们一前一后地从落阳运来,有一次他们的板车队伍还招来了一群穿着白色制服的人,他们手里拿着文件和钢笔,问了他们很多奇怪的问题。

"什么时候住在这里的……这些都是你的儿子吗……你总共有多少儿子……你的妻子失踪在什么时候……你的亲人都是怎么离开的……你老家在哪儿……"

曹涌渐永远只有一句话:"我是虹城人。"这样说的时候他依然盘腿而坐,穿着白色制服的人站了一屋子。曹钟感觉自己已经呼吸不顺畅了,跑出屋子的时候他大口吸着外面的空气。天还是蓝的,有时候他觉得眼前的世界还是黄色居多。睫毛掉落之后他重新上了学,不是先前的私塾。曹涌渐始终还是对苏公子那样的人比较信任,但显然这片土地容不下私塾的存在了,他的先生离开之后,小学就建了起来,曹钟跟随着更多的小孩子浩浩荡荡站在落阳城的城墙下。那是一座矮小的平房,国旗造得很粗糙,但总算能看清上面的大小星星。曹钟穿着白色的衣服第一次戴上了红领巾,站在人群里的时候他才发觉原来还有这么多人和他一起。那时候他十三岁,真的已经不是小孩子了。他的身高再次长起来,在一群孩子中他显然是领军,也因此成了小学校的第一个升旗手,在曹钟的记忆里,这是他第一次感受到自己的价值。那是除了摆弄树根之外的最难忘的瞬间。大地之上、目光之中、天空之下,挥舞起那只手的时候他第一次觉得这里是自己真正的家。

只有站得高才能知道你真的想看的是什么。很久之后,当他抽着烟对曹帧这么说的时候,曹帧并不明白,那时候他还小,曹汐蹦蹦跳跳地叫他"弟弟",但他从不承认。那时候他也是十三岁,似乎对于他而言,十三岁也是不寻常的一年,就像男孩和少年的区别。拖着长步子走在绿树的阴影中时,他第一次感受到了自己的速度,那是疾驰地成长般的绿色而疯狂的脚步。

小学毕业后,曹钟继续读了下去。由于所在地居住区分散,学校离曹钟家很远,离虹城两个钟头的路程,凌晨四点半爬起来时,身后还是薄薄的一层黄红色,但它们总是越来越恢宏。每次看到它们的时候,曹钟只觉得自己无论玩出多少个根雕都不能证明自己的成功,那时候他真的泄气地觉得自己做的东西就如曹涌渐所说的,只是一个小把戏。小把戏,当第一百棵死去的树平躺在大地上时,他泄气地把它的树根慢慢刨出来,那是他第一次因为刨树根流出了血,但他并没有感觉到疼痛,血一点点地积攒得厚实了。它们贴在他的手指上,一层薄薄的土壤迅速粘在了上面,他看着它们突然起劲起来。树根被完整地放置在日光下时,他靠着绿树看着阴影之外的它,水分很快就蒸发了,它从一棵死去的树变成了一具干枯的尸体。

那些年里,哥哥们的头发开始过早地陆续变成银白色。曹涌渐说那句话的时候,是虹城又一个无水日的正午,巫沱河的水位下降到接近干涸的地步,运水的驼队在路上遭遇了强大沙尘,虹城和周边的一些镇子都面临着缺水的情况。那是艰难的七天。在曹钟的记忆里,老女人就是在那段时间出现的。

曹涌渐的眼睛在不久前彻底失明了,面目一致的儿子们在落阳为他买来了宗教画,它们贴在他居住的屋子深处,让他的生命也显得幽深起来,除了晚上必定会响起的鼾声。

曹钟也不知道那一片鼾声里有没有父亲的声音。哥哥们顶着各自的代号很快就度过了喧闹的青春期,但每个人都讷讷的,给他们介绍媳妇的队伍从没有少过。那时候虹城周边的镇子上始终流传着一句话:"嫁不出去的姑娘到虹城走一遭,准能找到婆家。"这里的男人堆积如山,他们木讷地种植新树的时候不知有没有想过自己期望的姑娘。"他们没有审美。"人们说着就把附近的丑姑娘以各种方式领了过来,有的倒不丑,曹钟记得他不上学之后还有不少年轻或者不算年轻的姑娘来来往往,小心翼翼地询问他哥哥们的讯息。有个姑娘倒没有问,她像他的哥哥们一样讷讷的,只是愣愣地问了句:"有水没?"

后来那姑娘就成了他的妻子。只是她不知道自己的姓名也不知道自己究竟来自哪里,曹钟唯一知道的是她看不清东西,不过他看得清。"跟着我走就行。"他习惯性这么对她说的时候,姑娘并不知道远方还有一个男人在寻找她。

老女人的头发已经是一团麻线了,曹涌渐看不清东西之后就常年窝在屋子里了,不再和任何一个人说话,但梦呓就是这样开始的。他在半夜摸索着想要起身,感觉总有人在他身边呼吸,但他看不到那人的脸。他一遍遍地呼吸着,逐渐粗重起来,他感觉有重物压在他身上,但他一抬眼,就只看到了那双手,那是一双干枯的但仍努力挤着眼睛的手,那双手伏在他的耳畔、他的眉毛边缘,手指一遍遍划过他的半边脸,他感到自己枯槁的身躯因为这双手的抚慰而想要生机勃勃起来,但他没有放松警惕,很久以来他觉得他放弃自己了。他记得曹文景离开之前还问过他,到底为什么要种树,而且每死掉一棵还要给它再浇上一杯宝贵的水。他记得他那时的回答,他说,树和人一样,即使要死了,也不能不给它最后一口呼吸。

但其实他并不期待,他像许多人一样恐惧,等待是如此焦灼,等待死亡比等待新生更让人焦虑不安,所以他始终困惑,为什么自己在这种情况下还要着急呢,是急着去死还是急着去投胎呢?其实都一样,他摸索了一阵,想要坐起来,但那双手丝毫没有离开的意思,它们还是浅浅地停留在他脸上,像一对娇纵的孩子。他已经不记得自己多久没有注意过自己的儿子们了。有时候他不敢看他们,因为一看他就想到他过去的时光,而它们就这样踩着他的身体一去不复返,丝毫没有注意到他的留恋或者怨诉。有时候他想一想,觉得生活在沙漠里的人还是怀着怨诉之心的,只是他们总是比别人提前一步知道怨诉的不必要性,所以就事先放弃了用怨诉来排解心中的苦闷,用怨愤来抵抗漫无边际的孤独。

只是没有人觉得曹涌渐和他的儿子们是孤独的,正如长久以来他自己也这么觉得,有人的地方就不会有孤独,很小的时候他就学会了这一条道理,但事实总是这样咧开自己的嘴巴,一阵自言自语之后才让事中人晓得真相。曹钟刚懂事的时候就清楚地知道自己和哥哥们的沉默并不是因为他有名字,哥哥们没有名字;更不是因为他是弟弟,哥哥们之间的话也很少,曹文景做了很多年的"领导"之后也成了众人无视的对象,他离开虹城半年之后,才有一个哥哥问起他的去向,但没有人知道。当大家在曹涌渐患病之后第一次把目光移向他的时候,他却沉默了。他怏怏地坐着,抽着一支曹十三给他卷好的烟,静静地呼出了一口白烟,烟雾升起的时候,曹涌渐诧异了一下，怎么是白色的呢？但其实他自己也不知道应该是什么颜色，那天他终于想到要去记住一支烟升起的烟雾是什么颜色的时候，他却觉得它不应该是自己现在看到的白色。

很久之后，曹钟听到大街上有人在议论那些自焚的人。他们燃烧自己的时候以为自己头顶升起的一定是白色的烟雾，事实上却不是，那些黑色的烟雾嘲笑着他们的梦想，也将他们送上了死亡的旅途。那时候曹钟的第一反应就是当曹涌渐面对着自己呼出的那阵白烟时为什么露出了奇怪的眼神。他砸着嘴巴，望了望儿子们，最终把目光停留在他的脸上。他问道："你哥哥走了多久了？"

曹钟知道他问的是曹文景，"曹文景"这三个字就这样再次回到虹城人的意识中。但他只是问了一下，只是哥哥们从此记住了，每天早上，曹钟踏着晨曦要离开时，总能听到其中一个哥哥梦呓般的问话："大哥呢？"曹钟总觉得他们这样问的时候其实并不知道自己在说些什么，只是还是这样问了，就像一个仪式，正因为是仪式，所以就必须举行。

而此刻，那双手齐刷刷盖过了曹涌渐的脸，他有些分不清这是黑夜还是白天，那像他多年以来都不曾体会过的一个吻，以最迷离的方式重新裹住了他。但他没有发出声音，或者说他其实并不觉得奇怪。甚至，他希望这双手停留的时间能久一点儿，再久一点儿，让他再次沉浸在这样的"吻"里，不用醒来。

那双手离开他的脸时，已经是第二天。只是手的主人没有离开房间，她像一尊雕塑一样枯坐在曹涌渐的床沿。直到曹钟遵照习惯敲响曹涌渐的房门时，老女人终于说出了第一句话。

"我是你奶奶。"她说,"快,快叫奶奶。"

曹钟就在那样的诧异里看到曹涌渐颤动了一下身体,同一时刻床板也跟着晃了一下,他就这样看着父亲,讪讪地叫了声:"奶奶。"

声音微弱,但老女人听清楚了。她满意地望了他一眼,笑着应道:"真乖。"

3

曹汐出生的那晚,小镇下了一夜的雨。早上起来的时候曹文景看见河水已经涨了起来,他们的木筏被突然涨起来的潮水激扬得有些摇晃了。兰朵还在熟睡,脸色不再那么苍白,而是变得有些红润了。曹文景怔怔地看着,突然看到离他们住处不远的河面上跃起了一条红鲤,他揉了揉眼睛,接着又看到了一条,只是第二条鱼跃起的时候太阳出来了,它全身裹了一层灿烂的光芒,鳞片因此璀璨得像金黄色了。"这是一个神谕的早晨。"兰朵醒来之后曹文景就这么对她说。

她突然觉得好笑,但没有笑出声来,只是装作翻过身随口问道:"为什么?"

"你信不信,我刚才看见鲤鱼了?"他认真地说。

"看见鲤鱼有什么稀奇的。"她说,"我以前不知道看到过多少呢。"

"不是,是红色的,还有金色的。"他说,"真的,我看见它们跳起来了。人人都说这里没那种鱼了,但我一大早就看见它们跃起来了,你说有意思不?"

兰朵均匀呼吸着,但她知道自己没睡着,她咬着嘴唇,觉得那些红鲤像永不放过她的鬼魂,游荡在这个镇子里,潜伏在这条河流里,穿过镇子抵达虹城,然后折返到这里,再接着启程。一时间,她突然觉得自己其实是被这些鱼带到这个男人的怀里的。想到这些的时候,她不快乐也不难过。

她只是不想自己的命运真的是一条定式。正如那些鱼总是在她人生中关键的时刻跃出一样,像一种奇妙的昭告。

"但什么也没有。"她突然叫了起来。

"什么也没有。"她突然睁大眼睛,怒气冲冲地对曹文景说。

镇子每隔一段时间就有一些来查户口的,住在这里的人有一半先前都不是本地人,最早来到的外地人大概是跟曹景祥一辈的,最晚的就是和曹文景一辈的。响应政府号召来这里支援边疆的人不少,只是其中多半都没有停留太久,有门路的都回去了,没门路的换个地方支援都不想再待在这里。也有人离开后又回来了,问及原因只说了一声"体制化"。这在曹文景看来还真是一件神奇的事。会有人因为习惯了艰苦的生活从而再不能过相对优越的生活了吗?但那些又回来的人的确是这样。不过这个镇子好歹是比别的地方好一点儿,毕竟不那么缺水,但这条季节性河流很多时候都要看时令。雪山化雪的时候水才能勉强多些,这里的雨还是少之又少,兰朵记忆中下过的几次大雨都是在自己生命中重要的时刻到来的,但很多时候都那么短暂,路面很快就又干燥了。人们也像事先约好一样,从不在上游捕鱼,以前有人这么做就会被整座镇子的人唾弃。即使是捕鱼,更多时候是跑到下游巫沱河的河段捕来吃,或者晒干,配上本地特有的泡菜,腌制成可以存储的佐餐。很久之后,兰朵站在苏文哲立的苏莫遮坟前就看到了那样一碗泡菜,上面还放着一条已经干得坚硬的鱼干。她不用细看就知道那是谁放上的。那是她最后一次见到塔玛——她的母亲,她的脸已经沧桑,只是声音还和多年前一样。

"对不起。"她这样对兰朵说,"我当年不该扔下你。"

也许爱情本身就是骄纵的,无论他们走了多远,只有在最后一刻他们才像对这场爱有了一些成熟的认识,只是在每个人都知道怎样才能不那么后悔的时候,他们已经走完了各自生命的全程。

曹汐一生下来,头发就是乌黑的,曹文景认为这一定是红鲤的缘故,但兰朵坚持说这是水土的缘故。如果这里像虹城一样缺少食盐,想必她不会这么健康。她是在卫生所出生的,兰朵觉得那个卫生所的大夫似曾相识,问过之后才知道这里大部分的妇产科医生都是当年的接生婆,她们失业很久之后被拉到这里发挥余热,好多还因此领上了工资,而外科的一些大夫很多也是这里原有的赤脚医生。原本有一些医学院的学生来这里支援,但自从一个学生做了一次失败的剖腹产手术之后,这些赤脚医生和接生婆的待遇就提高了很多,他们在渐入暮年之际突然体会到了什么叫作人生的价值,因此人人都对这份工作珍惜不已。

此刻躺在那张床上,兰朵只觉得自己浑身都是浮肿的,只是这种状态并没有让她焦灼,她反而因此感受到了生命的重量,向往更高远开阔的天地。河水涨起来的气息慢慢飘到她的身边,她嗅着它们的味道,再次潜入多年以前婉转的梦境,她在岁月里迈着笃笃的脚步,碎花一样急促地敲击在地面上,身后习惯性地响起乌云梅的叫嚷,那些来自身体深处最隐秘的呼喊,一次次刺激着她的神经,多年以来这一切只让她感到厌恶。

"因为你没有爱过。"乌云梅吐了一口烟,对她说的时候眉毛是上扬的,她画着过于浓而苍白的妆,语气倨傲。

兰朵望着她,然后低头收拾一片狼藉的床铺。"因为你没有爱过。"乌云梅又重复了一遍,对着她的背影。

"难道你爱过?"

扭过头的时候,兰朵只看见乌云梅继续扬着眉,平静地说:"我爱了,你还没爱。"

"你爱谁?"兰朵觉得又好气又好笑,"那些男人?!"

"当他们想要得到你的时候,都是有爱的。"她这么对她说的时候,就像一个骄纵的小小新娘,兰朵看着她早已粗糙得能掉下渣儿的脸庞,觉得一阵可笑,但笑不出来。

此刻,在这张床上,兰朵没有朝自己的女儿再多看一眼,徘徊于梦境时她所能想到的只有她的过去,那些其实并不美好的往日时光。她在那里找出自己成为现在这个样子的蛛丝马迹。曹文景已经靠在长凳上睡着了,鼾声由细变得粗犷起来,它们像一束束光逐渐打开了她的视线。她慢慢地睁开眼,孩子已经被洗干净放在了她的身边。她的眼睛还闭着,细长的眼角像缩小的地平线,她隐约看到孩子的睫毛在呼吸中轻轻颤动,外面传来少有的水声。一时间兰朵觉得自己已经离沙漠很远了。

4

　　陈虹影就这样堂而皇之地再次闯进沙漠边缘的这座城，只是这一次的到来没有仪式，曹涌渐也没有表现出必要的激动，她仿佛只是一个不速之客，也像多年以前一样，很少做家务，只是这次她更加理直气壮。长久没有女人的生活，也让这些男人学会了用更多含蓄而隐忍的方式来对抗自己的孤独。比如曹钟一直都熟悉的一种游戏，哥哥们在树干上刻下自己梦里的场景，最开始刻下的是曹十三，后来别的哥哥也跟着刻下，他们中的很多人不识字，因此就只能画成一幅往往只有自己看得懂的图画。那些画在很多年里迎风而立，成了这片土地上最隐晦却张扬的存在，许多专家和学者在研究他们的银发的同时，把更多的目光转移到他们的图画上，那些原本脆弱不堪的梦呓，经由这样一种研究的恩宠，渐渐变得坚不可摧起来，只是这些男人在学者的面前永远是一副痴傻的模样。他们絮絮诉说的也只是自己那重复的或者千变万化的梦中景象，而不是学者们想听的内容。他们离开时总是抱怨自己想写出的论文估计又要告吹了。但专家毕竟是专家，没几年总会有一些人写出点儿什么，只是那些刊登着文章的报纸多半被曹钟拿来做草纸用了，沙漠什么都缺，最缺的是水，还有纸。那些草纸安静地躺在曹钟学校所在的厕所里时，他正在看一本书，那本书算是他们当时所能看到的最新的书。一般情况下，新出版的书总要隔几年才能被沙漠里的人读到，因为这本书写的就是从前的虹城，便早早来到了这片地域。

由于没有人给他过过生日，确切地说，这里没有人过生日，更没有人做寿。曹钟自己也不是很清楚自己的年岁，曹涌渐更是。陈虹影出走前还是清楚地记得曹涌渐的生日的，她出走后，很多年里曹涌渐每年都要在树上刻下自己的年岁，只是那样刻了好多年，后来他自己也不刻了，他习惯了脸色的苍老和皮肤的松弛，就像习惯了慵懒地走完余下的人生，除了每天要去看一眼那些葱郁的树木。它们在昏黄的大地上直挺挺地行走，像一株株缄默的回忆，诉说着这片土地上所有归于习惯的梦想。

"你已经七十岁了。"说这句话的时候，陈虹影愣愣地站在曹涌渐的床沿，用牙签剔着一口干黄干黄的牙齿。最里面的两颗已经变得有些黑了，就像她出走这么多年都没有变白的头发的那种黑。曹涌渐对母亲的突然造访没有表现出任何情绪，唯一有情绪的是这里其他的一些听说过陈虹影事迹的居民，她的事迹经由这些居民的传诵已经变得有些神乎其神。那时候，落阳周边和虹城周边的小镇和村落已经通通划到莫县名下，穿制服的人每隔三个月都要来查一下户口，人们不知道这是什么原因，其中有许多来支边的学生。他们热血沸腾地来到这里，却发现这里的人普遍慵懒，对他们的梦想漠不关心。他们来帮这里的人实现梦想，到头来却发现连自己的梦想都没有实现。发现这片土地上的人唯一的热情只是种树的时候，他们愤怒了，但还是有人选择了留下。

比如她。

曹钟第一次见她的时候，她还没有流落在那支走失在沙漠的小队伍中。在她摘下眼镜的时候，曹钟觉得她的眼睛更大了，多数时候她一个人也不理睬。他的成长岁月疾驰而过，像这片土地上每一个成长中的少年一样，清晨哥哥们第一声鼾响过后，太阳就要升起，他拿一把干沙胡乱揉了揉脸，含口水漱口，基本上就到了要走的时间。在路上背书，或者在脑子里细数前一天一些稍微有趣的事情，这样想着的时候就走到了学校。他就这样读完了小学、初中，成了虹城第一个初中毕业生，却没有继续读下去。

"除非你把这一百棵树给我一个晚上全种活。"

曹涌渐那样说的时候，曹钟以为他只是在开玩笑。但他的话音落下，他分明看到了他的坚定。曹钟真的种了一整晚，但第二天醒来的时候一棵也没有成活。

"你种不活树，就种不活你自己。"

很久之后，曹钟再次想到曹涌渐这句话时，突然像被岁月扼住了喉咙，一句话也说不上来。但他知道父亲为什么要一门心思把自己绑在这片土地上，就像家庭不是一个人的家庭，土地也不是一个人的土地一样，救活一个家族不是一味地迁徙，救活一片土地也不是指引人们离开，只能留下，留下，不惜血本，不怕牺牲。

明白这一切的时候，他知道曹涌渐对他何其自私，又是何其无私。

无论这片土地多么贫瘠，这都是他们的故乡，是他们现在的故乡，不同于他们记忆中遥远的中原，不同于他们走失的无数个曾经的故乡。

5

　　他是从一辆马车上跳下来的,额头上留着两道血印,左手满是干涸的泥巴。他下意识拭了一下额头,两道血印立马就变得黑黄了,身上的衣服歪歪斜斜地披着,裤子的一角已经磨破了。曹文景认识那身衣服,那是这四周唯一一家医院的病号服。他斜着身子想往前再挪动一下脚步,但他们只是听到了他倒地的声音。

　　马车浑然不觉地继续向前闯着,曹文景已经看不见它的踪迹了。差不多在兰朵去虹城的第二年,镇子上住的人就少了。据留下的人说,那是乌云梅死了的缘故。但兰朵不这么觉得,她执着地认定那是因为许多人都回家了。其实在离城市稍近一些的西部地区,不少曾经的逃难者都以各种方式回到了故居。在这里,管辖莫县的城市甚至开始建了第一家小火车站。很久之后,那个火车站成了运输矿藏的列车,再也没有载过人,但还是有人像电影里演的一样乘着它离开自己的故乡,再也没回来。

　　一行人拖着他回到了住的地方,镇子荒僻起来的时候连外来者都无法引起注目。但无论如何,他们清楚地看到他脸上的伤疤的时候还是战栗了一下。

　　他昏迷了三天,终于醒来,醒来的时候第一句话问的居然是兰朵。这么问的时候连曹文景也觉得像个玩笑。

"苏幕遮。"

在这个漫长而破碎的故事里,我们将无数次面对这样的相遇。无论走了多远,他们还是要这样相遇,将有人在这样的相遇里无数次这样叫出他们记忆中的名字。

"你到底还是回来了。"兰朵咬着嘴唇念出他的名字的时候,其实内心已经很平静了。只是她觉得自己还是需要表现出什么才算正常。一时间曹文景意识到原来自己才是真正的外人。

多年以后她再次行使女儿的权利的时候,他已经是一具黑黢黢的肉体。她的手指抚过他身上每一处伤痕、每一道沟壑的时候,脑子里是空白的,她没有诗意地想到这里面隐藏的故事,更没有急切地询问这么多年他都去了哪里。在她曾为这样的突然见面做好准备的时光里,她曾设想过自己要问的问题。比如她的母亲,比如他是否知道母亲去哪里寻找他了。可惜这一切在此时看来都是多余的。

这一天她唯一流下眼泪的时候,不是因为终于找到了他,而是因为他找到了她。

"还好你还活着。"这么说的时候他很平静,如释重负的瞬间仿佛也像负起了责任。

"你有什么资格?"她沉闷地捶了床沿,一只手青了起来。

"你有什么资格再来找我?"愤恨总在见面的第二眼迸发出来。只是她的愤恨再次让他如释重负。

面对着这样一位父亲,她突然无话可说。她不愿意再对他说起塔玛,像她原本认为的那样。她原本认为他不知道,她原本认为他是因为自私,所以不知道。只是她现在才明白他其实一直知道,正如很久之后曹汐面对苏义达的那句话,除了笑,不知如何回应。

他一直知道,却还是死不悔改。

经过数日的调理,苏幕遮可以下床了。兰朵陪着他走过她和乌云梅从前的旧居,却没有提及自己的往事。苏幕遮穿上了兰朵做的长衫,走进雨里的时候,兰朵觉得突然再次望见了父亲——她记忆中唯一认可的父亲,穿着长衫,抱着她讲故事的父亲。

他说:"下雨了,我们回屋吧。"转过身的时候他看到她流出了眼泪。

苍老的确是一瞬间的事,第二天兰朵再次看见苏幕遮的时候,觉得他脸上的褶皱比前一天多了一倍。但他只是说:"那是因为你这些天第一次这样看我。"也许这样是对的吧,当他穿着往日的衣服走在巷子里的时候,兰朵第一次觉得那是父亲。其实从一开始,这一切的想念只是因为一个影子。现在她的人生开始圆满,身边站着父亲、丈夫和女儿。镇子上的人都开始客气地叫她"曹汐妈"。他们这样叫的时候,她只是庆幸自己终于真的成了一个正经人,过上了正经的生活。

但她没想到这是苏幕遮出现在她生命中的最后一天。

兰朵并不清楚是不是对于他而言,对每个人都看似不够公平才是对每个人的公平。她几乎想都不用想就知道他回了中原的家。他离开的那天夜里,兰朵想到了陈绮蓝,她最后一次出现的时候,塔玛还在，兰朵刚刚恢复了点儿记忆。那差不多是她记忆中第一个印象深刻的除父母以外的人。她的嘴巴薄薄的，但嘴角很厚实，总是微笑地看着她，像一个好好阿姨。她伫立在兰朵记忆中的时候，兰朵并不知道她在父亲的生命中是多么重要。但他其实只是逃避。他逃避过，却在有了原本想要的正常生活之后再次逃避，这一次他想要负责了，却已经对不起所有人了。

"所以你其实从未成熟。"塔玛那么说的时候，苏幕遮没有回应。一语中的的时候，他知道自己多糟糕。

风把油光纸吹得哗哗作响，他的笔迹还没有干。雨帘在兰朵的眼前倾泻，偶尔有几个人走过，目光也不朝向他们。被阅读过的信最终被吹到了雨水里，没有人想要把它捡回来。它在水洼里滚了一会儿就被卷到了别处，冲进河水里的时候，鲤鱼再次跳了出来，把它扯成了碎片。

他在路上。

他走在这条再次回中原的路上的时候，没有人知道他的人生在数年前就已经是平行的了。他在另一座城市的养子，他希望等回来的女人，这些都开始变成他生命中的第二条线。他们彼此不会知道这种深层次的关系，地域的遥远让分离代替了责任。在他数年前决心收养苏文哲的那一刻，他其实就知道，自己只是为责任寻找一个理由。正因需要他负责的人不止一个，他才能这样离开其中一条线。他疲惫的人生就这样徘徊在各种爱里，他把自己浸润在里面，无数次想要重新开始，却还是放不下，他知道这不是爱，只是舍不得。也许他太贪心，所以最终没对得起谁，也没对得起自己。很久之后他对苏文哲说："如果你没有能力，那就只给自己的人生一种可能，所有的，情感或者事业。"

看，我们还是生活在玩笑里。只是当苏文哲这么说的时候，他已经不能再拥有任何一种可能了。

6

曹文景回到虹城的时候脖子上坐着刚满两岁的曹汐。执意回去的那晚兰朵跟他吵了一架，最终兰朵还是妥协了。跟着他回到虹城的时候，兰朵突然觉得东面的镇子离自己很远了："看，到头来还是个没有故乡的人，只是这样而已。"

曹汐六岁的时候开始到落阳读小学。她的肤色在虹城成功地出落成麦色，两眼间的红痣也越发明亮起来。很久之后苏义达第一次看到曹汐，不是最先看见那双眼睛，而是先看见两眼间的那颗痣。"你身上总有一些让人难以忘怀的，而这些难以忘怀的东西在我这里被称作爱。"他这么说的时候，她只是笑笑。

曹汐整个童年都浮现着一场又一场的婚礼，但她不知道为什么婶婶们总是在生完第一个孩子之后就离开了这里。她们动用各种方式，每一次植树之后，每一次浇水之后，甚至每一次小解之后，她们在每一天里任何可能的时间段离开，但从不成群结队，总是单独行动。而那些呱呱坠地的孩子也总是从母亲离开之后就不再那么热衷于哭闹。

她唯一能聆听的乐曲基本都来自每一场婚礼的乐曲。那些曲子来来回回就那几首，她记住了几首，比如《抬花轿》和《哈哈腔》。整个莫县所管辖的乡镇里，原住居民以外最多的就是来自中原以及中原以北的逃难者。和曹景祥以及苏嘉善一样，他们远道而来，在这里安家落户，只是没有像曹家一样种下这么多的绿树。当那些锦旗挂满曹涌渐的屋子时，曹汐也到了读中学的年纪。

第一天到学校的时候整座教学楼里哭声一片，这对于曹汐来说并不奇怪。只是她没有哭，记忆中那是她第一次罚站，而且背了一天的语录。对于曹汐而言，这一切的变革从一开始就很遥远。或许是处在边陲小镇的缘故，在和平年代的政治斗争中理直气壮的平静着，殊不知在自己的另一侧弥漫着不动声色的仇恨和热情，梦想被点燃，被利用，也被拿来用作代价。

和所有的西部小县城一样，莫县很荒凉。当偶尔来到的车辆碾过学校门前的小路时，曹汐就站在宿舍的窗前往外轻轻看上一眼。因为那契合了她所认可的虹城的面貌。有时候曹汐自己也奇怪，无论之后虹城变成什么样子，她默认的模样却是一整片的黄色灾难。

落阳城在曹盈来之前的年月里就恢复了声息，坟场甚至在曹汐上中学后彻底变成了林场，偶有几个无人悼念的坟墓镶嵌其中，像要将自己的身体嵌入其间。曹汐记得曹文景领着她到那所破旧的小学校报到的时候，老师看着矮小的她，说什么也不愿收。可当曹汐轻而易举地夺过第一排的一个小男生的作业本并做对了100以内的加减之后,老师就对她刮目相看了。这些对于刚入学的小学生还较为困难的算术题,对于种树世家出身的曹汐,却并不困难,面对着那些死去或者重生的树木,曹汐练就出了习惯性的计数方法。而很久之后她会听到一句话:"你最初是什么样子的,那以后也会是什么样子。"

至少当你在一座城市生活时,更多的人辨识你,都只是凭借第一印象。当你远远超出了别人对你的第一印象,那往往就会成为你自己的过失。而人认识自己往往不是靠自己的检验,而是对比别人所获取。当你深爱一个人时,有时甚至会放大他的欣赏价值,而自惭形秽。只是这一条人尽皆知的道理,曹汐却没有学会,即使在很久之后,面对苏义达的那句"因为你谁也没有爱过"的吼声里,她只是剔了剔指甲,说:"什么是爱?"

那一次去小学报到,是曹文景唯一一次送曹汐上学。后来曹钟也成了护林队的一员,接送她,就是曹钟的任务了。曹汐的视线随着叔叔的大手所指的方向无限延伸。这里的奔跑总是没有尽头,有时候她想要跑个圆圈,但跑着跑着就发现自己在跑着蜿蜒的曲线,即使是种树多年的虹城,她跑过去,脚印还是会迅速被身后的风沙掩盖。即使沙尘没有以前那么多了,但它们还是和这片地域不够牢靠,用曹文景的话说,稍不留神还是会出事故。而所谓的事故只是树木的成活率下降。

当曹文景为曹汐突然展现出的数学才能而惊讶的时候,兰朵只是托着一件洗好的衣服说道:"你们每天种下多少棵树,她比我都清楚。"

只是他们谁都不知道,曹汐之所以对这些如此熟悉,是因为曹盈对她说,树多了就有铁路了,然后就可以一直走到没有沙漠的地方了。

叔叔们的婚礼总是在最热的天气举行,据说,是为了让新娘的妆容花掉,这样才能让这座城看清她们的脸,在曹涌渐的认知中,似乎也只有这样,她们才算成了这里的居民。而在曹汐的记忆中,她听到的第一首歌似乎就来自她所看到的第一场婚礼。

没有人想到第一个结婚的人居然是曹钟,而且新娘还是比他大几岁的"失踪女人"。

当哥哥们从一片沙丘中把气息奄奄的她"打捞"出来的时候,她鼻梁上的眼镜已经碎了,只有口袋里放着的一个学生花名册似乎还能证明她老师的身份。一定还有其他人。曹钟放下原本推着的板车。黄昏快来了,风也起来了,他用白褂子盖住了下半边脸,用铲子在掩埋女人的沙地四周挖掘起来,但一无所获,唯一看到的是一双女孩子的小鞋。而女人显然已经不知道到底发生了什么,她昏昏地睁开眼睛,只是索要着水。

他在巫沱河洗净她的脸。哥哥们开始讨论她的去留,每个人内心都急切地要她留下,这场讨论最终也成了形式主义。那是曹文景和兰朵携着曹汐回到虹城的第二年。那时候曹汐刚好五岁半,两只眼睛中间有一颗朱砂痣,还不会走路,脚也比同龄的小孩小一点儿。曹汐上中学后,莫县中学的老师还一度以为她裹过脚。曹文景因为她的双脚太小,拜访过周遭的许多医生,但是她的成长一直井然有序，只是双脚生得很小。曹汐从小就不能走远路，如果不是她的执拗，也许她一辈子都不会离开这座城。

面目一致的男人用抛绣球来决定谁能娶这个女人。很久之后，还会有人说虹城真正的婚嫁史其实是从曹钟娶曹盈开始的。"失踪女人"是在被男人们救起的第二个月，被曹涌渐命名为曹盈，像在古老的过去塔玛在他们的舞蹈中为每个人做好肉食，为曹家出力。曹盈的眼镜破碎后，她再没戴过眼镜。那场抛绣球的比赛，曹钟是唯一没有参与的，因为他拿走了那只绣球。没有东西可抛的她突然有些惊慌，也许是失忆的缘故，每个人都觉得她总像个小女孩。即使日后她种下的一棵树死了，她还是会哭得悲怆。在每个人都旁敲侧击想引诱出她失忆之前的样子时，曹钟总是像一个过度紧张的护花使者，虽然曹盈比他高一两厘米，但在他训斥旁人的时候，每个人都能看到她总是很配合地靠在他的身后。

那场婚礼上来了很多人，包括两个穿白色警服的人，他们对着曹盈询问了很久，甚至用沙漠地区的各种方言问了她一遍。这让关于她的说辞再次扑朔迷离起来。而曹盈除了用一双迷茫的眼睛望着他们，什么也做不了。但这件事最终不了了之，这场无头无尾的寻亲案，也渐渐被沙漠风干。而曹钟一直没弄清楚，在曹盈跟他一起生活的二十年里，她是不是真的曾回忆起了什么。

老去的喇嘛最后一次出现在虹城，就是在这场婚礼上。当仿若往事的唢呐声响起时，曹涌渐突然从床榻上跌了下来。陈虹影搀扶着他，他们并排从小屋里走出来。又是黄昏，整片树林已经染成橙红色，曹涌渐皱了皱眉，差不多就是在那一刻他才看到他的小孙女。他试着抱起曹汐,但她只是叫了一声疼,便挣脱了他。躲在兰朵背后的时候,曹汐第一次审视她的爷爷。很久之后曹文景发现她审视第一眼看到的人都是用这样的目光。

曹涌渐完全失明是在那场婚礼的末尾。兰朵做了很多红色的纸花,一行人艰辛地把它们粘在房梁上,甚至粘在每一棵成长的树上。远远望去,虹城像正在燃烧一样。曹文景确信父亲就是被这片红伤了眼睛。但对于虹城人来说,这只是虹城传奇的开始。而当哥哥们的头发逐次变得银白之后,曹钟的头发依然乌黑发亮。曹涌渐开始在许多的白天盘腿坐在屋子里画沙画。那差不多是他和喇嘛们多年来第一次正式的合作。也差不多是从那一年开始,曹汐记得家里的锦旗多了起来。虹城划归莫县管辖之后,县政府每年都要送曹家一面锦旗。尽管那些年虹城的物资变得不再那么匮乏,但银发男人们还是日复一日地白头。这是这片土地上的人一直难以忘却的记忆,正如曹钟在曹盈有身孕之后再次长出长睫毛,并且开始不长胡须。久而久之,送锦旗的人忘记了虹城的银发男人们,却没有忘记曹钟的一对长睫毛。

而曹涌渐就是在那样的年月里再次听说了苏幕遮的消息。在曹钟的眼里,那几年,陈虹影没有再老去,正如她突然在那一天死去,但死去的时候依旧是数年前返回虹城的样子。而曹涌渐之前一直没有老,他像在失明之后才突然老去,或者说是画沙画的时候才开始老去。但那些年虹城已经很难再找到好的沙子了。在曹汐的记忆里,从她小时候开始,虹城的沙子就没有那么干了。在她和曹帧的童年里,他们所触摸到的土一直是处于干沙和真正的土壤之间的一种物质。曹文景拉来树种，兰朵就跟他一起打理他们所"管辖"的那一小片树林。雨水从那些年开始定期到来，有时也会出现异常。

第一次出现异常就是曹涌渐不自觉间在曹帧的周岁生日时突然提起了苏幕遮后的第二个月。

提起苏幕遮的时候他直勾勾地望着曹钟的长睫毛，曹帧就那样端坐在曹盈的膝盖上，那天异常热闹，莫县送锦旗的人也在，包括落阳的几个同样种树的人以及虹城上上下下该娶亲的男人。

"不知道苏公子在那边怎么样了。"

曹钟多半不怎么记得苏公子的脸。或者在他"长睫毛症"好了的日子里他的记忆随那些脱落的睫毛屏蔽了这个男人在他成长中留下的痕迹。每当他这么想的时候，他觉得曹盈其实也是这样。

差不多是在曹帧出生之后，来虹城的女人络绎不绝。她们像把这里当作展览馆一样观赏，但留下的总是少数。曹十三是哥哥们中第一个结婚的人。当他领着红色的结婚证站在一群银发人中间的时候，仿佛自己的地位一下子就提升了不少。那一天距离曹帧的周岁酒刚好还有一个月。曹十三这场用后来的话来说是闪婚的婚礼也就随着虹城十整排树的倾倒而被众人忽视了。风沙突然席卷，黄昏的时候兰朵叫回曹汐，曹汐牵着曹帧的手慢吞吞地走回家，视线突然变得昏黄起来。看到那一整片的黄色的时候，曹涌渐什么也没说，只是再次提起了苏幕遮的名字。

"苏公子，来了吗？"

曹文景知道，那一刻自己想到的不是他在东面的镇子上看到的苏幕遮，而是他幼年那个双手撑地叫出那句话的苏公子。

"抓不住。"此刻他再次重复那句话。想到喇嘛们说的,当年在永城发现他的时候就把患瘟疫的他送到了卫生院,不知他后来是死是活,但估计凶多吉少。"而且,"喇嘛们顿了顿,"那已经是前些年的事情了,那场瘟疫死了很多人,有些尸体最后也没有人认领。估计他已经凶多吉少了吧。"曹文景没有对父亲提及他和兰朵见过苏公子的事,他这样自然而然隐瞒的时候连自己都奇怪为什么要这样做,或许潜意识里,在这片相当于群居的土地上,他是那么迫切地想拥有一些和别人不一样的东西,哪怕那些东西只是一些浅薄的记忆。

对于曹涌渐,那场风沙之后,有相当一批树到现在还是病恹恹的,他却相信它们并没有真的死去。而人的生命对于他,也无非就是这样一棵树而已。

他的预感是对的,树木在经历了一整个月的黄沙之后最终苏醒过来,只是从此之后再也没有长高。它们矮矮地矗立在那里,到现在也没有睡着。

7

曹帧到了上小学的年纪,曹钟才在众人的劝说下去莫县给他上了户口。上户口的那天,曹盈一直呆滞地站着目送他们远去,半晌才说出一句话:"别让这孩子像我一样就好。"她这么说的时候,曹钟呆立在原地,久久都没有说话,直到曹帧在他身后叫着:

"爸爸，爸爸。"

曹盈没有户口，或许，像她这样被解救的人在这里都没有户口，她来到那里数十年之后，虹城和虹城周遭的一些村镇上，还是时不时地会来一些操着陌生口音的女人，只是她们不是出于自然原因，而是真真正正的被拐卖的女人。其中有的人像曹钟的嫂子们一样为这里的男人生儿育女，在孩子还在襁褓中时就以各种隐秘的方式逃离了这里，但有的人留了下来。很久之后，依然有不少这样的女人把曹盈看作跟她们拥有同样命运的女人。但在虹城人的心里，曹盈永远不能等同于那些留下来的被拐卖的女人，很多时候被拐卖的人被他们认为没有资格有户口，但对曹盈，没什么人真的在意她没有户口这件事。她就像一个光明正大的隐匿者，在曹家，人人都知道她的存在，亲昵地叫着她的名字；在外面，她却形同空气，她的活动范围受到了一定的限制，其中有一部分限制是曹钟要求的，而这一切只是因为那个夜晚。

曹盈喜欢水，每天一定要像孩子一样在巫沱河边洗上三圈才罢休，每一次都直接跳入水里，虹城人都记得她洗澡时一定要唱歌。这么说的时候他们都想起了林熙文。水顺着她的胳膊进入她更深一层的身体，她就湿漉漉地唱着歌，即使上了岸，也一定不会先把自己弄干。而那个夜晚，曹钟在夜里抱住湿漉漉的她，却只摸到一手心的汗。而那天他从她沉沉的鼻息之中听到了那个名字。

"苏文哲。"

他相信，无论他走过多远的路，还是会把这个名字烙在心上。他每想接近她一寸，就多记住那名字一次。他相信，在她的梦里，她一定曾回忆起什么，只是她一直把它们封存在睡梦中。醒来时她依旧是他的曹盈，只是他不知道她熟睡之后是谁。

　　曹帧读书的小学跟曹汐就读的是同一所，他上小学一年级的时候，曹汐正好是五年级。他的身高总是矮矮的，或许在曹汐面前，他永远是矮矮的。他们一起度过了童年和少年，曹汐高高瘦瘦，头发长及腰根，曹帧还是一副小男生的模样，站在她面前的时候，他总是莫名地心虚。

　　一年级和五年级只有一墙之隔，那面墙很矮，但多数一年级的学生是跨不过去的，留级生除外。那时候留级生甚至比非留级生还要多，这些留级生在小学里待到十四五岁，就纷纷像他们的父辈一样继续在这片土地上营营役役，只有极少数的人才最终乘着晚到的火车离开了镇子。像曹汐一样有读一年级的弟弟或者妹妹的学生，总会趁着下课去找他们的弟弟妹妹，但曹汐从来没有找过曹帧。在曹帧的印象中，姐姐的形象似乎只存在于爸爸来接送他们上学、放学的路上。那是曹帧在童年里对于曹汐唯一的记忆，他们的谈话并不像有的姐弟那样频繁，尽管多数时候曹汐还是愿意带着这个弟弟去玩，但更多时候当曹帧真的想说些什么的时候，曹汐却愣在原地出神。他并不明白这片他们熟悉到烂掉的大地上有什么值得姐姐这样去看，但在这样漫长的沉默里，他唯一习惯的事情就是，陪着她沉默。

　　陪着她，一直沉默下去。

　　虹城人有个习惯，无论男孩还是女孩，到了十二岁一定要为他（她）办一场像样的宴席。这习惯是怎么形成的又是怎么被继承的没人深究过，就像很多事一样自然而然就这样了。而护林队成立三周年的时候，正巧市里来了领导，曹汐的爸爸还有叔叔们照了他们人生中第一张彩色照片。在曹汐的记忆中，那是非同寻常的一天，她成为虹城以及周围的镇子中小升初联考的第一名。放榜的那天，曹文景很高兴，而那个夏天，也成为这些孩子的分水岭，这些孩子已经在不自觉中被分成了上初中的和没上初中的，而曹汐，自然是前者，那少之又少的前者。

曹汐十二岁生日那天，教导过她的几位班主任也在场，曹帧在一旁坐着，仔细听着大人们"要向姐姐学习"的教诲，默默地啃着窝窝头。那一天也正是照相的那天，曹文景执意拉上女儿去合照，而那也成了曹汐第一张还算童年的照片。

莫县中学有初中部和高中部，由于成绩突出，曹汐初中三年学费全免，此外，兰朵还得以在莫县中学的食堂谋了份煮饭的工作，并且算作正式员工，母女二人的食宿问题一并得以解决了。但曹汐是断然不愿在食堂和母亲一道吃饭的，知道这一点的时候兰朵并没有气恼，她默默地为她盛好饭，仿佛眼前的女孩只是学校里一名和她毫无关系的普通学生。

也差不多从那时起，兰朵才开始注意到曹汐的变化。看到这变化的时候，她真的觉得眼前的女孩不像她的女儿，反而像曹盈的。也差不多从那时起，每次回家，曹汐跟曹盈莫名地亲近起来。这样的状况自然到曹汐自己都无从察觉。

你见过人和人的相像，但你绝对不会相信这样的相像，眉目、眼神和动作都一模一样，甚至腔调。第一次听到曹汐唱歌，是莫县中学挂牌省级重点中学的那天，自治区教育厅长也来了，曹汐的出挑在那个晚会上更加让人难忘。及至晚会结束后，还有人通过晚会老师询问曹汐的情况，并问她愿不愿意去省里的艺术学校。兰朵为他们盛饭的时候听到了这些谈话，一时的激动让她几乎脱口而出"那是我的女儿"。但她忍住了，默默端着空盘子走进工作的厨房里的时候，她奇怪自己为何如此心虚。但她知道，她和曹汐已经处于不同的世界了，那时候她就知道，曹汐无论如何是要离开的，她不也一直希望曹汐离开吗？

"总有一天，这些孩子都会走。"曹涌渐这么说的那天，陈虹影已经随着喇嘛们的离去而离去了，只是这一次不再是离开，是真真正正地离去。火化的那天，曹文景抱着她的骨灰盒跌跌撞撞地走在回去的路上。曹涌渐那几年已经不能离开床榻一秒了，陈虹影就是趴在他的床边一觉不醒的。那间屋子在陈虹影回来之后就没有了时间概念，儿子们起床继续种树的时候敲响那扇门，门内的人才知道是第二天了，曹盈负担了曹涌渐一部分的洗刷工作，而曹钟不去护林队的时候就沿着巫沱河种一些作物，曹盈在河岸边唱歌的时候，他总觉得曹汐回来了。

兰朵不曾想过，当自己迫不及待地把这些告诉后台的曹汐时，她拒绝了。"我是要上北大的。"这么说的时候她挥挥手，当空写出了那两个字——北大。在兰朵的脑海中，大学是一个无比缥缈的词汇，她不知道北大是个什么学校，只是曹汐的这些话让她万分失落。她默默地退出了那个属于曹汐的舞台，再次回到属于她的厨房。在汗津津的蒸汽中，一旁做饭的师傅不禁回过头，说：

"你女儿真争气啊!"

但兰朵只是怔了怔,然后把脸转向了另一边,直到眼里流出的泪在右手臂上划出了一道浅浅的伤痕。

曹汐想要到市里读高中,但因一分之差未能考上免费生。知道这件事之后,曹盈和她的叔叔们来到县里留下了筹集到的钱,但曹汐坚持不收,一张冷脸把全家人弄得很尴尬。曹盈临走时往她口袋里放上了车费。"去看火车。"她像在说一个天大的秘密一样伏在她耳畔说。那个晚上,她一个人跑到了市区。公交车无比颠簸,这是她第一次坐这么长时间的车。市区并没她想象中的漂亮,树很疏朗,西部小城的街道也并不宽阔,只是人不多的缘故,有的街巷显得很寂寥。她站在那所高中前愣了愣神,没有作声。公交车到达站点的时候是清晨,清洁工的扫地声还在耳边回荡,她默默地抬起脚,按照手中陌生地图的指示来到了火车站。那是她第一次看到火车,只是她还没有踏上它们离开的能力。一行人从她身后走过,转身的时候她看到了那位当时想让她去省城的艺术学校读书的女老师,她身旁站着几位打扮得花枝招展的维吾尔族姑娘,想必是别处挖到的"苗子"。但此刻她站在那里,人们只看到了她。

也许对于曹汐而言,美丽,从那一刻开始也成了一种资本,这资本不是拿来炫耀的,而是她的标识,她依靠着它站在人群里而不被埋没掉,也依靠着它获取爱,得到爱,或者,最终同样隐忍地追逐爱。"其实这个世界就是这样残忍,你要相信它是这样的残忍。"这么对苏允说的时候,她知道也许这只是自己的偏执,但曹汐认定的命理就是,一定要把事情想到最坏,因为希望有时候远比失望更可怕。最大的希望如果落空,带来的往往是绝望,而绝望，是不能经常承受的，你要知道怎么做才能不透支。

那时，她站在火车站里，所有花枝招展的姑娘就这样被比了下去，不漂亮的人可以依靠妆容让自己成为一分钟的美人，但漂亮的人永远都是美人，或者真正漂亮的人即使在最不精致的时候也有能力把自己和周围的普通人轻易地区分。那位老师也看到了曹汐，只是这次看到的时候她没有再说"可惜"。她远远地看着她们踏上了火车，只是她知道，自己以后一定要乘着那列火车，到达一个这里很少有人能到的地方。

她揪了一下破掉的鞋子，原路折回了公交车的站点，再度坐上的时候她觉得很累了，太阳要下山了，她看着它慢慢沉下去，突然像回到了虹城。

8

曹盈并非没有看见他。

只是她匆匆走过那条街的时候告诉自己这只是梦里出现过的一个人罢了，何必再去多想呢？街上买年货的汉族人并不少，她只看见了他。这张脸比她梦里的要老一点儿，身板也没有梦里的直，她还是一眼认出了那就是他。只是她梦里的故事总是断断续续的，每一次她努力想把它们连成一个完整的故事却总是不能如愿。只是此刻她看见他，仿佛一瞬间变回了一个小女孩，心里居然惴惴不安起来，她慢慢地挪动着脚步，曹钟的话变得真空起来，此刻她沉浸在自己莫名其妙地脸红中，耳朵放空了一整个世界的声音，只装得下他的脚步声，嗒嗒嗒。它们沉重地涌来了，她的心也是沉重的。他擦着她的耳畔走过，可惜没有看到她。她伴着一点儿失落，又一点儿庆幸。她知道自己不年轻了，即使她依然有美丽的五官。每次看到曹汐，她知道自己还算是美丽的，曹汐是她的另一面镜子，她在她脸上看到自己年轻时的模样，她也一直奇怪，为什么自己的记忆路线这么短暂，那些原本最为韶华的岁月，却被清空成一面墙，并在她的时光隧道里围追堵截。而她努力想跳过那面墙，却总是失望。

当她在现实中看到她梦里的那张脸，她就再也梦不到那个人了。

曹钟是在那个白天发现曹盈不对劲的，一路上他都在对她说话，但她只是目光空洞地望着她，两只手也是僵硬的。辫子扎起来的时候，他觉得曹汐跟她更像了："干脆认你当干妈好了。"但曹盈没有理他，那一整天她都没跟他说一句话。曹帧记得，曹钟就是在那个时候又开始做木雕了。只是这次不同的是，他在每个木雕的底部都画上了一张曹盈的脸，并不是很写实，如果是熟悉曹盈的人，还是能看出眉目间有些许她的神采，而那神采就在曹钟一点点的雕琢中，变得精致起来了。

他无意间拿木雕去市里卖，穿过零星分布的几家画品店，其中有一家店门前挂着几幅油画，右下角写着画者的名字，那三个字写得并不工整，但曹钟一眼就认了出来——苏文哲。其中只有一幅画让他总觉得不普通，因为上面的女人露出的半边脸，跟曹盈一模一样，他努力告诉自己这只是他的猜疑，但心里惴惴不安起来。

那时候苏文哲已经开始组建自己的车队，那家画品店就是他们的，门口有几位学徒在制作艳丽的大红色。曹钟看着苏文哲的名字突然愣了神，总有种不祥的预感，这世界上重名重姓的人那么多，他还是停下了脚步。因为他看到了橱窗里写着的"收购民间木雕"六个字。

"按斤卖吧！"曹钟对着几名学徒工说道。

其中一个傻愣了几秒才反应过来，店里走进去一个五十上下的男人，曹钟疑惑了一下，还是问道："您就是苏文哲？"

男人显然被窘到了，回道："不是，您有什么事？"

"卖木雕。"连曹钟自己也不知道自己怎么就这么理直气壮地说这叫木雕了。

但男人还是像煞有介事地仔细看了看，说道："您留个名字？"

"不留，留什么留？"曹钟说道，"论斤卖，论斤卖！"

男人显然没见过这种阵势，但还是拿出了秤砣，秤好后，数了钱给他。

跑了一些单位之后，苏文哲才顺利拿到油画原材料的购买和经营许可证，离开落阳的时候身上的钱已经不多了，但当他把那些做好的红色涂在那张油画上的时候，还是觉得那个嘴唇缺了点儿什么。之前他还去了林郁支教的学校，也是一无所获，校长还劝慰了他很久。

刚回到兴城不久他就收到了装木雕的包裹。那家店是兴城苏氏画品市场在落阳的分店。拆开包装的时候，他显然被吸引了，或者说,这是一件很好的作品。他把三件木雕拿到放大镜下仔细看了看,直到看到了底部刻的那张脸。

"林郁。"

他的心猛地一沉。

这种感觉仿佛秘密被戳穿一样。他苏文哲去那里寻找制作红色最好的原料,最初只是出于想画上那张空白的嘴,或者,继续去寻找她。尽管他内心深处觉得,更多的可能是,林郁已经死了。

只是他在脑子里这么想了一阵,木雕已经应声坠地了,他便看到了木雕夹缝中藏着的那个签名。他微微笑了笑:其实作者还是自信的。

只是茫茫人海,他如何才能找到这个叫曹钟的人呢?

9

再见到曹汐的时候,曹帧已经顺利地考上了莫县中学。曹汐高二没有读完就直接进入了高三的文科重点班,夜里总是做题背书到很晚,曹帧就提着晚饭送到她的宿舍楼下。每次都是在门卫一声又一声粗犷地喊着"高三七班的曹汐,高三七班的曹汐"时,她才穿着拖鞋啪嗒啪嗒地走下楼。学校吃水困难,曹帧每次都先替曹汐提一暖瓶再去提自己的,有时候没水了就只好直接入睡。那年放榜,在县政府的门前,人人都看见了曹汐名字后面的那四个烫金大字——北京大学。

通知书寄来的时候,除了曹汐和曹帧,全家都很激动。曹帧只是有些失落地在屋子里呆坐着,曹汐没有察觉到他的失落,或许察觉了也不愿意指出。曹汐成为这个家里孩子的榜样。离开那天,她觉得很坦然,火车开动的时候,她手里还提着半袋子油饼,火车要走上两天两夜,那就是她的干粮。那天曹帧没有送她,问起弟弟的时候,曹盈只说是学校补课,曹汐便没有再问。

火车驶离的那一刻,她突然还是有那么一点儿难过。火车一路向东,她在轻微的晃动中有些累了,不自觉间又想起曹盈对她说的话:"一定要走到没有沙漠的地方。"很久之后她也不是很明白为什么那天曹盈对她无端地说出了那句话,她不知道同样的话她是不是也对曹帧说过。只是她这么对她说的时候,眼睛是直愣愣的,但是很柔情,曹盈的眼睛即使在深夜里看起来也像一汪水一样,曹汐就在那眼睛里看到了自己的脸,看到她的长辫子一直耷拉在腰际。她记不清自己是在火车走到哪里的时候醒来的,只知道那已经是第二天了。她不知道自己怎么会那么累,她不免有些紧张,赶忙检查了一下身上的东西和口袋里的钱,还好没有少。她醒来的时候,身旁的旅客已经不是刚才那位阿姨了,取而代之是一个风尘仆仆的年轻人,年纪跟她相仿。曹汐略微诧异了一下,继续别过头沉沉地睡去了,对提着的半袋油饼也没有欲望撕下一块来吃。

卖食品和报纸的列车员推着车走过时,身旁的年轻人把脚挪了挪,不小心就踩到了曹汐的脚。"对不起。"他说,便自然地看了她一眼。"是个美女。"这样对自己说的时候他突然坏笑了一下,她两眼间的红痣让人觉得有那么一些不寻常之处。曹汐没有理他,自顾自找书来看。他耐不住好奇，看了她的包一眼，直到看到那张和他一模一样的通知书。

"你也是……你哪个系的？"

曹汐抬眼看了他一下，感觉他个子高高的，脸有些黑，还有些汗津津的，她埋下头去，回道："不觉得偷看别人包里的东西很可耻吗？"

他笑了，只是说着："你不说没关系，反正我有办法知道。"

她突然一阵好笑，但忍了一下，回眼看他，他冲她笑了一下，看不出哪里好，但也不觉得坏。

"中文系。"她合上书，"你呢？"

他没想到她会自己告诉他，迟疑了一下，说道："经济。"

她便没有再理他，继续埋头看书。真的离虹城很远了，她想着，突然皱了一阵眉头。这个黄昏来得有些晚，至少比虹城的晚多了，曹汐不知道下了火车是不是应该先找个地方去打电话报声平安，但瞬间又打消了这个念头。此刻她提着那半袋油饼，突然有些窘迫，心想要尽快找个地方丢掉。

到达终点站的时候是凌晨三点，看了几个钟头书的曹汐有些昏沉沉的，提着行李按照先前记下的指示走到了学校的新生接待处，不自觉地望了望身后，没有看到他。曹汐翻包的时候不禁打了个寒噤，也许是太累了，居然没发现装通知书和身份证的贴身小包居然不见了，曹汐呆立在原地。接待处的老师问她坐的是哪一列火车，她也记不清了，直到突然有人从背后拍了她的肩。

"曹——汐——"他微笑了一下递过她的包，"你看，我还是有本事知道的。"

这便算是认识了，一路上，他都固执地为她提行李，曹汐也任由他拿着，她对他不讨厌，至少从一开始就不讨厌。

他把她送到宿舍楼下，报到的女生都不自觉回头看了她一眼，只是这一次她敏感地知道，她们是因为她身边的男生。他走的时候，曹汐没有问他名字，转身离去的时候，他心里还失落了一阵。只是默默念叨着她的名字："曹汐，曹汐……"

整个中文系在一学期之后都知道了曹汐的名字，不是因为校刊上常常出现她的名字，也不是因为时时飘到她课桌内的各式情书，而是因为一个人。

广播里播放着学生会主席竞选大会实况，她马上就听出了他的声音。

"大家好，我是苏义达……"

苏义达这个名字出现得频繁，学校里许多社团都少不了他的名字。曹汐倒是安静，似乎除了校刊，没有加入什么社团。老师列了长长的书单，她每隔一段时间就借几本来看，偶尔会撞见苏义达，她也只是浅淡地笑笑。苏义达倒是没有善罢甘休，他总是在她能出现的地方准时守候，也因为她的关系费尽心机进了校刊。聪明如苏义达，即使是对不喜欢、不擅长的东西，至少能做得得体。他在学校名声大噪，但鲜有人去谈论，只是提起的时候，都知道这个人。曹汐对此有些反感。直到苏义达主动来约她那天，她才缓缓地说道："这么积极，至于吗？"

他一时词穷，曹汐就是这样，即使她并不占理，也能用一句话、一个眼神，把对手的热情浇灭一半。

他们默默地在学校里走着,曹汐的辫子是散开的,长长地披在身后。很多时候苏义达都无法想象,这样一个女孩,居然来自边陲小镇。而他更不能理解的,还有自己莫名其妙的心虚。他试图挑起话题,谈论目前被疯狂引进出版的几位外国小说家的作品。但曹汐只是"嗯嗯"地应着,无心深入交谈。

那天是曹汐十九岁生日。无话可说间,苏义达在校门前的糕点店给她买了一个蛋糕。

"生日快乐。"

"哦。"她轻轻地应了一声,"谢谢。"

天色有些暗,那是他第二次送她回宿舍,她要走的时候,他突然抓住了她的手。

"我……喜欢你。"他说。这四个字不深不浅地落在了她的心上。

"没什么两样。"她内心深处还是这样对自己说,"没什么两样,和那些情书有什么区别呢?"

我喜欢你,这四个字无论由谁说出,它还是太轻了吧。

"哦。"她轻轻地应着,转身迈上了第一级台阶,但他没有走。她知道他还站在那里,她的心突然莫名其妙期待起来,还是轻笑着自己的可笑。只是楼梯上到一半的时候,她终于听到了身后的那句话。

"我——爱——你。"他大声说着,整个宿舍楼都能听到他的声音,"我——爱——你!曹——汐——"

她继续走着,没有回头,没有停下脚步,只是内心那块石头终于落下来了。

我爱你。她掂量着,这算不算比较浪漫的告白呢?

第五章：写给你的一生

1

那些天她总是做梦,直到中午才醒得过来,仿佛每一个梦都是一个沉睡的理由,但现实中没有答案,梦里自然也是没有的。

灵堂原本很大,但随着人数的增加,就显得越来越狭小。只是她听不到人们的对谈,她如此焦急,在黑白色的背景中徘徊,但走来走去都只是走在一个漫长的影子里。那个影子遥远得像永远都不会结束的一场奔跑,一个个人像一面面竖起来的小墙壁,她在他们身后的影子上跳来跳去,也像走在人群里一样。她张了张嘴,觉得自己像说了句什么。人们突然为此安静下来,他们望着她,目光像火一样炙烤着她的脸,人们的表情是恐惧的,只是谁都没有退后,谁都没有退后。这下子,她倒害怕起来,她四下望着,觉得找不到盟军,只好看了看自己,这下她才知道自己穿着冥衣,双脚已经被绑在了一起,她的眼睛越睁越大,但能看到的光线越来越稀薄。她知道,他们围了上来……

她无数次从这样的梦里惊醒,很多时候那些梦最初都不是这样的,但无论是怎样的一个梦,到头来都是走进这样一个俗套的剧情。她看着自己在梦里演的电影,在梦里叫的名字。她总是想不起来那个名字,唯一一次想起就是在一次醒来后。因为她清楚地听见他们在叫她,她确定那是她……

"你怎么了,林郁……"

他们就那样叫着,直到她什么也看不见,被人墙压得透不过气来。

她每次醒来都很静默。只是眼睛睁开了,无论她睁不睁眼,都是看不见任何东西的。但只要她一醒来,曹钟还是能一个激灵地跟着醒来。她能感觉到他还抓着她的手,她突然感到难过,但还是挣脱了那只手。我是不是该走了呢?她始终不明白为什么每次从那个剧情里挣开手就会有这个想法。仿佛那是一个告诉她必须离开这里的梦,告诉她,远远地走掉。她觉得沮丧极了,却无能为力。她像个小女孩一样愁苦地望着他,他只是蒙了。他无数次勾画过她神秘地离开,像他的嫂嫂们一样,在哥哥们不知情的情况下悄无声息地走掉,留下嗷嗷待哺的孩子,但那些孩子没有一个能活过第二年开春。他们依然按照时令生活,其实在这片土地上,四季几乎是不存在的,除了干渴的时候渴望水源,除了缺乏树种的时候渴求新苗。他站在这里,只是觉得那么难过。他垂下手臂,为自己的难过而羞愧。他紧紧地抱着她,只是害怕再也抱不到了。

2

　　去往虹县的车一路颠簸，窗玻璃都是破损的，路勉强算是修通了。苏文哲身旁坐着一个沉默的年轻人，皮肤不是很白，右手因为之前提着重重的行李，被勒出了几条深深的红印。苏文哲无意搭讪，脑子里想到的只是马上就要见到的人。这是一条缓慢得让他着急的道路，路上有来往的驼队，戴着黄色的帽子，脸颊上还带着赤潮一样的红，一笔一笔都带上了感情。每一次看到这样突然出现的一队人马，他总要那样张望一会儿，总觉得会在其中看到几个旧相识，虽然至今他都未曾看到过。他总是不能够真的相信那些原本出现过的人会这样走失。甚至这两年里他似乎都有些遗忘林郁了，或者如果不是再次看到曹汐送给他的五十岁生日礼物，他相信自己不会再跟曹钟这个名字有所交集。那依旧是一块根雕，苏文哲喜欢这些木雕，断然不会卖掉。但眼前他更看重的是这扇开启一条堵死的寻找之旅的重要线索，这比什么都重要。之前他只到过几次落阳，也听见别人讲过虹城的故事，但每次都不会深究，直到曹汐嫁了过去，才听得多了些。他知道了这个曹钟是她小叔叔，还知道她有个得了怪病瞎了眼的婶婶。现在他这样胡乱想着，好像有了些眉目，但还是什么都没有，心里居然因此乱了起来。

  这片西部的大地上，到处都是干燥和空旷的，驼队中最靠后的是一个老女人。她脸上的皱纹深刻得像画上的一样，只是头发还是黑的，腻腻地贴着头皮，但不让人嫌恶，总觉得她本来就是这个样子的。苏文哲望得久了，她竟回过了头，不再只是给人一张侧脸。他看清楚了她，才发现她并不是很老，顶多六十岁吧。他这样想着，女人又朝自己笑了笑。他突然僵硬了一下，随即也笑了笑，这样僵直着身体有十几秒。回过神的时候，他才发现那本捧在胸前的书已经掉出了窗外，不觉来了一阵轻狂的风，正这样看着，车又开得快了起来。"该快的时候不快……"他这样想了一下，也只得作罢，毕竟找人要紧。

  身旁的年轻人紧紧地挨着苏文哲坐着，在车上一直做着梦，梦里咕哝了一阵又一阵，再醒来的时候竟惊出了一身冷汗。他一路上不舒服了很久，总是坐立难安。接下来的路很宽，苏文哲渐渐累了就睡了过去，再醒来的时候已经到了落阳城。年轻人汗津津的手拎着两大包行李下了车。苏文哲在一旁问司机去虹县怎么走。司机点了根烟，随手指了指站他前面的他，说："这小子就是曹家的。"

  苏文哲愣了愣，正心里想着这句话的意思，却被司机拉到了年轻人面前。

  "小帧，这位伯伯想去虹县，你们一道去吧。"

  年轻人有些诧异地望了望苏文哲，看着也不像什么考察队的。但他们家一向没什么外地的亲戚，想了想似乎也就只有曹汐一人。他心思活络，差不多也猜出了苏文哲的身份。曹汐先前来信说过她公公要来探望她父母亲，但很奇怪坚决不跟他们一道去，把家里的生意和车队一并交给了他姐夫,自己只身来了。

于是曹帧便大胆问道:"您是姓苏吗?"

苏文哲心里一惊,但也没说什么,只是回道:"是啊,你是?"

"曹汐是我堂姐,我叫曹帧。我应该叫您一声苏伯伯。"他笑了笑,说,因为心里忐忑不安,只是皮笑肉不笑。

苏文哲明白了八九分,还是有些惊讶地问着:"虹县真的只有曹家一户人家啊。"

"是啊。其实这么多年了,有时候我也觉得神奇。好像是我太祖父那一辈就到这儿来了,然后就不走了,留了下来,但我太祖父后来失踪了,我太祖母也不见了,后来我爷爷的媳妇也走了,爷爷又娶了一个媳妇,就是我奶奶了,她生了很多伯伯,我爸是最小的,可我奶奶现在也走了。"

苏文哲听着,心里不禁突突起来,记忆中,苏莫遮那一年上报纸的简历就跟这个奇怪的家族有关,只不过那报道隐去了家族的名姓,想一想,难不成就是他们家?

他们在路上走了一阵,快到虹县的时候发现那列驼队从对面方向来了。最后那匹骆驼上还坐着那个女人。而那女人又走到了前头,居然还跟着他们一起走进了虹县。

这大概是最奇妙的一个小县城了,只有一个姓氏,来自一个父亲,河水被认为有神力。塔玛生下的儿子们,唯有曹钟拥有齐全的家庭,其他儿子的妻子最后都离开了这个家,有的留下嗷嗷待哺的婴儿,有的居然大着肚子就走了,还有的甚至在路上生下孩子,无奈自己命薄,在乡村医生的杀猪刀下,只说了一句"把孩子带到虹县去"就命归西天了。而那医生不过绑个竹筏,把孩子送下了水，便完成了自己的使命。有时候孩子漂下河岸的时候已经奄奄一息了，死去的孩子都被埋进了树下，那些树久而久之就像染上了灵气，变得活跃起来，旁人无法把它们连根拔起。

但这一天的虹城寂静得有些过了头。穿过树林的包围，只能看到城中心供奉的灵台。曹帧望了望，突然单腿跪了地。他没有哭，只是空洞洞地望着。家里的砖瓦房刚刚建起，可是此刻已经是一堆废墟了，只见曹钟还在一旁敲着什么，依旧是一副做木雕的姿态，或许他已经很久没有这样尽兴了，一瞬间，所有可以被毁灭的东西都成了他宣泄的道具。他在这里演绎着他的悲伤，惊心动魄。

曹涌渐的眼睛还是死瞪着，曹文景不知道他是不是已经在一个大家都不知道的瞬间闭上了眼，暗自离去了。他那天只是咳嗽了几声，对着曹文景说道："把我抬出去。"

天是暗沉沉的，他们都说虹城早就没有这样暗沉沉的天了，似乎早有人提前就悲伤了，把他们的哭声衬托得像极了风声。

此刻，苏文哲立在他们的呜咽外，觉得自己真的只是个局外人。但曹帧还是把他拉了进去。

"苏伯伯来了。"他刚说完，兰朵就先走了过去。不知道为什么，她好像在哪里见过他。

他们在屋里坐着，苏文哲一眼就看到了那幅遗像。

如果那不是他的爱人，谁才是呢？

他看到那张照片，瞬间就不能说话了，眼睛里满满的竟都是泪了。曹汐只是长得像她，个性什么却不像。可眼前这张照片，即使再破再旧，他还是认得。那是她的眼睛、她的气息、他的爱。

一屋子人都愣了。曹帧张大了嘴巴。可苏文哲只是跪着，半响才问道:"你妈,是怎么来虹县的?"

  那是曹帧记忆中最为奇怪的一天。虹城好久没有那样的夕阳了,落山的时候好像听见了它挪到西边的脚步声,微微的,像一曲弹词,你不会知道在空旷的地方,一切还是书信的时代里,他们如何听闻各种回音。正如曹家这么多口人中,兄弟们都已经学会了不说话就明白彼此心里的想法,这让整个虹城变得很孤立。习惯了对着山脉洗漱,习惯了靠着树木闲坐,这就是他们不曾改变或者早已养成的生活习惯。连曹帧也觉得只有在这里自己才是自由的。高中的最后两年,陪伴他的就是曹汐的信件,每一封都提到一个"他",每一次他都不自觉地把那个男人跟自己比较,比着比着就觉得自己可笑。而那个男人居然真的成了他的姐夫。

  由于男方家境优越,婚礼办得隆重但不张扬,曹汐穿着羊毛长衫,淡紫色的披肩垂至腰部,一袭长发上别着一朵白玫瑰,是苏义达悉心为她戴上的,走在人前,哪个女客的风采都不及她一分。曹帧坐在席间看着姐姐,突然觉得一阵心痛。他疑惑,但还是径直离开了礼堂。曹汐端起酒杯的右臂突然抖了一下,玻璃杯碎了,她听见了他的脚步声,一时间,仿佛那是被他的脚步声震碎的。她只是看着它们,在这样的碎片上,跳了一支不知名的舞。他的脚步倒在碎片里了,生生地就在人堆里砸出了一条路。

  此刻,听着苏文哲的一席话,曹帧越发憋闷。"怎么我家的到处都是别人家的?"他说着说着就义愤填膺起来,仿佛真的握住了真理,真的就能改变这所有他不想看到的一切。

  曹钟熟悉的那个名字终于在妻子走的这一刻蹦到了自己的面

前，还是自己找来的，不知道是来投胎的还是来捉鬼的。这一夜，到处都像跳跃着看不见的火苗，可他还是觉得心有不甘，只能对那一堆砖块出气，且出着出着，就渐渐没了力气。

曹帧还是兀自说着，接着表情就丑恶起来，一时间竟痛恨自己带来了苏文哲。曹文景眼见势头不对，急忙拦住了他。对苏文哲的到来表示欢迎的似乎只有曹文景夫妇，其余的人都像看见了不速之客，偏偏还在曹盈的葬礼上说了这一通他们觉得不明所以的话。"还以为自己真的是苏公子吗？"曹涌渐这样一说，兰朵突然明白了什么。父亲离开自己和母亲的时候，似乎就是苏文哲小时候那几年。不知道为什么，这就像一种禁忌，她忌讳自己说，别人更说不得。苏文哲还伏在林郁的身上，此刻觉得自己走也不是，留也不是。曹文景把他领进了一间空房，他哭了一阵，就又醒了。想起她失踪的这些年，家里的东西一样不曾少了她的，但她走就走了，怎么还寄居在这一家了呢？

不知道为什么，当他以这样的方式见到了她，居然像了却了心愿。这一晚，他没有再梦见她。

苏文哲在虹城的第二天就是被女人的歌声叫醒的。她挤在送丧的人后面，眼睛却一睁一闭，好像睁着的那只能看见世界，闭着的那只能看见别人的世界。于是她看见的世界不被人起疑，那第二个世界却疑窦丛生。她没有刻意躲着别人，到了第二天早上才被兰朵发现。他们依旧挑水吃，她看见一个陌生女人朝她走了过来，四十来岁的样子，身体略微有点儿胖了，兰朵不认识她，但吃了一惊。谁都知道虹县除了偶尔几个熟客，多是没有外人的，这名为一个县,实际上只是落阳划市的一个筹码,这里成了许多专家的研究宝地,他们春天来一次,秋天又来一次,这里气候因为长年植树已经有所改善,倒也不像别处那么燥热,即使不是专门来虹县的人,路过得多了,也不免要来这里避避暑。虹县只有姓曹的,大家都知道,这个女人来得巧,曹盈的骨灰刚撒入巫沱河她就来了,不吃不喝地面对着曹盈的照片就是好大一会儿。她像要等什么人,直到曹文景走近了,她才睁开闭着的那只眼。

那只眼是墨绿色的,沉沉的隔年的老绿,但还有几分鲜艳。女人望着曹文景,表情动了一下,但还是紧绷着。她的皱纹很深了,不知道是刻过了多少年,曹文景还是看出了端倪。只是女人的头发乌黑发亮,让他认也不敢认。

但女人还是向他走近了,说:"今年也六十好几了吧。"这么说的时候曹文景更加确信了。只是这么想的时候,他突然就忘记问她离开他们这些年的原因。

曹涌渐在屋里听出了人声,他摸索着想站起来,却重重地跌了下去,但还是扶着墙挪到了外面。女人看到了他,突然有些战栗。

"你还好吗?"她突然在他面前垂下了眼帘。

"好。"到嘴边的话居然只剩下这一个字,他自己都感到失望了。

"我,还是要走的。"她依旧垂着眼皮。

他愣了愣,原来她还是要走的:"那么老的人了,走哪儿呢你?"

"我回老家住着呢,这次只是跟他们走这么一遭看看你们。"她别过脸,那双眼睛突然就昏黄了,她又闭上另一只,"我这眼睛,只能睁开一只闭上一只,要轮换着,否则,都会痛,钻心的痛。"她说着说着突然流出了泪,有一滴一直顺着胸口流到了肚皮上，她感到凉凉的。但还是要道别的。

对曹文景而言，她早已不是记忆中的人了，或者还有一点儿，但模糊得久了就有了一种遥远的距离，仿佛只能远远地看着她，不能凑近，近了就越了界，就不能和睦，这份亲情远出了味道，就不能再亲近了。现在她站在他的面前，就像一个别的人了。可他因此确信了自己原来还记得她的脸，除此，他再也不能说什么了。

一行人还都沉浸在曹盈下葬的悲伤氛围中，巫沱河岸边多年以来埋着许多的尸骸，多是那些被母亲遗弃的婴孩的，说也奇怪，那些孩子在母亲出走不久就纷纷死于春天，过早地死去把他们这场人生演绎得像一出幻境了，不过这幻化只是一声声纷纷扰扰的啼哭，在眼前的世界扬扬落落，起伏之间，像不愿散去的呼吸，仿佛这一张一合里真的有神灵庇佑，他们的身躯填满了整条河岸，就这样把它铸造得顽固了，再也没有过多的流沙被冲进河底，洗成一条黄澄澄的河。

3

曹汐知道曹盈的死讯，是因为曹帧的一通电话。这一年他刚毕业，分配到落阳的邮政局工作，电话刚接通，居然就哭了起来，像一个孩子。他絮絮地说着，一遍又一遍，唯恐没有人知道他的悲伤。曹汐对此反感起来，但心里还是难过的。她难过，却不希望别人看见，只能自己咽下去，才能和解，才算解气。

她并不知道公公这一桩事，当然连那更加遥远的奶奶的事也不知道。或许她无意知道，她只是觉得痛心。"她死了"，当她沉默的时候她总是不断在心里念叨这三个字，她听到肚子里有个肿胀起来的声音不断重复着这三个字。那像一扇突然因此关闭的门，必须要打开。腹中的孩子已经九个半月了，她还是拒绝去医院，总觉得不安心。苏义达并不拦阻，或者在他的习惯里，曹汐做什么都有曹汐的道理。可她还是把他这样的反应当作疏远，只是她绝不在苏义达面前提及。曹帧来看过她两次，每一次她都笑着，但他知道她不开心。苏郁和那时候已经辞掉了美院的工作，苏文哲知道后气不打一处来，但拗不过他，那大概是在所有熟识的人面前，他做得最为出格的一件事，却做得这么洒脱。他的一批画作被南方一个画廊老板看中，一连资助他在一年半内办了三场大型展览，拍出的画不算多，但每一幅都价值不菲，他也因此安下心决定好好画画，而这些事渐渐平息了苏文哲心中的怒火，心想这孩子兴许真的有些前途了。

但苏郁和的心思并不全在画画上，他知道自己要的是什么。只是一种情怀，或者，只有当他看见曹汐的时候，才是那种情怀到来的时刻。但他终究还是远远地看着嫂子，两家人住在一条街上，苏郁和独居，苏文哲跟曹汐和苏义达住在一起，多数时候他过去吃饭，或者阿姨送饭到他家，必然要问一句"嫂子怎么样了"。阿姨是上了年纪的人，话不多，虽然疑惑却从不问什么，更不嚼舌根，这便让一切都显得更为扑朔迷离。

曹汐骨子里对油画十分感兴趣，对国内的新晋艺术家都有些了解，家里的报纸杂志从未少过，艺术专版是她的最爱，吃过了晚饭总不忘去苏郁和那里看几眼。那大概是苏郁和画画最快乐的时候，内心也都是洋溢的，资助他的老板每年都要去他家几次。那个老板是一个喜欢喝茶的人，在苏郁和家的坐垫上能一个人静静地喝一下午，苏郁和并不烦他，两个人各取所需，他的心情比以前好了许多，曹汐一去，他就更开心，每次都喊"女主角来了"。

她是他的女主角，每幅画上总是留下一个背影，苏郁和一般不给画作取名，最多按照大写字母取个A系列、B系列，或者地名，兴城系列、驿城系列、虹城系列……当然，虹城系列就是后话了。

她看着他的画，并不是没有动容过，只是无论如何动容，她都不曾注意过这个画画的人。或许他也是，他画了很多的她，有写实的她、混沌的她，有紫色的她、红色的她，或者时近时远的她、月迷津渡的她，她无时无刻不在，可以被放置在画面的任何角落，但没有一次充满整张画面。他说他想画一种病入膏肓的感觉，第一次这么说的时候，他的心居然抖了一下。突然在那一刻，他好像开始惧怕她会死。或者，她死了，就是美死了，爱死了，气息也死了。他失去的早不是一个模特，他只是突然因此而惧怕，但她权当笑谈。

"如果你会记得我，我必然是再也不会忘记你的。"那是苏郁和突然写在画框上的，铅笔字迹并不耀眼，她还是看见了。她心一沉，只觉得画中的姑娘并不是她，那是一个陌生的、遥远的人，与她并无交集，也不可能有交集，但她还是感动了，不知道是为他的画，还是他用力写下的那一句话，无论是不是真的，她只是觉得难过。一时间，她为自己而羞耻，为自己在这个时间来到这里而羞耻，她难过，连她自己都迷茫了，这难过究竟从何而来？可那一天，她就这样难过地要跨过那扇门，突然肚子就剧烈地疼了起来。

苏郁和扔下画笔，费力地抱起她，来不及叫哥哥，叫了辆车先把她送到了医院。过了一小会儿，苏义达匆忙赶了过去。两兄弟在门外等候，始终不见人出来。苏郁和靠着左边墙，苏义达靠着右边墙，远远看去像有了隔阂般，但他们还有些浑然不觉，苏文哲差不多也是那时候闯进医院的，和医生撞了个满怀，医生说："是个小公主，恭喜啦。"

苏文哲还没能从之前的事中回过神来，就必须接受这个新的生命了。

孩子长得像极了曹盈，或者，像曹盈的林郁。她不如曹汐像得一种硬朗，她像得太柔软，好像一弹就破了，也正因这个底蕴，她像得仿佛蒙了一层雾气，雾里看花，她就是那花了。

曹汐看着她，只觉得倒吸了一口冷气，想必她是想回来再看看她的。"允，允。"她只是不自觉间就这样张口了，像回答了她一样。这些迷信的东西她本来是不信的，这一刻却相信了。1988年的春天，有点儿寒冷，四季分明的驿城，并不像他们想的那样温和。她的脸因为上升了一层甜腻的红潮而变得像小女孩，苏义达在一旁静静地看着，突然觉得曹汐有点儿可爱，说："你一直允，允什么呢？"

"起名字哪。"

4

苏允最初的记忆,来自一面墙。后来她想了想,那也许只是一层薄薄的白帘,隔着她和母亲。曹汐大概是从那时起就必须要别人来照顾了。那一阵子,苏义达不时抱着苏允去医院做检查,所幸走遍了兴城的大小医院,结果都是良好,撞见羊丽丽,就是在那样一个当口上。

羊丽丽是在一个沉闷的夏日走进了兴城市人民医院。她锐利的高跟鞋声几乎要把地面划破,苏义达牵着苏允的手就这样迎面对上了她的目光。五年不见,她依旧是那种张扬的漂亮。

第一次见到她,是在一次校际的集会上,北大的曹汐和央美的羊丽丽成为集会上的两个瞩目的焦点。一个沉默着,但气场让很多人却步;一个十分外露,穿着很简约,宽领口的墨绿坎肩、高高扬起的发辫、海洋蓝底纹的紧腿裤、平底波波鞋,其实并不算多么显山露水的穿着,却被她穿出了别样的风采。总之,整场集会上,唯一让苏义达看了两眼的女生,除了女友曹汐,就是羊丽丽了。这个不穿高跟鞋跟苏义达几乎一边高的女生,让在场的许多男生都很有压力。那场集会讨论的什么艺术人文话题大家都忘记了,那原本就是一个阳奉阴违的集会,私底下,许多人都想悄悄认识一些外系外校的女生。羊丽丽虽然漂亮，却鲜有人公开递情书给她。可她并不看重这些似的，只是走到苏义达面前，大方地伸出了手，说："你好。"

苏义达不觉愣了一下，但也伸出手接住了，言语之间知道她主修的油画，第二专业是雕塑。曹汐也来了兴致，甚至跟她说起了叔叔做的根雕。苏义达在一旁突然觉得自己多余，打扰了两个文艺女青年的议论，正想去别的地方，却反手被羊丽丽抓住了，说："你男朋友想逃。"他这才看到她的眼睛又大又明亮。

那是她在他记忆中留下的最为深刻的一个笑脸了，从那之后他再也没见过她。她跟他们同龄，却高一届，听说毕业之后没留北京，回了湖南老家。再之后，他就不知道了。这一次撞见，他猛然想到的也只是当时她反手抓住他的样子，侧脸，扬起的辫子，唇色鲜艳。但他只想到这一步，她的耳坠在他的眼前晃了一下，声音就蹦过来了："好久不见。"

这句话听得好像这次相遇是一场预谋，但她还是一脸无暇，右手上戴着戒指，想必已经结婚了。她看到苏允，连忙从口袋里拿出糖果，弯腰递给她。"我就知道你们在这里。"她站起身来说道。

"啊？你是来看曹汐的吗？她不在医院，她的病，总是查不出个所以然来……"

"我看过她了。"她说着，因为穿着高跟鞋，他不得不有些小小地仰视她。"但是，现在我来看你。"她笑了一下，头发依然高高地束起来，露出有些窄的额头。苏义达记得曹汐曾建议她去剪个刘海儿，但她还是保持着这个发型。他看着她，就像看到了她身上那一点儿的固执。

"一起吃饭吧。"她的口气不容置疑，苏义达一时间居然不知道怎么拒绝。

那差不多是苏允第一次见到羊丽丽，她只觉得这是一个比母亲高很多的女人。走在他们前面仿佛多了那么点儿的锐利。点过菜之后，苏义达说道："这次准备待多久？"

"可能三天，可能三个月，可能三年。"她说道，"或者一辈子。"

他诧异道："怎么了？"

"没怎么，我心里怎么想的，难道你不知道吗？"

苏义达看着曹汐一点点变成了另一个人。随着她容貌的改变，个性也更加孤僻起来。她已经辞去工作，整日看一些地理方面的杂志，连女儿也开始疏于教导。苏允上了一年的全托，苏义达因为业务上的事很多时候不能在周末去接她。有时阿姨回家农忙，这一切的工作就交给了苏郁和。在苏允的印象中，苏郁和是父亲苏义达之外，进出于白帘后面的人。曹汐过着封闭的生活，那两年，即便过年也不出门。她记得母亲在那些夜晚低低的哭声，她相信父亲也听见了，他却什么也没说。

那是她无比孤独的两年，似乎除了幼儿园和家，就是那条路上苏郁和抱着她走过的老城墙。那是驿城唯一遗留下来的古迹，据说本来还有很多，但都在前些年被破坏了。她绕着城墙走了两年，直到有一天曹汐去幼儿园接她。只是这一次她们没有回家，她牵着她一直走到了驿城火车站。曹汐当空比画了一下，说："妈妈可能再也不能回来了，你还要跟着妈妈走吗？"

那大概是苏允人生中的第一道选择题，当时的她只觉得是在玩过家家的游戏，依旧开心地说："跟妈妈走。"只是这一次她们没有在苏允认知里的"天黑之前就能回家"，而是十年。

那段时间曹汐总能见到羊丽丽，有时候是她心情好拉开窗帘的时候，有时候是黄昏的时候，有时候又是晚上。最近的一次，她是跟着苏义达来的。曹汐被各种药物浸泡过的脸没能恢复从前的模样，但所幸这场病不会殃及身体重要器官，只要静心调养，应该不会造成别的困扰。她已经开始工作，倒也没有人说她些什么，只是她自己总觉得像被刺痛了，心情总是抑郁。这一会儿看见羊丽丽，其实也猜得八九不离十了。

没等二人说话。曹汐就先扇了苏义达一记耳光。

"该滚的总要滚，我自己早就有了想法。可你要我离婚，那你就只能等了。"

曹汐收拾了东西，当天晚上，苏义达不让她走，执意让她留下来："我肯定是要照顾你的，永远都好好照顾你。"他这么说的时候还是诚恳的，只是这种诚恳让她觉得悲凉。羊丽丽的出现让苏家一度陷入窘境的生意也出现了转机，她提交的策划文案最大限度地缓解了生意上遇到的麻烦，苏文哲对她赞赏有加。苏义达并不想让过多人知道自己和曹汐已经名存实亡的婚姻，却又不愿意她独自回老家，她知道他只是想锁着她，她宁愿自己把自己锁死，也不让他有机可乘。

5

　　那一年虹城的很多人都做了关于火的梦。那场梦从上半年开始做起,便是到了年末还未结束。曹钟已经很久没有知觉,却从那时候像恢复了一点儿意识似的。从那之后,曹帧每个周末都在家陪父亲。他记得曹钟就是从那时开始变老的。

　　在苏允的记忆中,曹帧的屋子和苏郁和的屋子隔着一面墙。有时候她觉得他们二人都想跨越那面墙,便是到了曹汐死,他们谁也没有做到。虹城的黎明总是比别处来得早些,她需要早早地起来,步行一个钟头才能到就读的小学。

　　那时候她七岁,在虹县已经待了一年半。苏义达中途去过几次她已经忘记了,很多时候她都觉得苏义达更重要的是去看曹汐,而不是看她。当很少有人跟她说话的时候,她便学会了用眼神去判断一个人。比如父亲,比如叔叔,或者舅舅曹帧。

　　北大毕业的曹汐在1994年正式成了虹县的一名护林员,之前来了一些开发商要求利用这里的林木资源,但都被曹汐据理力争地拒绝了。而在一阵揶揄之中,她最终习惯了以这张新的面孔面对她接下来的人生。每一天她都要确认自己还活着,然后才有力气去面对这一天的朝阳和夕阳,面对所能看到的绿色或者低垂的红柳,面对他人的眼光和漫长的生活。

而苏郁和的包裹大概也是在那个时候突然被扔在了曹汐的门前。

开门的是苏允,她已经比苏郁和之前看到的高了很多。曹汐还没回家,等她看到苏郁和的时候,他已经勤快地做好了饭,安顿苏允睡下了。在曹汐的记忆中,那段时间她每天都是晚上十二点才回家的,仿佛只有在夜色里,她才是安全的。饭菜已经凉了,他说他拿去热一热,她拒绝了,夹了一筷子凉的菜就往嘴里送。

"他还好吗?"她嘴里含着那口菜,始终没有下咽。

"挺好,之前不是还来看过你吗?"

"他来不来,不都是一个样?"她说着,突然就没了食欲。

苏郁和睡在外间,曹汐靠着苏允睡在最里间,正屋里还摆着曹盈,或者说是林郁的照片。他还是没能告诉她,他打算一直待在这里了。即便第二天醒来之后他也没说,即便若干年以后他也没说,但谁都知道他一直在那里陪着曹汐,再也没有离开过。

火是后半夜燃起来的。等所有人都跑出去的时候,曹汐还睡着。曹文景已经背着兰朵走了出来,亲人们开始泼水灭火,火却越烧越旺,就这样绵延了两个钟头,直到消防队赶过来,才算灭掉了。损失的林木,是无法计算的。曹汐愣在原地,突然就觉得这场火是因她而起的,她觉得为什么不把自己顺势烧死在里面呢,烧死了,便再也不用对着这样一张脸,过着这样一种生活,继续暗无天日。"你怎么可以这么不负责任?"她还记得苏郁和背起她的时候说的话。

她躺在床上，只觉得火越来越大，却一直闭着眼睛，什么也没有说。她突然觉得像要到尽头了，她把苏允从窗外放出去，自己又睡着。她被呛得胸口憋闷，却紧紧抓着床沿，无论如何也不能让自己醒来。她已经不知道自己是不是还有过信念，如果有，那么当时的那一个死去的信念便是那两年里最强烈的了。他们在外面叫着她的名字，她却觉得像一场梦。他们渐行渐远，她仿佛再次离开这里，在大地上奔跑，跑着跑着，浮云变成了日月，跑着跑着，星辰，变成了大路。

她在恍惚中感到有人在吻她，窒息般的，她还是没能睁开眼，这一次她是想睁开的了，却还是闭着，只能闭着，闭着闭着就好像看见了海洋。它们一丛一丛地来了，渐渐地从蓝色变成了绿色。

"你不知道这有多漫长。"苏郁和在恍惚中只听见她说出了这句话。"你不知道这有多漫长。"她闭着眼睛说着，抓紧了他的衣襟。他感觉她已经渗出了泪。她抓着他，仿佛要把他埋进自己的身体里。他突然感到心酸，只是抱着她，疯了一样走出了那个火场。

那差不多是虹城几十年来最大的一次火灾了。面目一致的男人们就消亡在那个夜晚，伴随着他们夜夜在巫沱河岸啼哭的孩子。他们的魂灵彼此交错，终于在此刻合二为一。人丁兴旺的曹家差不多是在那时候才显出自己的虚弱的，曹涌渐突然觉得塔玛生下的孩子都是幻觉里的了。他们走出来，化成灰再回到原来的世界，仿佛只是告诉他塔玛存在的年代。一时间，他只觉得儿子中只有曹文景和曹钟是真实的。这些像走个过场一样的儿子，倒都像归于本源了，怪不得，连长相都像影子。这么说的时候，曹涌渐觉得自己又是在说胡话了，但没有谁会再指出这一点。他已经觉得很久很久没有人跟自己说过话了。他觉得自己飘零得久远了，早就成了草芥，一点点儿碎裂了，只是自己还不自知，或者，只是此刻，让他看到了某种真相。

兰朵从那之后就吓出了噩梦，那是残败的几年。曹汐后来总觉得这一切就是她的丧葬曲。她为此一直憎恶苏郁和，觉得是他让自己失去了解脱的机会。她变得乖张，或者只是以此来让自己获得所谓的畅快，但他只字不提，跟在她的身后，从不多说一句话。他把一切都容纳在亲情里，便是到了最后，她也没能听他说出那三个字。

在那场火灾后，曹帧只能做些闲杂的工作。而曹钟在那之后更加不和人说话，久而久之，竟再也不能发声。曹汐总觉得那些年落魄，后来苏允也那么觉得，只是这落魄得总有那么点儿奇怪，一切都不按常规发展，她只是诧异，这么多年都过去了，为什么这一半的绿林，却毁在了一个普通的起风夜晚？

曹汐从此只和树说话，连跟女儿和苏郁和说得都少了，曹文景更是很少见她开口。她白天总是不出门，只在黄昏的时候照看树种，种植新苗，太阳升起的时候为它们浇水，然后又回到了钉上铁钉的窗子里。曹汐的那扇窗只在每年过年才打开一点儿，外面放着鞭炮，她听着，狠狠地把铁钉拆下来，过了新年再次钉上。当然每年的铁钉总是不一样的。仿佛这就是她过除夕的方式了，别人贴上红对联，她却是重新来一次自禁。

苏义达彻底接管家里生意之后，往来虹县就更频繁了。苏郁和这时以创作的名义留在了虹县，画作均由之前的画商拿到市场上卖，但收入惨淡。他咬着牙把画板扔了几米远，打磨好的画布也让他看着心烦。苏义达以为这样的结局能让他离开虹县，他却因此对之前的世界，再也没有兴趣。他蜷缩在这里，或许不是为了微弱的爱情，只是为了，逃避那个他失落的世界。他只是不想承认自己多虚弱，或许躲在这里总还有点儿希望。

"其实你从来没有爱过我。"苏义达记得这是曹汐在离开的那天晚上突然说出来的，她喝着酒，并没有失态，只是突然像丢失了一切一样，空洞地对他说了这么一句话。那时候他就知道她必然是要走了，只是他再也不知道怎么挽留，或许，也无意再挽留。

在苏允的字典里，离开都是像曹汐这样面无表情地走。一切复杂的情绪在曹汐的脸上是找不到踪迹的。它们就像夜晚出来，黎明就消失的细胞，在她的体内排练一阵，就自动消隐。没有人，能在她的脸上看到一个活着的细胞，但也没有人，能从她的脸上，看到悲伤的痕迹。她把自己封存了，那些铁钉把她封在了那个漫漫冬天里，她吸吮着自己储存的食物，化解自己，活埋自己，以此来释放自己。在苏允的童年里，搜集那些铁钉成了唯一的乐趣，而那些钉子也像染了人气，每到除夕夜都要暗淡一层，让年味儿变得惨淡淡的。

兰朵在那些夜晚总是无比焦虑，走出去的时候总觉得有个影子在身旁，她感到害怕，总觉得有些不寻常似的。听着听着她才知道那是一个哭声，接着所有人都听到了。那是来自河岸的袅袅升起的呜咽。她在夜半时分起床，曹文景还是拽着她的手，一如既往地，她走了出去。她看到了一个影子在晃动，但很快就不见了。接着又是哭声。

树长在亡灵上，它们迅猛生长一阵就消停下来，变得低矮矮的，却出奇地粗壮。哭泣的人是有影子的，兰朵不知道是自己看出来的还是本来就有的，风一吹她就感觉那影子飘向了别处。

那一年虹县总是不太一样似的。有时候苏允觉得是因为那个夜里响起的哭声，但后来她才觉得家里也仿佛不太一样了。她从学校回家，总要走过那片包裹着整座县城的绿林才能看到他们的房子。风总是轻轻地吹着，她听不见说话的声音，或者也像风一样了，簌簌地落了下来，飘了出去。白布帘又挂了起来，却是挂在了门廊处。她慢慢地接近它，觉得里面有影子，有时是一个，有时是两个，有时是胖胖的，有时两条都是瘦瘦的。她觉得害怕，这种害怕在夜里也没有止息过。她总是梦到自己奔跑在似曾相识的土地上，但那些地方她真的没有去过。那是多么难过的梦，她觉得自己彻底丢了一切，甚至连进入那个世界的资格都没有了。那扇门帘成功把她隔绝在外面，隔绝在了浓浓的绿林里，隔绝在背着书包走过的长长短短的街和总是无垠起来的沙漠上。

那差不多是她整个童年里最长久的一场皮影戏。苏允习惯性地用双手框出一个四边形来，有时候低低的声音会从那个四边形的视野中冲出来惊住她，但还是保持着惯常的姿态，这是她一个人的静默游戏，仿佛整个世界都可以被四边形框起来。

也差不多从那时起，曹汐就不出屋了。虽然每次火车的轰隆声传入她的耳朵，她还是要往外看一看。苏郁和在那几年已经不常画画了，但是每年都会为曹汐画一张肖像。曹汐每次都说不像，但每张都喜欢得很。她把它们挂了一屋子。苏义达又来过几次，曹汐仍抗拒出来见她。有时候苏义达在门外撞见弟弟，曹汐听到外面的声音，总是喊着苏郁和的名字，尽管她知道他旁边站着的，才是她真正想见的人。她口是心非了这么多年，到了最后也不肯低头。

6

离婚协议书到了苏允十二岁那年才签下来，羊丽丽在那之后的第二个月成了苏义达的新娘。她等了七年，终于修得了正果。苏义达记得羊丽丽把另外一只戒指套在他的手指上时，说："你知道我戴着一枚戒指去找你，那就是我准备送给你的戒指。"他永远不知道这个女人下一步的打算，或许正因为他看不懂，他才想要走近她。"其实你谁也没有爱过。"苏义达记得羊丽丽这么说的时候画着很浓的妆，眼睛显得更大了。他们在一个拍卖场下坐着。羊丽丽对他轻轻地说："你看，他们只会抬价。你想得到，便想要抬价，可有时候，这只会让你离你的目标越来越远。"她说着，"或许我爱你，也只是因为我喜欢追逐的感受。"那句话差不多是苏义达听到的最残忍的一句话，但羊丽丽又抓住了他的手，"这些都不重要，重要的是现在，我们在一起，而且只能在一起。"苏义达知道那一刻，他没有感受到她的心跳，但他感受到了她的温度。

苏允在那一年才拥有了自己的第一辆自行车，每天骑着它去学校。那是落阳新建的一所初中，也接收了很多去当地支边的家属子女。那一阵子她总是惶惶然的，图书馆里各种书都有，她胡乱借着看，有时候看到觉得羞耻的部分，总是想到白布帘外看到的景象。她总觉得藏着一个巨大的秘密而说不出。她知道那后面有两个人，一个是母亲，另一个……另一个……

她想着，渐渐就觉得唐突，觉得不应该，但她知道自己必然还会想。那些日子安静得让她害怕。晚上睡下之后总是不自觉地趁着月光往白布帘里面看，但她还是没看到什么，或者看到了她也不愿意承认。那些天的梦很多，久而久之，她居然分不清哪些是梦、哪些是现实了。

有一天她突然就觉得他走进她的梦里了，她看不清他的脸，她觉得他是认识他的，但那的确是她从未见过的一张脸。曹汐和苏郁和的争吵声总是适时地从隔壁传来，声音是严厉的，苏允总是强硬地把自己继续塞进梦里，而外面的事情就与她毫无关系了。

那是她在虹县的最后一年。当苏义达到虹县来接她的时候，曹汐还是站在那个布满铁钉的窗子内望着他们。只有苏郁和把他们送了很远，苏允这才注意他的胡子已经很长了，看起来落魄了很多。

"你会离开这里吗？"

"不会了。"

很久之后苏允还是会想到苏郁和那天的表情，他没有笑也没有难过，没有失望但也没有希望，他说完之后就停了下来。

"我该回去了。"

羊丽丽在苏义达的生意如日中天的时候突然消失了。苏义达找遍了所有她可能去的地方，还是无功而返。那一年中考，苏允考取了驿城一中。因为校区在高新开发区，她不得不住校，每周苏义达的车总会停在校门口，引起他人的侧目。但她坐在车里总觉得这不是自己应该待的地方。她承认自己多么想要离开，却在离开之后很快又失去了支撑。是不是人都是这么脆弱，总要这样瞻前顾后地活着，才甘心了一样？

看她总喜欢写写画画，苏义达便应了苏文哲的意见把苏允转到了美术高中。那是一阵让苏允觉得长得怎么过也过不完的日子。除了画画的时候，别的时刻都让她感到泄气。周末报了一个美术班，以此来躲避和苏义达的正面接触。她长久以来的沉默让苏义达觉得这个女儿乖巧，因此苏允提出的要求总是很快得到满足。

她记得他坐在画室最靠门口的位置，灯光打在模特脸上，把他面对自己的那半边脸衬得暗暗的。她只是看了他一眼，觉得像在哪里见过一样，但她怎么也想不起来了。整个画室只有他旁边有位置，苏允就坐了过去。他看起来很活跃，跟她说的话也多，但她只是窘迫地画着自己的，不懂的地方倒有很多的样子。她才知道他跟她一样也是第一天来这个画室。

"我过段时间就开始艺考了，"他说，"你也高三吗？"

"我高一……你要留在驿城考试？"

"不，我去上海。"

"怎么去上海？"

"我家就是上海的啊，当然要在上海考啦……我是来看我妈的，顺便强化两个月，到时候还是回去考试……"

"哦。"

羊丽丽还是没有出现，但苏义达总觉得她其实没有离开这里。晚上他总是睡不着，好像一躺下，天花板上出现的就是羊丽丽的表情，她就这样突然来到他的身边，又不辞而别，他感到难过，他生命中出现的爱人，居然一个也不曾被他抓住过。他在这样的失落感中入睡，总是希望早晨醒来的时候她已经回到了他的身边。

那段时间，苏允一直生病，高烧三十九度，退了又烧起来，肚子也痛，第三天开始脱水。2003年的驿城，有些人已经戴上了口罩。她请了近一个月的假，画室的课业停了。她再回去的时候，他居然已经不在了。只是画板还摆在她的画板旁，她仔细瞅了瞅才看见他写着的歪歪斜斜的名字——李羊。她不自觉地把这两个字写在了画纸上，又心虚一样马上擦掉了。

苏允的画开始不断被赞赏，苏文哲建议她转学到兴城美术学院的附中。"那里条件比这里好。再说，过去的房子还没有卖掉，正好可以住。"他对苏义达絮絮地说着，渐渐又沉浸在往事中。苏义达记得父亲当时执意要把总厂设在驿城的时候，几乎是偏执的。经过十几年的运作，才打下现在的景况，苏郁和当时因为和领导不合，从美院辞职跟着父亲来了老家。但无论如何，苏文哲始终没有后悔过当时设厂的选择。可如今让苏允独自去住读，苏义达还是有些不放心。"要是小和在就好了，他侄女的画还是他教最适合。"

苏文哲说着，又扭过头看着墙上还挂着的苏郁和画的一幅肖像，画上的女子是曹汐，但他如今怎么看，那都像林郁，"你不知道,小允画的画跟小和的多么像啊。"

那一天的雨下得出奇地大,苏义达开车去接苏允放学,雨刷不断摇动着,一时间他突然感到不真实。路上有人拦车,他没有看到,直到带着苏允回来,才看到了那人,全身湿漉漉的,没有化妆,他愣在了原地。

羊丽丽就这样回来了。苏允总觉得会有一场暴风骤雨式的争吵,之前的半年里,她不知道看到苏义达摔了多少东西,家里的阿姨也辞退了,一时间他好像什么事都不想做了,有些事情还要苏文哲出面处理。但此刻苏义达看着她,突然变得平静了,他什么也没问,只是觉得什么也说不出来,雨刷外面的驿城,变得模模糊糊。羊丽丽看起来很累,没有拿包,眼圈黑黑的,看起来像一夜没睡,此刻靠着汽车垫背,居然很快就睡着了。

依靠苏文哲的人脉,转学的手续很快就办好了,那差不多是苏允长久以来最开心的日子。离开虹县时她只是松了一口气,而离开驿城,她真的像躲过了一场总觉得早晚会到来的灾难,虽然她始终说不清为什么会有这种不安定的感受。透过钉满铁钉的窗子看到的母亲,白帘背后的世界,当这一切都在她渐渐懂事之后露出了真相的端倪,她感到的却是一种光明正大的欺骗,这比赤裸裸的隐瞒更让她感到痛苦。这些生活让她学会的更多的是不要去期待爱,因为对她而言,爱也是负重。她试探了世界很久了,渐渐也就站得直了。

那几乎是苏允没想到的一个黄昏。兴城的气候总是潮湿的,即使不出汗,也觉得身上黏黏的,刚到那里的时候,仿佛一天洗三遍澡也不够。她记得以前苏郁和说过，他们小时候总在搬家，每次都要丢一点儿东西，但下次搬的时候发现东西比之前还多。他们住过很多城市，从珠三角到长三角，到了兴城才安定下来，直到最后，苏文哲才肯回到中部，回到最熟悉的城市。她在地图上画出兴城所处的位置，这是离上海很近的一座城市。上海，她还没有去过那里，她知道自己必然是要去那里的。

7

2005年到来得并不漫长，苏允只报了几所比较喜欢的学校，尽管苏义达一直建议她学工业设计，但她还是固执地把专业全填了油画。虽然兴城美术学院容纳了大部分的考点，苏允还是选择了去上海考试，因为有几个同学陪伴，苏义达并没有很担心。先奔波着报名，接着又奔波去考试。最远的一个考点在浦东区，外地考生和本地考生是分开来考的。监考老师有部分是在校学生。她匆忙进了考场，坐了下来，刚定下神就看到了他。

他的眼神四下游离着，不知是看到了她还是没看到。考试内容是石膏像——阿里斯托芬，刚开始的时候她总是集中不了精神，所幸过了一会儿还是进入了状态。上海那天的天气很好，交卷的时候，他没有抬头看她，不知道他有没有注意到她卷子上写着的名字。抑或，他本来就当她是不会再联系的人，于是分开了就更不需要知晓姓名。她感到心里一阵失落，但还是注意了监考牌上他的系别。03级艺术设计系工业造型1班——李羊。走出教室的时候她放慢了脚步。她给了他足够的时间让他看到她，只是，他还是没有看她。

下午考试的时候他没有去，她默默画完第一个交了卷。走出去的时候天色还早，她在他的学校逛了逛，就失去了兴致。"这是最后一个学校了。"第二天她就要离开，苏义达在电话里对她说着，她只是应着，心思完全不在上面。

那一年的正月十五，很多人都放了孔明灯，她的那一只很快就飘远了，她给自己许了愿。其实不用许了，因为那盏灯上已经写着了——请带我到S去。她的心突然变得狭窄了，似乎再也容纳不了太多别的事物，此刻，这细细的情怀变得庞大起来。她觉得空荡荡的，她心里只能塞进一个人，而且只能是他。

专业合格证在4月中旬发到了她手里，她只过了这一个学校。接下来的日子是忙碌的，MP3里面总是放着英语，早早起床，很晚才睡下，连厌恶很久的数学也开始学得勤快起来。她觉得这是注定了的，注定她只能去那里，注定她只能去他所在的城市找他。

高考成绩如期查出。按照文化课与专业课的百分比折算下来，苏允也进了录取名单。她烫了头发，发梢烫成朝里的大卷儿。9月的上海，还是夏天的气候。她穿了暑假去丽江买的略显民族风的裙子，戴了耳坠。兴城的分公司在那年重新开业，苏义达又回到了这个度过大部分童年时光的地方。苏允问及母亲的情况，他说得很少，只说让她不要担心。苏义达和羊丽丽送她去学校，她觉得有些难过，那一刻她突然无比怀念在虹城的日子。

设计学院和造型学院挨得很近，在宿舍放下东西，苏义达就说要赶快回去，羊丽丽带着她先把造型学院走了一遍，就去了设计学院。一路上都是迎新的大二大三生，她在人群中寻找他的身影。美术馆门前摆着很多桌子，都是各个社团的招新海报。问清楚是哪个学院，都可以加入之后，她执意加入了工业设计部，填写了一下个人信息递给那位坐着的学长。那人看了下她的信息，突然蹙了一下眉，只是苏允那会儿在走神没看清楚他，直到他抬起头。

她看见了他。羊丽丽从后面跟过来也看到了他，只是她脸色突然阴沉了。李羊突然也变了脸，什么也没问，低头说道："明天面试。"

面试地点在美术馆五楼，一个很大的教室。她顺利通过了面试，却没有看到他。苏允去问那些面试她的人，只见一行学长都是诡异地笑着，说："他呀，估计跟哪个姑娘在外面吧。"她心里一愣，只见他们嬉笑着走出了教室。"……又勾搭上了一个女的……""……那女的怎么样……""……人气怎么那么高……"

苏允蓦地被扔在原地，半天没缓过来。走出去的时候才发现上海已经进入秋天了，学校里的树开始落叶了。她报了两门有关工业设计的选修课，却一次也没有看到他。直到有一天在学校收发室看到了他遗落的学生证。"这个，我拿给他。""你是？""我是工业设计部的，最近我们一起做一个模具。""哦，那行。"

全部门开会的时候他没有来，她去他的班级找他，也被告知他已经多节课缺勤。整个秋天他都没有出现过，到了冬天也没出现。大学的第一个学期别人大都意气风发，她却病恹恹的，有时候梦里会再次出现白布帘，风一吹它就被翻上门梁去了。

她不知道这是怎么了，寝食难安，也不知道自己为什么总是爱不断揣测，好像之前迟钝的一切都为此而变得敏锐，好像之前的棱角都愿意为此而平滑。她不知道自己还是不是自己，她也不知道自己应该走向哪里，她只知道自己必须站在原地，等待。以前她只等待一个带她走的人，现在她却在等待一个让她留下的人。她已经习惯了周末坐一个钟头的地铁，为了坐这趟地铁她还要坐一个钟头的公交车，可她只能这么做。有的人开始说起李羊被学校除名的事，有的人说得更传奇：他被一个喜欢他的女生拐到厦门去了，这会儿不知道是乐不思蜀还是无法脱身……人人都说第二个说法肯定是个女生传出来的，这话是工业设计部的几个学长在苏允面前说的。"不过恨了也好，"他们又转口道，"恨了忘得更快，她们不必再像遭了多大的罪一样怨愤了。"

可这两种说法都没能传言很久。期末考试的时候李羊准时出现在了考场上。他们的位置都在门边，而且是对面，苏允一看就看到了他。他也看见了她，只是马上就低头写起了题目。这是政治考试，大家都胡乱一答，反正知道肯定会及格。随堂的专业课作业不知道他是怎么搞定的，苏允还想跟他说些什么。她摸了摸挎包，终于摸到了他的学生证："哎……"

"谢谢。"他看了她一眼，默默接过了学生证，彬彬有礼地说出这两个字。

她突然一阵难过，也许是以为他还会说其他话，他却很快转身，走了。

8

对李羊而言，秋天是从2005年才开始漫长起来的。踏着有些破败的楼梯走上去，必然会听到父亲李诚沙哑的嗓音，那声音伴随着喉咙里一阵阵翻滚的浓痰让他心里像被乱刺扎了一样。只是那一天，他百无聊赖地推开家门，却看到了她。

父亲在床榻上躺着，不断拿眼前的东西朝女人砸过去。她撕了一点儿纸，随便擦了擦额上渗出的血，坐了下来。"谢谢你恨我。"这是李羊听见她说的第一句话，他觉得自己整个人都僵硬了。"我最害怕的，就是你不恨我。"她还在说着，李羊已经阴沉着脸走进了自己的房间，在屋里叮叮咚咚地收拾东西。女人没再说话，屋里很安静，等他再转过身看他们的时候，她已经靠在门边望着他。

"小羊。"他讨厌这个称呼，一时间脑子里蹦出来的居然是小时候的小伙伴跟在他身后说的话："你怎么不叫小牛啊？要不叫小狗也行啊。"

"你滚吧。"他还是背过了身去，平静地说了这三个字。他没看到她的表情，或者根本不打算看到。

"谢谢你，"女人替他折好了床上的T恤，"谢谢你，还记得我。"她看着他，突然温情了起来。

羊丽丽留在了家里，这是父子二人没有想到的。李诚每周要去医院复查，羊丽丽居然每次都要求陪同。只是谁都没有问她的情况，这消失的十多年，居然在此刻被他们心照不宣地隐藏了起来。只是他还是不习惯叫她"妈"。他随口说不想去学校，不料羊丽丽一个电话打过去，为他请了三个月的长假。

"你知道的，我不是个好妈妈，只懂得放纵你。"她点了一支烟，说道。

"不必了。"他说，"你已经放纵了我这么多年，这次就不要了，不过别放纵床上那个人就好。"他提着东西走出去，"还是谢谢你给我请假了。"

这是他唯一放纵自己的三个月。羊丽丽突然消失是在他七岁的那一年，她什么也没从家里带走，就悄然无声地消失了，再次出现的时候他已经读高中了。李诚在屋里抖着手，身体的颤动已经让床板开始摇晃，女人不见了踪影，桌子上只放着一张被揉过的离婚协议书。这一次，女人却这样莫名其妙地来了又走。

没有人知道漂亮又有前途的羊丽丽怎么就嫁给了保安李诚。"滚吧。滚，去找你那个姓曹的。"他抖动着肌肉对她说的时候，她只是握紧了他的手，说："我不会离开你的，你真的要赶我走吗？"他彻底无话可说，虽然才知道自己是这样一个惨败的替身。"七年不短了。"她走的时候是这么对他说的，"我给了你我的七年，你也该让我走了。"或许她这么说的时候已经忘记了她最初曾怎样站在他的面前。

"我累了，想睡觉。"李诚是这么对她说的。1993年的夏天，热得有些异常。羊丽丽头也不回地走出了那个闷热的家。她满怀希望,却一点儿也开心不起来。她在那个黄昏留下的背影,差不多是她在李羊记忆中最深刻的一面。李诚巨大的呼噜声让他的午休变得糟糕起来,透过那扇阁楼的窗户,他只能看见羊丽丽提着行李穿过了那条马路。他并没有难过,真的没有难过,他只是遗憾,为什么她不能带他一起走。

接到李羊的电话是放假的第二周,苏允已经回到驿城的家中。那一阵她的情绪已经趋于平静,不料他却在这时候突然给她打了电话。

在飞机上坐定之后才被通知要换轮胎,滞留了一个半小时才终于登机。身后的男士还在跟女友打电话,不断地说着:"I'm flying to you……"无论这种情话是否矫情,她始终说不出来。

到达浦东机场已经是凌晨一点半。下了飞机后就接到了他的电话。知道他等了她两个小时,她感到很不安,穿的新鞋子有点儿紧,走路一快就会痛,但她还是匆匆忙忙的。看到他的时候他戴着黑框近视镜,穿着蓝色的外套,他叫她的名字,听起来很亲昵。上扶梯的时候他站在比她高的一阶上,顺势抱住了她。她被他抱着,只是觉得有些颤动。他们在计程车里坐定,一小时后到达他订的酒店。可是先前预订的房间在凌晨两点之后不再保留,他们只好住进唯一空出的三人间。她在中间的那张床上放下包,他把她拉到身边。

"记不记得第一次见到我是什么时候?"

"你来填表啊。"

"嗯？"

"怎么……"

她把他的手放在胸前，突然感到一阵难过。当他吻她的时候，苏允觉得，以后他必然也不会记得他第一次吻她是在什么时候。

是不是因为第一次你就没有看到我，所以不需要再看到了？

这么想的时候她已经从学校休学回家。曹汐的病情突然恶化，苏郁和打来电话的时候，羊丽丽还在楼下剧烈咳嗽着，这是他们兴城的家，外面是湿润的，美术学院附近的一条街上种的都是绿树，它们把整条街包裹得密不透风。夏天的时候，那是整座城市最清凉的地方。苏允就是在那条街上接到了羊丽丽打来的电话。

2007年因此变得不寻常，飞往虹县所在自治区的首府机场时，她再次做起了多年前的梦，反复梦见曹汐，梦见苏郁和，还有曹帧，曹帧……她想着，总觉得记忆再次回到了那个白布帘里，那里是她看到的最接近真相的世界，真相，真相……她想着，突然觉得自己很像某个自己讨厌的女人，一辈子都围着真相，却活得不明不白。李羊的话就是那时候从脑子里蹿了出来："你看到的不一定是真的，真的你不一定能看到。"他什么都看明白了，谎言即使一拆就破他还是要说。"你知道好人与坏人的分别，只是坏的品质……"可是此刻他说过的这些话摆在她面前，她也才知道这么久了她不过是在为他开脱。

再看到虹县的房子时，曹汐的窗户还是布满了铁钉，只是有的已经晃动了，好像一碰就会掉下来。树又长得茂密了，那场火灾之后它们似乎比之前还要繁茂。曹汐还没有醒来，苏郁和守在她的床沿，那差不多是她走得最艰辛的一段路。那一瞬间她没有感觉疼，只是感觉自己的身体慢慢闭紧了，连那露出的一缕光线也渐渐收了回去。她就走在那束光里，缓缓地，甚至是强硬从容地被吸了进去，吸进了暗沉沉的缝隙里，那缝隙继而变得庞大起来，她走着走着渐渐跑起来了，但她越跑路越长，为了阻止这糟糕的状况的发展，她只得停在那里，却不知道自己正走在她最为短暂的死亡时刻。她平静地躺着，也只能平静，死水一样的平静让她的孤独看起来不可侵犯。

或许她只能握住她最后的归宿，苏郁和记得她打翻所有的药瓶时，他就觉得她不对劲了。他疯了一样冲进她紧闭的房门，她只是僵直着躺在床上。他不是不知道她的难过，可直到这一刻他也只是责怪自己居然没有照顾好她。

"你不明白的是，她只是想死得其所。"苏允说出这句话的时候，苏郁和突然一阵心悸。

"我爱你。"他记得自己这么对曹汐说的时候。她只是慢吞吞地回道："后面那三个字呢？"

他再也没有说了，而她也不耐烦了，或者，再也不想等待。她要的不是他的陪伴，只是一种稳定而持久的关系，只有被打上了合格证的爱情，才能让她觉得足够的安慰。她就是这么固执，即便到死，还是如此。

他永远不会知道曹汐那个夜晚做的最后一个梦，白布帘上布满铁钉，每一个钉孔外看到的都是密密的眼睛。那些亡灵活了过来，在河岸哭丧的塔玛也不再躲避他们，她听着所有人叫她母亲，突然跳起了舞，那是比白布帘里的男女跳得更张扬的一场舞。曹汐在梦里觉得窒息，仿佛下一秒她就再也睁不开眼睛，但是那一次她没有为此而恐惧，她只是绝望。

她再也不敢想更多的东西。她惧怕的事情已经太多了，连这样一层应该知道的答案也变成弹指一挥。这么重的岁月都已经被她挥霍殆尽，讲出这句已经惨败的话语，也是不必要的吧。苏郁和不知道自己惧怕什么，仿佛一旦有了开诚布公的婚姻，他所做的一切都变成了一种累赘，他宁愿一辈子独自陪伴她，也不愿意像丈夫爱妻子一样爱着她。"我再也不走了。"他在夜晚对她说出的发自肺腑的话语，在她看来只是一个谎言。"你不走，只好我走了。"曹汐相信自己最后看到的是虹城的月亮，它越发白净了，比她出生那年看到的还要白净。"小允。"她看着它轻轻地念叨着这两个字。

9

苏允是在李羊的钱包里看见他的全家福，那是很久都未曾更换的一张照片。她的爱情就这样被高高悬起了头。"谢谢，谢谢你说你爱我。"李羊在睡梦中突然听见苏允这么说了起来。他只是翻了个身，不耐烦地说："你总是这样。"

他带她住过许多酒店，她所给予他的夜晚，每一个都打上了那些标识，她算出自己还能向前冲的距离，还能头破血流的日子，还能继续假装他是爱她的日子。

她不再提问，因为他的沉默。李羊也许知道她在夜里坐了起来，他必然能感觉她在阳台上抽了一包烟，可他还是闭着眼睛，他也不是没有听到她在哭，直到重重地关上了那扇门。

羊丽丽突然出现在曹汐的葬礼上，已经是第三天的下午。曹帧从邮政局赶过来，羊丽丽静静地看着他，他也看着她。一屋子的空气因为他们凝滞起来，差不多这一刻苏允才明白，在她的家里，所有的真相都不是完整的真相，它们都被打碎了，每个人只能分到一块，而且不一定是自己需要的。

羊丽丽也并不曾想过，多年之后他再次站在她的面前，居然发现自己爱着他。

他跑了很远为姐姐过生日，可曹汐一整个晚上都没怎么跟他说话，他喝了酒，羊丽丽也同样，所有他们能预感到的事情都发生了。他知道她爱苏义达，而夜晚的微弱灯光下，她的脸居然那么像曹汐。

"她是你姐姐。"

"那又怎么样？"

"你真的姓李，不是曹。"某一段时间里，李羊总会不自觉想到羊丽丽说那句话时的表情，这么多年了她依然不明白他所恨她的，根本就不是她给他的身世。他只是需要爱，需要索取爱，需要更多的爱来让他感受到自己的存在。好像只有不断地被爱，他才能获得快乐，才能不对这个世界那么失望，他对一切这么不屑，习惯了各种暧昧的气氛,却不习惯坦荡荡地把自己交出来。只是她有什么资格埋怨他,只不过是不爱。

葬礼上,兰朵和曹文景一直在哭,整个厅堂里的气氛让苏允觉得压抑,觉得痛苦。她冲出去在虹县的林木间粗暴地喊了起来,一时间曹涌渐觉得有人回来了。不是陈虹影,不是林熙文,更不是那几年间回来过的塔玛,是他的父亲,他突然觉得曹景祥真的只是出走了,所以很快就会再回来。

他的记忆突然回到多年以前,林熙文靠在他的肩上,一整夜他们都没有说话,那时候虹城还没有那么多树,所以很小的绿洲都能让他们很满足。他感觉过去的世界铺天盖地地来了,伴随着他以为再也嗅不到的气息,伴随着他以为已经失去的爱和勇敢。它们在他昏黄的眼球里悄悄地流转,似乎转到某个时刻他就能亲眼看到它们的脸庞。他就那样努力地睁着眼睛,努力地望着前方,他蹒跚地从床上起来,渐渐就走到了冷清起来的灵堂,他望着,没有人注意到他走了出去,只有苏允看到了。她尾随着他,他走过一棵又一棵树,只感觉耳边的风是呼呼地吹过去的,那些静寂的画面也填充进去了,那些刻在树干上的人脸又突然出现了,他感觉自己是知道往哪里走的了。他就是那时候突然转过了脸。

他的眼睛睁得很圆,眼珠颠倒得转动着,苏允看见了它是墨绿色的。他真的看到了她,他说:"小允。"

可她很快就看到眼前像倒了一棵树,一棵常青的树,或者突然满头银发的树,突然青春起来的树,像一颗温润的头颅倒在了她的脚下。

躺在地上的男人一时间不那么老了,他松弛的皮肤突然又紧巴巴起来，他的眼睛还是张开的，在那一片浓密的绿色里，张开着，叫着她的名字，或者脑子里还想着他的子女还有爱人的脸。

苏允只听见他最后一句话说的是："雨来了，树长了。"

苏允又开始做梦了。一个一个，都是复杂多变的，只是背景总是一片橙红色的晚霞。她知道那是虹城的夕照，可她毕竟已经离那里很远了，远到在相当长的日子里，不会再走到那里。退学之后，她报了俄语班，考了专业，站在列宾美术学院的门口拍了张照片寄给他。只是手机再也没有响过，她知道他以后不会再打来。又一个八月十五的时候她再次想起了他的生日，她突然想到他已经二十四岁了。然后她又难过起来，遗憾他的二十四岁，她再也无法参与了。那一天她梦见了他，是分开的三年来第一次梦见他，他在梦里紧紧地抱着她，这一次她没有哭，也没有问他："如果我以后留在上海，我们可不可以，可不可以，在一起？"

每周苏义达还是会给她打电话，有时候她也会打给苏郁和。苏郁和还是没有离开那里。苏允不知道，有一天他喝了酒，突然念起了曹汐的名字，他就那样念着念着，走遍了虹县的每一棵树生长的地方，那天他好像还看见了曹钟，他又开始摆弄他那些木头了，每一块木头上都刻着那张脸，他看着看着就觉得那是曹汐了，他感觉自己走了过去，走进了木头里，他感到沉沉的，感觉自己被彻底压进了那块木头里，压进了虹县最茂密的一片树林里。他感觉自己快要睡着了，日月星辰成了脚下的路，他跑起来，直到整条路变得比巫沱河还要长。

他唯一能感受到的是她的名字,它们漫了上来,漫了上来,并且再也,不会沉下去。

(全文完)

番外

所有故事的开始

许多从虹城经过的驼队都以为曹家是这片土地上的唯一一户居民。他们最初看见陈虹影的时候愣了很久。她像沙漠里烤干了的福橘，缩在一旁，嘿嘿地冲着他们似笑非笑。

曹涌渐记得，有一次她看到有人在喝驼血，眼角似乎迅速拉长了般，伴随着手臂的动作，那个人就被她推倒在地了，暗红色的血迅速在沙地里晾干，升腾起的腥味混合着高温下的黄沙，分不清天地是黄还是红。陈虹影看着这一番景象突然就哭了起来，一个踉跄向前奔跑，在她身后是漫天飞舞起来的黄尘，它们随着她奔跑的姿势舞蹈着，但她的脚印一个也看不见，她每跑一步，黄沙就掩埋一步。

在这里，一步一个脚印总是错的。在这里，人始终看不清自己走过的脚印和距离，这些脚印和距离被沙子神速地铺过，看过去，只是一片沙尘。

那时曹涌渐刚会走路，黏稠的口水从嘴角绵长地垂挂下来，和着飞扬起来的黄沙，黏成一个个土块。有时候沙子迷了眼睛，他就哇哇大哭起来，沾满沙子的小手在脸上随意涂抹，远远望去仿佛镀上了一层金。而陈虹影看着儿子，突然笑了，嘴里呢喃着：

"金子,金的。"

曹涌渐十八岁那年才开始相信自己的母亲是个傻子,但关于她为什么会傻、傻了多久却没有人告诉他。他不明白父亲为什么娶了一个有精神病的妻子。那时候,虹城又多了几户人家,大都是逃荒来的,不料逃来逃去,逃到了更荒凉的地方,逃到了这座沙漠边缘的小城。但他们的到来对于曹涌渐来说无疑是最好的安慰,这些人到来时,他就能够吃到他认为的至高无上的美味——驼峰。因为人烟稀少,偶尔来个外来人他们都要庆祝一番。

后来虹城渐渐扩大了规模,曹家成了这里最大的一户人家。所谓最大是人丁的数量。那时候曹景祥的皮肤已经在沙漠中历练得出奇地粗粝。尽管如此,他的面目看起来反而青春了许多。曹景祥把这归结为他被"骗"到这里的回报。每每他说这话时,陈虹影总是揶揄地望着他。曹景祥看着她,他抽搐了一下,舒展开的眉头再次蹙起,愤愤地走进棚屋深处,末了,从不忘重重地"嗯"一声。

曹涌渐十五岁那年,一户人家搬来了虹城,那时他正吃着最爱的驼峰肉,眯缝着眼睛看着这户新来人家的小姑娘,那女孩差不多和他一般大,穿着白色的衣服,头发微卷,有些蓬乱,眼睛出奇地大,很奇怪地看着他动物般的吃相。曹涌渐看到她这样,突然哭了起来,女孩显然吓住了,连忙躲闪。谁知道他这一哭让那块肉险些滑落,曹景祥便拿了过来塞进了自己的嘴里。而这个少年就这样呆呆地看着他爹把美味品尝完,突然抡了他爹一拳,这一拳像一声闷雷,曹景祥踉跄了一下,险些摔倒。他定睛看了看儿子，放声笑了起来，然后转过了身子，远远地离开了他们。

那天陈虹影照例在晒太阳，曹涌渐这才发现她的眼睛是绿色的，是那种不易察觉但仔细看就清晰可辨的绿。陈虹影看到儿子看他，突然坐了起来，接着曹涌渐就看见他娘跳了起来，那时他尚且不了解这是秧歌，风在她的脚下升起，黄沙随着秧歌飞起来，邻家女孩第一次离曹家近了些。陈虹影看到了她，突然停了下来，一个箭步走了过去，两手拽起女孩的衣领狠狠地把她推倒在沙地里，她眼中突然溢满了无限的愤怒，口中不停地喊着："你应该死了的！你应该死了的！"

曹涌渐有些发愣，定在原地想了几秒，猛然想起了什么，一个箭步跨了过去，狠狠推开了母亲。女孩雪白的脖子上被陈虹影抓出了许多条鲜红的印子，它们聚在一起，在她的皮肤上迎风战栗。

"二小姐，二小姐……"曹景祥看着那个女孩一遍遍地叫着。

这支落魄的驼队就是在那个时候来到了这片沙漠。陈虹影的秧歌再次扭了起来，曹涌渐用手抓了个虱子，狠命一拍，那虱子就死在手心里。领队的男人神色惶然地从骆驼上下来，看见了那个女孩，显然吃了一惊。他一记耳光扇在陈虹影的脸上，但愤恨的神色只持续了一秒。"姓林的，你给我滚——"他张了张嘴，直到曹景祥一拳把他打倒在地，鼻血灌在漫天的黄沙中，在他迷蒙的视线里，沙漠很像一张血肉模糊的脸。

曹涌渐呆呆地看着那个男人的长袍，突然拉起了那个女孩，向前跑去。

他们不停地奔跑，沙漠扬起的烟尘第一次让曹涌渐无所适从。他好似感觉有人在拼命地追赶他，四周的空气突然有种晾干的驼血味。那味道呛得曹涌渐流出了眼泪。停下来的时候,曹涌渐说了他平生第一句明白话:"你叫什么名字?"

"林熙文。"女孩说。

"别理我娘,她就是个傻子。"

"她的眼,亮着呢。"

他们就这样站立了好久,直到一列驼队路过。曹涌渐问他们:"这是哪里啊?"

"虹。"

他立马傻了。"怎么还在这里呢?"他边说着,热辣辣的潮水立马盈满了他的眼眶,林熙文的样子成了一片模糊的水渍,离他越来越远。而他的身后,是被风擦去脚印的黄色沙漠。

曹景祥找到他们的时候已经是第二天的早晨。他们是头靠着头看着星星睡着的,林熙文生产那天说,她就是因为那天的事才愿意嫁给曹涌渐的。

幼年的曹文景曾无数次试图去了解他母亲林熙文的娘家人,却总被父亲曹涌渐不耐烦地斥责,他不知道,其实祖父曹景祥也不见得知晓得如何详尽,但他爹比他多知道的是——任何一个家族都是有秘密的,秘密不是防着外人的,恰恰是防着自己人。

曹涌渐娶林熙文那天不知从哪里找来了一群来沙漠传教的喇嘛,他们徒步数天,脸上闪着红彤彤的光,而陈虹影那些天突然不疯癫了,她甚至说,就是这红光把喇嘛送来给他儿子操办婚事的。

老辈人至今难忘这场沙漠中的婚礼。

黄沙在乐声的高亢和低迷中此起彼伏地飞扬,人们揶揄着,猜测林熙文红盖头下的那张脸。曹涌渐愣愣地看着披着红盖头的媳妇，当场哭了，他不知道自己为什么哭，很久之后他对林熙文解释说那是因为自己太高兴了，但林熙文听到这句话时肩膀不禁狠狠地抖了一下，她背过身去，没有让曹涌渐看到那一行泪。

　　虹城人怎么也不明白，林啸岚怎么会把漂亮的女儿嫁给了这个男人。新房布置得还算不错，陈虹影却不愿意见儿媳妇，自从林熙文说她眼睛亮着的时候，她貌似听到了这绿洲边缘的谈话，从此恢复了神智，整个人都聪明起来了。婚礼没有一点儿喜庆的气氛，曹景祥没有去参加那场仪式，陈虹影知道他去了哪里，但她什么也没说。实际上，曹景祥也不知道自己怎么就走到了那里，他明明是去找林啸岚的，至少也要让他从那场婚礼上拉回自己的女儿，却走到了——走到了一片根本不属于他熟悉的沙漠的地方。满目的苍翠奇异地展现在他面前，他怔怔地看着，目光迷蒙。

　　这一看就是永远。

　　关于曹景祥的失踪有许多版本，有人说，他给曹涌渐娶了这么一个媳妇，老天爷都看不下去了；有人说，曹景祥知道自己是行将就木的人了，预知了自己的死，跟着那帮喇嘛拜佛求经以求超生去了；也有人说，这是林家给曹家人下的一个套，本来是想把曹涌渐给整死的，结果让他爹赶上了。但频繁往来虹城的驼队说，曹景祥是被风沙给吹走的，估计凶多吉少了。

　　曹家记住了驼队的前半句话，从此认定曹老太公是被风沙带走了，既然只是带走，那总会回来的。但曹涌渐总觉得，自己的父亲是乘着黄雾飞走的，飞到了远方神仙住的地方，而且和虹城相隔了比十万八千里还长的距离。这两种说法综合一下，再加上曹家后人的添油加醋，传说就成了这个样子：曹太公驾着黄雾，乘着风，一路在天上小跑，飞到了和虹城相隔不止十万八千里的神仙城，给曹家祈福去了，而且功德圆满就会回来。曹老太公永远都不会知道，自己就这样成了曹家后人的神，对于他的等待绵延了数年。

但无论如何，曹涌渐觉得，父亲的走总得有个像样的仪式。于是，他办了虹城人眼中那件他平生做的第一件明白事。他又请来了那群无家可归的喇嘛，他们吹起了和自己成亲时同样的曲调，曹涌渐领着喇嘛在虹城浩浩荡荡地开路。林父远远地望见了曹涌渐，那群喇嘛在他周围打转，时而唱起颂词。林父突然嘿嘿地笑了起来，五官组成奇异的图像。曹涌渐注意到了他的异样，抬眼去看陈虹影，竟发现她的眼眶中已溢满了泪水。曹涌渐呆呆地看着他们。这一刻，父亲的离去似乎不再那么简单，林熙文靠在他们沙漠小屋的窗棂上，原本遮住脸的盖头被掀开了一点儿，露出白净细致的脸，和这座沙漠边缘的城甚是不符。她的眼睛游离在曹涌渐的脸上、云游喇嘛的破旧衣服上、扬起的黄沙上。她的眼睛进了黄沙，不禁眯了起来，没注意远处曹涌渐正呆呆地看着她。

喇嘛们唱了很久，陈虹影不禁跳了起来，唱起了不知名的乐曲。喇嘛们被她的歌声唬住了，一个个都立着不唱了。这时候天色已经渐渐暗了下来，这片土地上的所有人都向西方望去。

大片的红夹杂着黄，铺盖在西方的天空上。喇嘛们匍匐在沙地里，泪水在黄沙的弥漫中肆意流淌，这场歌咏最终变成了一场呜咽。

只有曹涌渐清楚地看到了陈虹影的身影，看到了她跳跃在西方那片虹里的轮廓，还有她高昂的额头以及舞步下被黄沙遮住的脚印。

那是他最后一次看见陈虹影。

而屋内，二十岁的曹涌渐抓起了十八岁的林熙文的手，两双风格迥异的手彼此合拢，却相互对峙，谁也无法融进谁。他们的屋子里，闪烁着一支红烛微弱的光芒，这是多年前曹太公用驼峰肉向一支驼队换来的，曹涌渐当时眼巴巴地看着，恨不得一把夺过那块肉。这一晚，红烛跃动的影子像极了那片西方的虹，曹涌渐不禁觉得还是父亲比较有远见。林熙文躺在他身旁，深棕色长发轻缓地垂了下来，曹涌渐想要轻轻地撩起她的发。半晌，他抓起了林熙文的手，向她靠拢，林熙文闭着眼睛，但潮水还是密密麻麻地爬满了她的脸，曹涌渐触摸到了她的潮湿，不禁傻了。林熙文不是中原人，这些不知哪里沾染的湿气四下弥漫着，簇拥着曹涌渐的身躯。

她的泪水无声地落下，甚至流到了胸前，烛光的阴影打在她光洁的皮肤上，曹涌渐怔怔地望着她的身体在夜里的形状，突然哭了起来。

半晌，林熙文低声说道："你爹，是死了。"

曹涌渐一直不明白，为什么林熙文不愿意叫他爹一声爹，哪怕是一声，这个美丽的女人在和他相处的日子里永远只是说"你爹"。

"我爹只是走了，走了，会回来的。"曹涌渐大声说。窗纸在窗外沙漠大风的吹动下不禁打了个寒战。

"是死了，死了！你爹死了！"林熙文叫了起来，泪水再次在眼眶中沸腾起来。

曹涌渐没想到她会有那么大的反应，一下子愣了。他看看林熙文走到了窗边，也慢慢靠了过去，环住了她的腰，像幼年偷窥到他爹一样。

他像打开一件神秘礼物的包装纸一样把她的肚兜轻轻翻折过去，他仿佛听见了海啸的低吟，温和地匍匐在上面，他嗅到了它们的气息，张开了自己的浓密。她闭上了眼睛，心底哼起了来虹城前的歌谣，潮水依旧不自觉地外涌。曹涌渐贪恋着这沙漠里少见的潮湿，让他的浓密在她的潮湿里婆娑着，游弋着。她听到细密的沙沙声，那仿佛是在大海的呼喊中汹涌涨起的潮水声，沉默的疼痛渐渐浸入骨髓，她不禁叫了出来，像一声久违的呼喊，扬起了整个沙漠的黄尘。

清晨的曙光助长了沙漠的温度，曹涌渐被绿洲里吹来的一阵风惊醒，一眼看见了床铺上的那朵红云。他愣愣地看着，不知道这是哪来的红云，他空旷的大脑又犯起傻来了，他不自觉地认为这是西方天空掉下来的虹，他捧起那朵红云，仔细地审视着。林熙文坐了起来，穿上了衣服，夺过他手里的粗布褥子，这是曹太公领着太婆来虹城时带来的褥子。曹涌渐也不生气，只是怔怔地继续看着那片红，还是不太放心地问道："这是啥？"

"女儿红。"林熙文念叨着，面向空气。曹涌渐听着林熙文的声音，怔怔地看着她走出了房门，走向那条流量稀少的细密河流。

这时他们已经搬到了他们去过的那片绿洲上。沿着那片绿洲中日渐干涸的河段朝西走，就是离外界不远的最大的一个市镇，人们叫它落阳。这名字的来历在曹涌渐看来是因为这里能看到最红的落日，他把想法告诉林熙文，林熙文狠狠地敲了一下他的头，鄙夷地看了他一眼，忙自己的去了。曹涌渐呆呆地立在原地，看到黄沙飞到了绿洲的上空，撒了自己一身。

　　虹城这时已经搬来了更多的人，他们渐渐发现了这片虹城里最大的绿洲，胡杨林和红柳伴随着迎风生长的低矮植物围着曹家转了两三圈。林熙文每天总是早早起来去附近日渐干涸的河里洗澡。她始终穿那一身白色衣服，从不更换，也不想更换。曹涌渐说，她应该去市镇上买几身别的颜色的衣服。每每这时，林熙文总是白他一眼，大声说："你怎么不去？"然后，曹涌渐就气鼓鼓地一个人骑着骆驼走了，然后在当天或者第二天的夜晚回来，带回那些在市镇上从身着白衣的阿拉伯客商那里换来的衣裙和食物。如果说曹涌渐从他爹那里学到了什么的话，那就是喂骆驼，这几头骆驼是曹太公当年用从中原家乡逃难时带的几乎全部家当换来的，唯一没拿去换的就是那辆架子车、曹太婆生曹涌渐时的褥子和那把刀。

　　这几头骆驼繁殖得出奇快，到曹涌渐这里，已经小有规模。虹城的新住户大都没有在沙漠居住的经验，落阳镇不允许外地人居住，当时的曹太公就吃了这闭门羹，但那里的外国驿站倒是很多，还有中亚和西亚的商人，和骆驼已经很熟了。也有一些不知道国籍的科考队，但都会说汉语，驼队里面也有中国人，从他们娴熟的动作可以看出他们已经在这片土地上行走很久了，离他们近些就能清晰地闻到那来自身体深处的沙漠气息。

曹涌渐成亲后，就经常看见这些科考队的人，那时林熙文总在喂骆驼，科考队上总会下来一些皮肤很白的人问她要不要一些东西。林熙文总会笑笑，露出洁白的牙齿和浅浅的酒窝，说："好啊！可惜我们没东西换。"那人同样笑笑，摆摆手，说："不用不用！送你的，送你的！"

曹涌渐远远地看到他们，觉得奇怪。那些人看到曹涌渐走过来，像避瘟疫一样赶紧走开了，然后，曹涌渐就看到了林熙文抱着的那些东西，有书本，还有一些包装得花花绿绿的东西。曹涌渐指着那些花色繁多的东西说："这是什么？"林熙文说："糖。傻子！""傻子"，林熙文总是这样说曹涌渐，每次林熙文这样说，他都不高兴，他知道林熙文看得出他的心思，但每次还是这样说，因此他更加生气，这一次他终于憋不住了，冲她喊道："我哪里傻了嘛！"林熙文没有像往常一样敲他的头，她只是迷蒙地站了很久，一个人闷声抱着那些东西，进房去了。也就是这天晚上，曹涌渐忽地想起了母亲。

他想起自己最后一次看见她是在那片虹的背景里。

曹涌渐疯了似的跑了起来。最早来到虹城的人都说，从来没见过曹涌渐这么起劲地奔跑过。他的脚步声隐没在了沙漠扬起的烟尘中，他离绿洲渐远了，人们只看见他崭露在高高沙丘上的头顶。林熙文怔怔地看着他在忽上忽下的，模糊的头顶，却不喊他。

沙尘肆虐了三天三夜。落阳镇来的考察队说，估计曹涌渐是凶多吉少了，像当年驼队说他爹一样。林熙文慵懒地看着他们，一个人趴在窗上凝望。科考队的人想，这女人八成是疯了，可惜了她那漂亮的脸和白衣轻裹的隐约可见的身材。

曹涌渐在沙漠里奔跑的第一天夜里,林熙文发现自己怀孕了。她掀开内衣,看着自己的肚皮,想象它隆起时的样子,不禁哑然。她知道自己不该生下这个孩子,她知道,她什么都知道,连同陈家和曹家所有的秘密。她想起自己隔窗看见的林父和陈虹影。那天,正是那场仪式的终了之夜。她在那一刻清楚地明白了一切,也明白了她的母亲。她尚且不知道这一切将成为曹家几代人的秘密,也不知道这秘密里会有自己要扮演的角色。她在这个夜晚轻轻地抚摸自己的腹部,她闭上眼睛,想象那个孩子的蠕动。这个孩子会是个傻子吗?只要别和他爹一样就行。林熙文想着,不禁笑了出来。

这时的绿洲开始渐渐缩小了,林熙文想象着虹城最初绿洲繁盛的样子,想象着那时的人,他们会不会和自己一样,喜欢在日出之前起床,一个人躲进河水里,被它裹挟,看第一缕日光洒在自己身上的模样。这是她自小在故土的那片咸水湖泊养成的习惯,这片沙漠的冷漠和苍茫没有阻挡这个习惯的延伸,反而在这一刻被赋予了无限深刻的意义,命令她必须坚持。

每天她洗澡的时候,总会有许多起哄的孩子躲在不远处,呆呆地看着她,她一直都知道。但她看起来似乎无知无觉,她把自己淹没在那片河水里,她仔细地嗅着,岸边的衣服被温情地撒上了一层细细的尘埃。她笑起来,对着那群孩子的方向,他们吓得一溜烟跑了。林熙文真漂亮啊,直到曹文景娶亲那天,虹城老辈人还喃喃地说:"这新娘子哪比得上林熙文啊!连十分之一都不到。"但他们绝对不敢当着曹涌渐和曹文景的面说,而曹文景,一直梦想能梦到他的母亲，可他连她的影子也没梦到过，这个女人最终成了谁都不能大声提起的人。但在曹涌渐的心里，谁都没他母亲漂亮，这是陈虹影消失后，他才后知后觉的。

当时，曹涌渐不知是对林熙文说还是自言自语道："我娘不见了。你爹也是。"曹涌渐站起，朝西方喊了起来。

林熙文独自在沙漠绿洲里生活的第四天，曹涌渐回来了。那时，林熙文正在河里洗澡，她站起来，水流在她的身上蜿蜒而下，然后，她猛地坐下去，又整个站起来，溅出的水花洒在了曹涌渐的身上。孩子们看到了他，再次一溜烟跑掉了。曹涌渐也不恼，只是闷闷地说了句傻话："你在河里洗澡让人家怎么喝水？"

林熙文不应，看到他全身湿淋淋的，怔了一下，又自顾自地洗起来。曹涌渐的身子斜斜地靠在了枯树上，树杈一下子划破了他的脸，露出了一条细细的红溪，他赶忙上前几步抓了一把干沙，敷了上去。林熙文穿上了衣服，仔仔细细地梳理了一下长发，光脚上了岸，扭过头对他说："中午，我要去山头。"

"什么？"

"看太阳。"她自言自语起来，"看高高的太阳。"

在很久之后，曹涌渐仍会抱着曹文景去看太阳。曹文景小时候一直不明白为什么要中午去看太阳，但他爹从来都是吧唧着一口旱烟，哧溜一声，然后就呆呆地坐着。曹文景问他，他只是说："消毒！"

林熙文一路跑得比曹涌渐还快，虹城的几个孩子好奇地跟着她，结果被曹涌渐呵斥了回去。林熙文不去管他，自己爬了上去，曹涌渐赶忙跟上去，两人一同看见了那颗孤零零的树。它的树叶毛茸茸地披散下来,中间的几根树杈直挺挺地立着,像蓬勃而起的阳具。林熙文坐在树下,稀拉拉的树叶映出了些许的阴影。曹涌渐挨着林熙文坐下,两个人沉默地斜靠着,因为树的存在,他们坐下时感觉沙子没有那么灼热了。

"他们一起走,沿着太阳走,走到日落的地方,虹把天都染红了。"

曹涌渐看着林熙文一个人越走越远,赶忙追了过去。林熙文却停下脚步,对他指了指前方。曹涌渐看过去,只见太阳在西方颤抖了一下,就落了下去。

"他们一起走的。"林熙文面对着那片虹,梦呓一样絮絮说着。

曹涌渐看着她被晚霞照耀着的身体,瞬间就想起了陈虹影。猛然,他忽地拍了一下脑门:"我怎么就没朝西边儿走?!"

林熙文看着他的样子,脸上露出哀怜的神色,叹道:"傻子!你这个傻子啊!"

曹涌渐看着她,突然不再说话,转身跑进了沙漠深处。

那认为曹涌渐凶多吉少的考察队员看见他站在林熙文身旁时,很是惊讶。林熙文指着曹涌渐冲他们笑道:"他是鬼,还是人?"

因为曹涌渐的归来,虹城的孩子再也不敢看林熙文洗澡了,很久之后,还有一些当年的孩子因为父母的蒙骗而认为曹涌渐不是人,曹涌渐觉得自己的归来不是什么神奇的事情,除了那些认为曹涌渐是鬼的家伙,别的人总说他是托了曹太公的福。

只有林熙文知道,曹涌渐走过的那片沙漠,叫作永。虹城就在落阳的西面,永的东面。永人烟稀少,那里有着这大片沙漠里最大的湖泊，但湖泊上没有植被，只有一棵棵枯树横七竖八地矗立在四周，永城人食鱼为生，那片湖泊里的鱼是他们全部的生命动力。那里是当地人的摇篮，但从来没有外人能穿越这座城。

  林熙文告诉曹涌渐自己怀孕那天，不知道从哪里来了一队穿军装的人，戴着帽子，帽檐很大，领头人嗓门儿很大。虹城人纷纷跑了出来，只看到他们拿着一根长长的木片庄重地比画来比画去。曹涌渐说，这绝对是一拨大人物。虹城人听他一说，都沉默了，严肃地看着那群人。自从曹涌渐奇迹般地回来之后，他便被虹城人奉若神明，谁也不敢说他是傻子。很多人都说，没准儿曹太公就在虹城站着呢，只是他得道成仙了，一般人看不见他。但他们相信曹涌渐看到了。"要不，他怎么没被风沙吞掉？"他们说，"曹涌渐真是摊上个好爹了。"

  人们就这样愣愣地看着他们，曹涌渐疑惑地问林熙文："他们到底要干什么？"林熙文不应他，兀自走了过去，拖着长长的尾音，说道："只怕，虹不再是虹喽！"曹涌渐的目光跟随她，只看见她渐渐步入夜色中的背影，和天地混合成了青瓷色。

  那群人这样量了很久，就离开了。第二天一大早，这些人就不再是小组的规模了，而是带来了一大队的士兵。他们长得很威武，但个个都萎靡不振的样子，他们例行公事地把虹围了起来，在去落阳的路上搭了一个简陋的站台，一个年纪很轻的哨兵看了看曹涌渐，耀武扬威地走了过去。他们没在去永城的路上搭建站台，曹涌渐不知道这个台子是做什么用的，在站台周围徘徊了很久，而林熙文的声音就在这时响了起来。

  人们寻声望去，看见一个女人的修长轮廓完好地嵌在西方的天空上。

风在这时突然迅速地席卷了沙漠,扬起的烟尘几乎要把人深埋地下。那群士兵显然吓坏了,一个个奔逃起来。曹涌渐眯起眼睛,那片虹的颜色在天边忽明忽暗,像包裹在淡黄沙砾里的迷蒙眼神,捉摸不定,摄人心魄。

这群人撤去的那天晚上,林熙文的肚子疼了起来。曹涌渐也终于知道,那群人要把这片沙漠围成一个驿站,归属落阳。

知道这一切的那天,曹涌渐连夜推着架子车,要赶到那群人的所在地。而车上,林熙文疲倦地抚着肚子。曹涌渐像当年找陈虹影一样把架子车推得飞快,身子在沙漠里像鱼一样游弋着。沙漠里的星星格外闪耀,曹涌渐推着架子车跑了很久,恍然间看过去,只觉得那星星像无数颗眼睛。他看着看着,突然放慢了脚步,直到把架子车停下,他宽阔额头上遍布的沙尘在夜色的笼罩下像蓝色的烟云。林熙文看着他,目光茫然。

一路上他们看不见一个人,确切地说,是看不见活着的人。曹涌渐尽可能快地跑着,林熙文紧紧抱着孩子,不去正视漫天凛然的沙尘。她的脸贴着曹文景暖热的身体,嘴里喃喃地哼起了歌谣。曹涌渐听着听着,步子就慢了下来,他缓缓地推着架子车在沙漠里航行,像一个掌握千万人生命的舵手,向着锚抛下的方向坚定地行进。远远望去,他们像敦煌壁画上走出来的人,走在朝圣的路上。

曹涌渐推着推着,就感到了不对劲,他弯下身子,用手挡住半只眼睛。迎着肆虐的黄沙,他看到一个人躺在他的车轮边,他的心沉了一下，停下车子，试着去拉那个人。

地下躺着的那个人穿着很破旧的素蓝衣服，曹涌渐仔细辨认他的脸，认出他就是那个耀武扬威的小兵。曹涌渐想着，心不禁沉了下去。

"谁啊？"林熙文在车上问道。

"我们要找的人。"曹涌渐仔细地拍了拍他的身子，抚掉了那张还稚嫩的脸上沾着的沙土。半晌，他叹了口气，合上了那个士兵在生命最后一刻努力张开的眼睛，这眼睛分明想要吞噬什么。

"还去落阳吗？"林熙文在车上问道。

"回家。"曹涌渐低下头，把车子向另一个方向推去。

军队来到虹城的时候，曹涌渐刚刚回来。只是这一次这些兵没有一人拿武器，脸也是苍白的，他们闷声不吭地把站台给拆了。虹城人看见曹涌渐回来，赶忙问他落阳的那群人说了些什么，那群人的动作还真快。曹涌渐没有理会他们，独自进了屋子。人们看见林熙文抱着的娃娃，明白这是在路上生下的孩子。

风沙太凶猛，淹没了整整一个排的人，那个小兵不过是其中一个罢了，余下的人在大片沙漠里连夜寻找，也不见他们的战友，估计已经深埋地下，根植大地了。他们这样找了许久，终于不敢再去找，害怕自己也成了沙漠里的冤魂，不明不白地消失。西边的虹跳出来的时候，他们发现队伍里又少了一些人。领头的军官向上级报告这里的情况，被勒令放弃这片土地，反正这也是人烟稀少之地。这些士兵再去看那站台，只觉得后怕，不敢正眼去看它，赶忙拆除了事，低迷地走出了这片土地。

曹涌渐没有告诉他们那个小兵的遗体在哪儿。这座沙漠边缘的小城因几十个冤魂的到来，显得更加深不可测，仿佛久未启封的古井，内里腐朽溃烂，外面还是当初的光鲜。这片土地上的人目送着军队离去，看着那面青天白日旗撤下后扬起的更为猛烈的沙子，眼睛一齐被迷住，揉了揉眼睛再去看，那队伍已经不见了。

虹城人的心叮咚起来，不晓得他们为何如此快地消失不见。

不久，一群从未见过的士兵来了，看到已经荡然无存的站台，勒令虹城人交出来，结果被告知已经被先来的部队搬走了。他们把虹城人的住所搜查了一遍，无果。

"怎么可能有先来的士兵？我们是这里唯一的一支部队。"

"但我们真的看见先来的部队了！"

"他们长什么样子？"

"就是先前搭建站台的那群人吗？听说他们死了几十个战友。"

这些士兵的脸瞬间变得十分难看。一个个低语了一阵，急匆匆地散去了。

虹城人疑惑地看着他们。只有曹涌渐浑身战栗了一下，他看见了那个熟悉的面孔。那个！那个！被他绊到的！

曹涌渐赶忙走开，再去看时，那群士兵已无影无踪，只剩下漫天飞舞的黄沙。

难不成他们看到的只是那几十个冤魂？

只是，哪支部队是这几十人呢？

这天夜里，曹涌渐翻来覆去睡不着，眼前不停浮现出那个小兵的脸。林熙文没在意他的紧张，只是说着："你知不知道，当年你找了你娘三天三夜,是从哪里回来的啊?"

"哪里?"曹涌渐漫不经心地回道。

"永城啊!永城!"林熙文说,"那可是没有一个外乡人能活着走出来的地方啊!"

曹涌渐看着林熙文在夜色里神秘的表情,呢喃了几句,就忘了刚才的紧张。

之后的很多年,曹涌渐就没在虹城见过一个穿军装的人,但更可能是他并不知道外面世界的军装,岂止那一种颜色。那群人走后,他就开始领着刚学会走路的儿子曹文景上山种树去了,而林熙文总是在他们身后微笑地看着,那辆年代久远的架子车面对他的第二代主人也始终未显出坏的模样,曹涌渐从架子车上拿下从落阳换来的树种,满怀希望地种下。

骆驼已经被卖掉了,曹涌渐从曹文景出生后就经常去落阳做工,以此为生,顺便换些沙漠植物的种子,他试图让它们与胡杨林和红柳一同生长,但它们在很长一段时间里从未成活过。落阳镇的许多人都知道这个种树的男子,他们只是看着他手里的树苗,摇头,曹涌渐不理会,继续自己的事业。曹家种树的传统,也差不多是从那时开始的。

虹城人不明白他为什么种树,人的存活已经不易,还能去顾及这些树?曹涌渐总说,树活了,人就活了。每天傍晚,他们总是准时出现在山头,林熙文的歌声席卷着这座城,这是曹文景最早的启蒙教育,那些歌谣对于他,只属于虹城。

直到它们在一场雨水里悠然隐没。

涨潮般的炽烈湿气在沙漠里辽远地张开了自己的羽翼，衬托着天地的宽广。林熙文的歌声如同汹涌袭来的潮湿一样，迫不及待地在这片沙地上蔓延起来，曲调和雨水彼此交合。曹涌渐下意识地后望，只见雨水排山倒海般反复翻转，巨大的声响，好像天与地都要倒个个儿来。

曹涌渐手中的树一点点陷进沙子里，视线隔着雨帘凝视着树的下方。他恍然觉得，这是一块土壤，厚实的土壤，能包裹住生命的每一个瞬间。他紧紧地抓住它，在雨水的洗涤下，大地变得更加空旷。

林熙文的歌声渐渐低了下来，双手努力把每一棵小树的根部夯实，嘴里喃喃地说道："雨来了，树长了……雨来了，树长了……"

曹涌渐凝视着对面的她，喊道："回屋去！"

林熙文不理睬他，一个人向前跑去。

"雨来了，树长了……雨来了，树长了……"

"雨来了，树长了……雨来了，树长了……"

她踩着梦里的话，一个人急急忙忙地跑了。黄沙混合着碎石接连不断地在她身后滚落，仿若湮没了的回忆。她全然不在意它们的刮痕，眼睛不知望向哪个方向，朝着去往永城的路，焦虑地奔跑着。

曹涌渐讶然地望着她，她宽大的白衣服渐渐变成模糊的赤黄色，布满水渍的背影在雨中渐行渐远，一片恍惚中，曹涌渐突然觉得那像极了母亲。

他时而呼喊母亲的名字，时而叫着林熙文的名字，他的呼喊和林熙文的呓语彼此交错,好似现实和虚幻的交融,轰然倾颓在他们之间。

这场雨在沙漠里绵延数里,却没能进得去永城,仿佛有双巨型手臂将这座城拦在自然之外,让它在封闭中开放,然后枯萎,而人只能在不自觉中隔岸观火。

虹城人躲在各自的小屋里,看着曹家植的树在山头一排排倒下,沉溺在雨水里,只是默然看着,那是另一个世界里的生物,与他们了无干系。

曹涌渐迈入永城的地界后,周围升腾起的高温几乎要把他融化,他的脚步开始艰难地挪动,声音开始嘶哑,喉咙冒出的热气没有一点儿潮湿的气味,这一切倒像被风沙掩埋太久的枯树剩余的最后一点儿绿色,而且已经变得枯黄。

他走着走着,猛然想起,林熙文是抱着曹文景离开的。他的步子像定在了那里,混沌的大脑艰难地转动着。

"骗子!骗子!"他突然喊了起来。

父亲、母亲、岳父、妻子,他们的离开如此云遮雾罩,而自己始终无法寻觅他们的足迹。

"我怎么就是看不见你们,你们是怎么走的?"他猛然想起陈虹影的奔跑,想到她身后没有印记的沙地,突然就这样喊了起来。

他愤恨地弯身捶了一下沙子,沙子似乎闪了一下,马上就又隐没了踪影。

"林——熙——文!林——熙——文!"

他喊着喊着,突然就疯了般在沙漠里奋力奔跑,皮肤好像在烈日的灼烧下萎缩成了一摊脓血。他听到火烧的声音,它们侵入他的身体，甚至进入心脏，一点点吞噬他体内的全部能量。

他停了下来，仿佛有一种力量把他阻挡在这里，他在长久的奔跑中根本没有看到一个永城人。他的焦灼开始被极度的恐惧所取代，他定在了这里，感到有巨大的黄色影子渐渐朝他逼近，那影子里有人的轮廓，但看不清五官，身体的颜色和沙漠融为一体，脚印在沙漠里留下坚实的印子，曹涌渐惊呆了。

他在恍惚中感觉到巨影盖住了他，他突然像被扫灭了意识，躺在了沙地上，所有情绪突然一齐被埋葬在这片沙漠里。

"影子……"他的声音微弱起来，潮水涌出干枯的眼眶，刚刚流淌到脸颊就迅速跃入空中，隐没在空旷幽然的天地相接处。

醒来的时候，他已成雨人，站在虹城通往永城的路口。几片宽广的白云像素白剪纸浮在蓝色里，仿佛游弋在幽蓝湖面的白色的鱼。远处零星分布的虹城人家都打开了门，这湿润维持不了太久，它们贪婪地吮吸着它的汁液，远远看去，都像矗立的胡杨，被沙漠染成了同类色。

曹涌渐站起来，下意识地扭过头，居然看到了儿子。

"娘说，你一会儿就到这儿来了，我就在这儿等你了。"

曹涌渐突然觉得儿子说话出奇地流利，也来不及多想，一把将他扛在了肩上。

"爹爹，我在永城看见你了，可娘不让我叫你。"

曹涌渐的心狠狠地咯噔了一下。

"你娘走了。她不会回来了。"

父子俩默默地走向他们的城，仿佛牵动了风的神经，沙子在他们的衣角，突然回旋了起来。曹涌渐望向远处的沙子，看见了惊讶的虹城人。

"他回来了!"他们说,"他回来了,林熙文走了。"

曹文景在这时醒来,不自觉地望向那个山头。

"树长了!"他说。

在儿子的声音里,曹涌渐的心再次咯噔了一下,目光重回到山头。

在被雨水清洗过的天空下,那些植下的树木,突然都扬起了高昂的头颅,变得葱郁了。

林熙文走后的那些年,落阳镇开始驱逐外地人。大批大批的警卫车开进了这个镇子,每一家每一户地搜查,连云游的僧人也不放过。许多惊魂未定的中原逃难者、被流放的政治犯,还有隐姓埋名的说书人,他们讲着别人的故事,抒发着自己的情绪,没有人能听懂他们的叙说,他们的梦呓在这片土地上闪烁不定,孤独而坚决。

曹涌渐仍旧在许多个日子里,把曹文景扛在肩头,去落阳做工,找寻自己要的种子,找寻妻子,他相信,林熙文总有一天会回来,还有他的父亲、母亲。

而每次在落阳,他都能看见来来往往的人们彼此冲撞着奔走,许多受到惊吓的外地农人总会遗落下许多种子,甚至树苗,这是远镇的居民专门运来卖给曹涌渐的。每每这时,曹涌渐就立刻离开自己所在的工地,在工头发蒙的时刻,混迹人群,拾捡这些险被无数脚掌践踏的生命。

这些生命在他粗犷的手掌心,曼妙出奇异的线条,他看它们看得久了，就觉得它们像有了故事。

在曹涌渐做工的时候，曹文景就跑去落阳镇的城头，听苏公子讲故事。落阳的人无论多么慌乱，听到苏公子的评书，总能心平气和起来，即便是那些警卫，听到苏公子讲述的曲调，也要停下脚步饶有兴致地听起来，还一边用手掌拍着大腿，这节奏总能在苏公子的讲述中，变得出奇和谐。

在曹文景的记忆中，苏公子总是一身灰白衣服，头发无论何时都齐整地码在脑后，额头光洁，只是黑些，瞳孔很亮，皮肤很细腻，不似曹涌渐在这片土地上历练出的阳刚。没有人知道苏公子从前是做什么的，但幼年的曹文景想，他一定是在一座类似父亲正在努力修建的阁楼大厅里唱歌的人，一天他起来早了，被类似于这里的警卫赶了出去，一直走到了落阳。

关于儿子这个想法，曹涌渐一直嗤之以鼻。在他的认识里，苏公子是从大海那边来的，那是比落阳大的镇子，那里的歌谣和林熙文唱的一样，充斥着氤氲水汽，人们身上总是带着潮汐上涨的味道，慢悠悠地在空气中汇合。但他不知道，那种湿气只属于西面高原上的湖泊。

曹涌渐也不能解释苏公子出于何种原因，从哪里来了落阳。他总是同一身装扮，始终保持着最初的光鲜，而他那个手提箱似乎从没打开过。

苏公子差不多是在林熙文走后，突然出现在了落阳的集市上。他像刚刚从一次征途中醒来，手里只有一把与他的相貌极其不符的折扇，安静地斜靠在他的胸前，人们都叫他苏公子，似乎不约而同地，这个称谓就这样顺其自然地湮没了他本来的姓名。

他的眼睛总是斜视着，不知在看什么地方，瞳孔呈墨绿色，长袍拖在地上，一个人自说自话，却总能引起很多人的兴趣。

在曹文景漫长的童年里，苏公子讲述的故事始终是他不变的启蒙教本。这些绵延的梦境一样的故事，在他的内心里扮演着一个追随多年的影。很久之后，他依旧能顺利描述出苏公子的模样，这张面容横卧在他记忆的巢穴里，被一股又一股冷暖流冲刷，始终没有变换过表情。所以，在看到苏郁和的那一刻，他才那样惊讶。

但苏公子只在落阳待了两年。

那是另一群警卫，他们开着绿色的车子，在那轮红日慢慢坠入西方的时刻抓住了苏公子的衣襟。

当时苏公子正在讲述一个古代将军的故事："他的马为了寻找主人的尸体，穿越了整片沙漠，在长久的历练中成了一匹千里马。"军警抓住他的时候，他正讲着，这些故事在落阳人的心底盘桓着，甚至开始结成一个个哽咽的痂子。

这些外来的军警并没有在意这些故事，他们手中拿着通缉单，上面印着苏公子的脸庞。曹文景看到了他的名字，确切地说，是清楚记住了这些字的轮廓。发现自己彻底老掉的那天，他终于对着一次次扩建出的寺院，对着孙女曹汐念出了那个名字："苏莫遮。"曹汐那时并不知道苏公子，只知道这是一个词牌，书上多写作"苏幕遮"，来自西戎胡语，正云"飒磨遮"。

落阳人的神经突然在警卫抓住苏公子的这一刻清醒过来了。他们呼喊着听不清楚的字符，一个个冲向了那群警卫，甚至落阳镇的那些警卫也冲向了他们的同行，一支疏朗的南飞雁群也在这一刻向天空呼唤了起来，雁阵和人群的呼声彼此对峙，进而交融，连绵成一片无垠的哀鸣。

苏公子听到大雁的叫声，突然跪了下来。人们越过他，互相厮打起来，那列警卫还来不及反应，就被愤怒的人群打倒在地。

曹涌渐在这一刻明白了，人们的愤怒并不是因为他们要抓捕苏公子。曹文景站在他的身后，目睹了这场哭嚎。他面向西方，那是落阳通往更远西方最近的一条路，但因为必须要穿越临近的永城，来往的驼队多选择了另外一条较远的驿道。

苏公子的双脚在这时好像突然不会行走了，双膝急迫地想要涌向那个路口，黄沙在这时翻卷起来，他的视线瞬间只剩下一片枯黄，双手还死死地抓着沙地上迅速穿过他指尖的沙子。

"抓不住的。"曹涌渐在他身后说着。

"那什么才是能够抓住的，什么才是？"他的声音很强硬，好像只有这样才能让自己显得不那么虚弱。

"究竟什么才是能够抓住的……"他继续在沙漠里呼喊，四周没有遮拦，边塞的风凛然地呼呼叫着，漫无边界的黄铺满了整个世界，分不清哪个是天，哪个是地。这座城在这一刻呈现出一片虚空，他落在这片空落的土地上，仿佛被抽去了所有的汁液，干而轻薄地倒在了沙地上。

曹涌渐急忙跑了过去，熙攘之中，人影在打闹中滚远了，他们三人成为纷扰之外的群体。曹涌渐扶起他，苏公子绿色的眼睛努力地睁着，却仿佛只看到昏黄般，茫然地张大着。

"你是谁？"

"以前是听你说书的人,现在是救你的人。"曹涌渐看着前方,说道。

"爹爹,我们去哪儿?"

"家。"

他们抵达虹城的时候,太阳正慵懒着想要爬起来。

橙黄的光芒射在苏公子的脸上,他努力把眼睛对准太阳,凝固的神态在暖热中渐渐松动。

"很久没有看到过这样的光了。"他说。

"这光只存在一小会儿,你最好别往那里看了,否则眼睛会伤到的。"曹涌渐疲倦地望望他的眼睛,说道。

"我已经没有眼睛了。"他神色泰然地说着。

曙光下,曹涌渐只看到一片茫然的绿色,瞳孔里仅存的棕黄杂质仿佛被黄沙吸走了,呈现出玛瑙的质感。

"没有什么不好的。看不见了,就不用去想了。"

曹涌渐看了他一眼,转身对儿子喊道:"快点儿!"

在曹文景的记忆里,他写出的第一个汉字就是"苏"。曹涌渐知道这件事时,先高兴了一下,但随即哼了一声,从苏公子身边走了过去。

苏公子瞎了之后,就做了曹文景的先生,连带着,给虹城人说书。那时的虹城人至死也不相信苏公子瞎了。他的眼睛仍然和在落阳一样,不知道看向哪个地点,仿佛还看得见一样。没有人敢在他讲故事的时候说话,人们端坐在一起,仔细地听着他讲故事。

曹文景后来回忆起这时的虹城人，无比坚定地认为，他们是听不懂的。但他们很认真地听，仿佛不认真倾听是一种罪过。苏公子缓缓讲述着没有人能听懂的故事，那些乐章一样的片段，仿佛是沙漠做的梦，散佚在这片土地上空，流离失所。

做曹文景的先生，是苏公子主动提出来的。曹涌渐很高兴，拉着儿子拜了先生，从落阳唯一的一家卖文房四宝的店铺买来了笔墨纸砚，曹文景对此十分感兴趣，但自从他问明白了苏公子姓名的写法和读法之后，就不再感兴趣了。

曹涌渐听他这么说，立马狠狠地给了他一个耳光，像当年他爹一样。苏公子一把拦住了曹涌渐要打第二掌的手，曹涌渐愣愣地看了他很久。苏公子不理睬他，对曹文景说："跟我出去！"

他们一齐走到最近的一个山头，他慢慢坐了下来，后来，即使过了很久，曹文景还记得那个故事。

"很多年以前，有一位远嫁乌桓的汉族公主因为思念故土染上了严重的病症。在乌桓边塞的帐篷里，她梦见自己被一阵风吹来的馨香吸引，步伐渐渐不受控制，她的眼睛被随风飘来的花瓣盖住，那个夜晚周围全是一片花海的颜色，她渐渐感觉自己的身躯变成了一片云。这时，她的眼睛突然睁开了，看到了一群又一群的骏马奔驰而来，一匹浅栗色小马跑到了她的身边，驮着她向着太阳落山的方向奔去。大片大片的晚霞倾泻在空中，她的眼睛被那片颜色刺到，而它们也渐渐融入她的身体。公主的眼睛突然流出了泪水，它们一滴滴渗入栗色小马的身体，小马告诉公主：'那是遥远的西方部族，不得不大规模地迁徙，离开自己的故土，他们穿着鲜红的衣服，栗色的头发飘扬在风里，没有人看得到他们

的身形。'但公主只是一声连着一声问道：'我们去哪儿？''西面的高原。''那里有什么？''虹，大片大片的虹。'

"他们走了太远太远，每走一步，公主的泪就落下一滴，它们漫过了小马的脚印，直到小马的脚涌出了汩汩的红色，染红了大漠，染红了高原，染红了城池，染红了他们看到的所有人，直到他们自己也被染红了。"

苏公子的声音在这时凝固下来，他双手抚弄了一下长长的头发，它们散下来，在他的故事里上下摇摆着。

"小马的呼吸渐渐微弱了，公主的身体也越来越轻，小马说：'公主啊！我给你唱首歌。''我估计快听不到了，因为我要消失了。'公主的身体轻飘飘地下坠又上升，在天际回旋往复，小马注视着她，流出了血泪，它们渐渐就汹涌了……"

"太阳要下山了。先生。"

苏公子沉浸在自己的故事里，没理会他，兀自说着："你知道小马唱的歌叫什么名字吗？"

曹文景摇摇头。

"飒磨遮。"

他望着远处的地平线，那里印着雕花楼阁和一列列稀疏的疲惫人群，海市蜃楼在这一刻突然如此真实。年幼的曹文景看到苏公子一路向前，急忙去追赶他，可他步子太小，怎么也追不上。

"告诉你爹，太阳下山时要来一支驼队。"曹文景看到苏公子在模糊的地平线下朝自己喊道，仍旧保持着奔跑的姿势。

曹文景只是很害怕，小小的身躯向前奔去，直到看不见苏公子的身影。

黑夜来临的时候，他选择了回家，回去的路上，看到了父亲。

"我看见他朝西边跑去了。"曹涌渐说，"先生让我告诉爹爹，太阳下山的时候要来一支驼队。"

"回家吧！"曹涌渐将儿子一把托起，扛在了肩上。

"爹爹，先生会回来吗？"

"你娘他们要是能回来，他就能回来。"

"那我娘他们能回来吗？"

他的声音在空中翻了个筋斗，很快就散去了。

驼队载着那群喇嘛从苏公子左手所指的那个方向来的时候，虹还隐没在晨曦的阴冷中。喇嘛们在曹家的门前停下了，是七岁的曹文景开的门。曹涌渐在朦胧中听到些许的喘息声，他的记忆立马回到五年前那个死去的小兵身上，他霍地坐了起来，径自走到了门前，看到一个黑脸的高个儿喇嘛在曹文景耳边絮絮地说着什么，曹文景一脸茫然地听着。曹涌渐把儿子推开，闷声问道："你们是七年前的那群喇嘛吗？"

喇嘛们看到曹涌渐来了，纷纷后退了一步。高个儿喇嘛说道："您是曹先生的儿子吗？"

曹涌渐的记忆再次蹿到送他爹离开的那场法事上。"我爹是姓曹。"他闷闷地说道。

"跟我来。"高个儿喇嘛大手一挥，指向了一座高高的山头。

曹涌渐望过去，顷刻间看到了那个熟悉的背影。他的喉咙提到了嗓子眼。喇嘛看到了他的异样,却不言语,示意他跟着自己走。他们迈上了那座黄沙里的山看到的第一个活物是一棵树,但他们没有理睬它,只是径直走向了那个人。

那个戴着面纱的女人。

她已经不年轻了,尽管有面纱的遮挡,看上去仍旧很老。她的脸激扬在岁月里很久了,仿佛沉溺在了某种情怀里,变得陈旧而柔韧,蒙上了一层古铜色的光。

曹涌渐透过面纱,认出了这张脸。他率先喊出的,是林熙文的名字。

那段记忆再次奔涌起来,林熙文不辞而别也是在这样的一天,也是在这个山头,没有征兆、没有疑虑、没有眷顾,甚至没想多看他们一眼,就这样干脆地走了,让他在惺忪中被那阵突如其来的失落绊醒。

他突然恼怒起来,上前一步,扯掉了她的面纱,但他恼怒的神情迅速变了模样。

"傻子。你这个傻子啊!"

她的泪仿佛积蓄了太久,深邃的眼窝完全承载不了它们,这些湿润的水汽再次让曹涌渐停滞许久的记忆奔腾起来,这些潮湿的水汽蘸满了他生命里所有刻骨的情绪,他抬眼凝视着这个女人。

"让我看看你。"她像抚摩婴儿一样把手放在他的脸上婆娑着,丝毫不顾忌他已经是人父,"怎么一点儿都不像我们陈家人啊?!"她慨叹着,轻轻放下了自己的手。

曹文景呆呆地跟着他爹,口水流了一下巴,嘴里咕哝着不知名的字符。

"这是熙文的儿子吧！"这个女人弯下腰，想要抱起他，却被曹文景恐惧地躲开了。这个女人无奈地站直了身子，叹道，"可别是个傻子啊！"

她说话的语调像极了林熙文，曹涌渐怔怔地听着。

可这个女人在他的无知无觉中，迈着另一片土地上的步子离开了。曹涌渐甚至来不及看清她最后一个表情。直到曹文景拉起他的衣角，小手指向他们消失的方向，他才意识到他们走远了。

突然，这个男人像想起了什么似的，大声喊了起来："陈越影——让你女儿回来啊！"他的膝盖软了下来，随着一声颓然的扑通，他下半截身躯整个匍匐在温度骤升的沙子里。

那轮红日高扬着身躯昂然挺立在这片土地上的时候，那个女人的声音缥缈地滑了过来："男儿膝下有黄金啊！涌渐！"

"你什么都知道，为什么不告诉我？"

他的声音滚落在沙漠里，又迅速被湮没了。

"你娘不会回来了。"在那些人走后的第二天夜里，曹涌渐扛着一捆树苗，在冷飕飕的天幕下对曹文景说。在曹文景的记忆里，这也是他爹最后一次提起林熙文。

在这之后的第二天，曹涌渐就拉着儿子接着去种树了。

黄色蔓延得无边无际，之前的树种由于一段时间的懈怠而死气沉沉的，叶子已经枯黄不堪了。曹涌渐细心地把它们一棵棵扶正，用在落阳买来的树种插在每两棵树之间，他仔细做着自己的工作。远望去，黄色里赫然挺立起一排渺茫的绿色。

在虹城人的记忆里，曹涌渐从这一天起就一直重复着这个作业,直到他死在那片绿色里。这是很多年以后的事情了。

　　树全部种下之后,风突然变得温和了许多。为了让这些树木不至于被渴死,曹涌渐每日从当年林熙文洗澡的那条河里打水,然而等他到了山头,日光已经夺走了他打的近三分之一的水,但他还是不为所动,实在累了,就让曹文景去打。曹文景的肩膀就是在那个时候开始硬起来的。父子俩就这样替换着,竟渐渐养活了那些树苗,它们模糊的脸在沙漠里昂扬着,面临着随时被埋葬的危险。虹城人只看见曹涌渐的身影在河流和山头间晃动,而他们也在一个午后认定这对于他们将是一个巨大的隐患。

　　那天,一个孩子说:"河水变浅了。"虹城人积聚的恐惧终于在这一天得以堂而皇之地爆发出来。"你跟你爹早晚会和那些绿疙瘩一起渴死!"那个孩子的娘对曹文景说,末了,还不忘敲一下他的脑壳。

　　曹文景因此成了被孤立的人,没人愿意和他玩,甚至一些孩子看见他就像看见瘟神似的。他一个人默默愤恨了好久。第二天晚上,他看到他爹再次背着一捆树苗出现在家门前的时候,他终于在大风中告诉他:"那个女人说我们会和树一起渴死。"

　　"哪个女人?"

　　"那个家离河岸最远的女人。"

　　曹文景一直睡到第二天晌午才醒来,他不明白他爹为什么没有叫他,等他出门一看,才发现很多人都围在那条河边。他来不及思考,就被河里的一番景象吓呆了。

　　那个女人被五花大绑在胡杨树做成的小舟上,顺着水流向前漂着,她的儿子在河边哇哇直叫。曹涌渐看了他一眼,说:"你娘很快就会回来。"漂远的女人费力地想要挣脱,却被小舟的颤动吓得大气不敢出,急出来的眼泪在两颊边停滞了,嘴被看不清的东西糊住,只能远远听到她压抑着的哀怨。

曹文景被这场景逗乐了,他在岸边咯咯地笑了很久,直到周遭的人投来一种莫名其妙的目光,他才被他爹拉开。

"种树去!"曹涌渐再次对儿子说起了这句话,而说完后,他才意识到,儿子的身体已经伴随着日渐生长的树苗挺拔起来。一瞬间,他猛然觉得儿子是一棵正在被喂养的树,只是他被迫隐去了绿色,独自长大。曹涌渐想着,手松了下来,独自上山去了。

曹文景不知道他爹是怎么把那个寡妇绑起来的,那只沙漠里的小船又是从哪里来的,再者,那个女人又是怎么回来的。而这一切,在当时的曹文景心里,只是一长串撞在树上的回音,他还来不及思考这些,他当时只知道,整个虹城人开始躲着他爹。

那个女人在三个月后的一个清晨回来了,一踏进虹城,就撞见了双手抓着树种的曹涌渐,她立马就昏了过去。直到曹涌渐走远,她才恍然般苏醒,回到阔别近百天的屋子,拉起儿子,收拾了简单的物什,沿河道下游,向东去了。那孩子跟他娘走之前,专门找到曹文景,说:"东面有很多市镇,女孩子脸上都涂着一层白色的脂膏,人来车往,好不热闹。"曹文景不睬他,径自上了山头,跟他爹种树去了。

没有人再敢在曹涌渐面前说半个不字,即便是对着自己的孩子。曹文景也开始变得空前地受欢迎,甚至在一些往来于落阳的客商中,也有一些人知道了曹涌渐的"壮举",他们带着曹文景看不懂的神色向曹涌渐暗示他们知道了这件事,而曹涌渐只是在一旁望着,愣愣傻笑,啊啊啊地打着哈哈。

之后,虹城的许多人开始携家东迁。年长的几个人预言,曹涌渐自己疯了,把儿子也搞疯了,再待下去,他们也会疯。这几个人去了中原,他们认定,只有远离水源的地方才是最安全的地方。只是,后来他们才发现,中原不过是架在水源之上而已。他们抵达中原的第二年,黄河就像发了疯一样,他们中的两个被滚滚洪水淹没,成了冤魂。剩下的人在恐惧中不知往哪里去了,好像还是回了西部,只是到的不再是虹城。这些在版图上奔逃的百姓不再去思考自己的原籍。很久之后,有人问已是白发苍苍的他们"你们是哪里人",他们艰难地想了想,还是会说:"虹,虹城。"

塔玛来的那天,住在虹城的人已经所剩无几,而留下来的人仅仅是因为落阳闹了瘟疫,他们的必经之路因此断绝,只能在这里待下去。听到曹家父子在河边打水的声响,他们只是小声骂一句,而那个寡妇和她的孩子再没在虹城出现过。

后来落阳封城,全城人困在里面,尸体都腐烂了,化成了水,在干燥的阳光下,迅速升腾,尸臭一直传到虹城以东。曹涌渐在一日清晨闻到了气味,确信落阳已是空城一座,心情突然愉悦了起来,但随即变得沮丧,因为他不能补充树苗了,而那些仍想要离开的人也被迫放弃东迁的念想,只有一个人在政府军开进落阳进行整治后逃到了西南边的芒城,再也没有回来。

瘟疫过后,曹涌渐再次去落阳做工,不过这次是做守墓人。此时的落阳只是一座坟场,埋葬的旅客有来往的客商、放逐边塞的犯人、原住者、流浪的维吾尔族人,由于很多尸体无人认领,曹涌渐只好就地掘坟,任风沙将这些尸骨深藏。曹涌渐把它们当作最好的肥料,滋养着本来很难成活的树苗,这些无名氏的墓碑后来被一些绿树代替,在沙漠上招摇着。

曹文景的身高在那年继续迅猛蹿升,虽然只是十二三岁的光景,竟已然有超越父亲的趋势。自从落阳成为坟场之后,他就开始在无名墓上实施自己的伟大计划。当他把这个想法告诉来这里假惺惺任命他的官员时,那人像看到鬼一样注视了他很久,末了,说声:"好,但买种子的钱必须从酬劳里扣除。"

从此,虹城的树就交给了曹文景,当曹文景一次次背着新买的树种往来于落阳至虹城时,虹城仅剩的人都说,这孩子越来越像他爹了。而同一时刻,那些绿色开始悄无声息地在沙地上盘桓,它们以时缓时急的态势绵延起来,令曹文景莫名欣喜,他想象着这些绿色高高昂起的样子,想象着这些植物迷漫起青雾掩埋所有的荒芜,想象着河流将前所未有地汹涌而至,在梦里飞腾起属于虹的潮汐。

曹涌渐这一次在落阳待了很久,等到曹文景意识到这一点时,山头已然飘扬起两圈树的翠绿。曹文景在那天凌晨四点醒来,梦里那个绿头发的女人还在他的身后拼命追赶着。他看不清她的脸,只觉得自己必须奔跑,只能奔跑,他在梦里看见沙漠变成苍蓝大海,他在大海里的移动岛屿上奔跑,突然踩进海水里,整个人坠了下去,他在梦里喊起来,声音像极了多年前的林熙文。一抬头,那些树也睁大了年轮,坚忍地望着他。

曹文景在跑出去的路上撞见了曹涌渐,他的背上照例扛着一大捆树苗，只是这次树的颜色各异，有的泛黄，有的泛红，有的像黄昏，有的有潮汐的细密，这是一个来这里寻找死去的朋友的阿拉伯客商送给曹涌渐的，他在一群相同的树中看出插在朋友墓上的那一棵，在那里刻下了他的名字。

曹文景的睡意被那些植物驱散了，看见曹涌渐牵着的那头骆驼上坐着的年轻女子。

"塔玛，这是塔玛。"曹涌渐向儿子重复着她的名字。

男孩别过头，瞥见了她眼中的深绿色阴影。

曹文景到后来也不知道塔玛是怎么和曹涌渐走到一起的，而同一时刻，遥远地域里的雪山上流下丰沛的雪水，汇合着新鲜植被带来的水流使得那条内流河水位上涨，虹城人遭遇了他们生命中的第二次涨潮。水位的上涨也让虹城人突然陷入惶恐，他们无时无刻不觉得自己的处境让人担忧，而那些在这片土地上消失很久的驼队也突然出现，为虹城人所不知晓的战争运送物资。他们看到父子俩的植物园，唏嘘不已，给水壶灌上充足的水之后，就朝东部冲去了。

那次涨潮之后，塔玛兴奋地去河里洗澡，她的身材比林熙文瘦削，眼窝很深，眼珠是微棕的墨绿，皮肤微黑，身手很矫健，一袭长发微卷，总是呈上扬状。在曹文景的记忆里，塔玛唯一一次发火就是因为那些惊慌的人搭建的供奉台，他们无限虔诚地对着那尊从一群因战乱流离到西部的中原僧人手里换来的泥塑拜来拜去。

曹文景从没见过这场面，只知道每天太阳下山时，这些人总要面向西面匍匐，祈求平安。曹文景终于在一天傍晚自言自语道："这是什么东西？"

塔玛没有理睬他，只是拿起了那尊泥塑，她不经意间倒过来看，竟赫然看到泥塑下面印着一左一右两个名字——曹景祥·苏嘉善。

塔玛一个人对着西面一点点落下的太阳缓缓地弯下腰去，直到手指陷进沙子里。旋即，她的手开始使劲地捶着沙子，继而开始刨起来，直到手指被粗粝的黄沙磨出了道道血痕，而不远处，就是曹涌渐在昏黄天色里的脸，那张脸面对着泥塑迟疑了一下，随即抱起了塔玛。

曹涌渐抱起她，继而将她的身躯扛在自己的肩膀上，在深蓝天光的照耀下，缓慢行走在沙漠里，没有犹疑，也不曾焦虑，只是呢喃着："我们回家。"

而曹文景疯长的身高伴随着塔玛渐渐隆起的腹部开始变得更加肆无忌惮，曹涌渐忧郁起来。之后的岁月里，塔玛每年都会给曹家带来一个或两个儿子，但她的容颜却丝毫没有随岁月的流逝而衰老，那张脸依旧丰盈，只是生着故事，伴着她震颤的笑声，从不介意狂热的日光吸走皮肤里的水分。到了落阳，她也从不招呼曹涌渐，只是一个人立在一旁静静地看，直到黄昏溜掉，她才从骆驼背上跨到曹涌渐的背上，不容置疑地说："我要去永城。"然后曹涌渐的心就咯噔一下，像多年前林熙文那声"傻子"一样，好像听到了这个记忆深处的林姓女子坚决地叫着："你爹！你爹！"他心底的潮水总会在这时涌出来，这些漫出的生命轮廓在他眼底蜿蜒淌过，使得他总看不清前面的路。他定了定神，转身问道："难道虹城不是你的家吗？"

"那不是你的家吗？"曹涌渐继续重复着。

每每听到曹涌渐的这声问语，塔玛就开始哼唱起那曲呓语似的歌，她体内的河流在喉管处来回翻涌，像一尾骚动不安的鱼，必须要在狭小的地域才能发出声音，而这一声叹息也湮没了曹涌渐另一重的叹息，它们一层层叠加，渐渐变得沉重了。

随着塔玛一次又一次生下儿子，虹城渐渐热闹了起来，先前的人家对塔玛的生育能力十分诧异，这些人家十分羡慕塔玛怎么一生就是儿子，但随即再次预言，曹家早晚得玩完——这么多儿子，去哪儿找媳妇儿？曹涌渐刚开始也很担心，但当无数个媒人踏破曹家的门槛，将许多个姑娘拉进门后，就彻底放宽了心。"生生不息啊！"他一边呕巴着烟丝，一边冲那些人炫耀。他们白了他一眼，马上就说道："哎哟，那您儿子可得操点儿心了！"

那时，虹城人已经不叫曹文景为曹文景了，而是直呼"曹大公子"。原因很简单，曹涌渐儿子太多了，连他自己都认不过来，最后他也懒得给新生儿子取名字了，干脆把先前几个的也给省了，直呼"老二""老三""老四"……当儿子的数目达到二十以后，曹涌渐就把"老"给省了，直接"二十一""二十二""二十三"……于是，虹城人就把"曹二十公子"改叫成"二十公子"，最终直接叫成了"二十""二十一""二十二"……

后来曹文景娶妻，新娘曼丽在新婚之夜听见虹城一片这样的称呼,吓得呆在了床沿,半晌,才战战兢兢地问丈夫:"难不成,你爹不管坟场了,改管监狱?"

曹文景结婚那天,曹涌渐突然觉得自己的牙齿像中风了一样,伴随着这种颤动,他逐渐觉得自己身体的每个器官开始前所未有地摇晃,剧烈且声音尖锐。在他意识到心脏也开始晃动的时候,他决定把当年虹城人供奉起来的神台扩建成一座比当年落阳的那座寺院还要大的庙宇,他说服了曹文景领着曹十三和到曹二十五去找那群居无定所的喇嘛。

说也奇怪,虹城人一见到曹文景,还是十分恭敬地叫声"大公子",惹得弟弟们十分恼怒。

那些喇嘛已经是老得快要死掉的样子,寺院最终还是建起来了。为了赞叹儿子和喇嘛的能干,曹涌渐为曹文景办了第二场婚礼,当然,新娘还是同一个人。这一举动可是把喇嘛们吓坏了,但让他们真正愤而离开这座新砌好的寺院的原因是看了印有"曹景祥·苏嘉善"的塑像,他们本以为这里要供奉的是他们的佛祖,不料想只是没来由的家伙。曹涌渐因此生了气,把那群喇嘛轰得干干净净,但他也不知道这塑像是否真的跟自己的老爹有什么关系。

曹文景看到虹城人对曹景祥的维护,也十分困惑,他不明白自己的爷爷怎么就成了虹城的神灵,难道他一溜小跑真的去了西王母的蟠桃盛会转了一圈?塔玛倒是一副明白人的样子,洪亮地哼了一句:"没有神的地方,人也可以做神。"

喇嘛们愤而离去,继续云游的时候,曹文景才意识到自己变矮了。他在那条时而枯竭时而丰沛的河里痛痛快快地洗了个澡,在那片被自己努力扩展出的绿林里跑了一会儿,再次来到太阳下时,猛然觉得自己变矮了。他把这个变化告诉曼丽,曼丽愣了愣,说:"你不是一直都这样吗?"

从河岸延伸出去的树和山头那些渐渐合拢了,绿洲上的一小片天空下了一场雨,淅淅沥沥。这些时日里,曹涌渐已不再勤快地料理落阳坟场,有时想起来也会走一遭,他已经五十多岁了,虽然这年纪他自己总是察觉不到。

下雨的那些日子,他总要坐在那条不断丰沛的河边,靠着林熙文当年倚过的那棵树,神色恍然地等上老半天。直到雨停,西边的太阳慢悠悠地睡了过去,他在这一刻觉得自己是有那么点儿老了,这衰老在这日日的观赏落日中越发明显起来,他总是怔怔地看着那片夕阳渐渐从天幕上泻下去,仿佛途径他高高昂起的鼻梁,然后顺着他生命里的大半时光,滑了过去。

而他那些远去的回忆,突然通过雨水的来临新增了不少。那些个夜晚,他不断梦见自己离开了虹城,他看见了苏公子,看见了昔日的落阳,然后他背起曹文景,愣愣地听见了林熙文在远处山头上叫他:"干吗去了?"

大片大片浓重的虹铺满了西面的天空,画出了一张忧郁的脸,沉默,凝重,睁着大大的眼睛,空洞地望着他,仿佛那本就不是天空,而是一面墙壁,于是他突然不跑了。他看到了陈虹影,她的脸嵌在那片天空之上,跳跃着、叹息着。他久久地凝望着她脸的形状,无声地哭了起来,他哭着,渐渐忘记了什么,他狠狠捶打自己的头颅,像要倒出来点儿什么,但还是什么也没倒出来。

他哭出来的泪水是黄色的，他一时之间分不出来这是泪还是沙，他跪在沙漠中央，直到一阵风从西边刮过来，他看见了来见他的陈越影。就像再次看见了林熙文，她还是那样年轻，那样对她说着："傻子啊，你这个傻子。"他像是想回她点儿什么似的向前伸出了手臂，但她忽悠一下，就不见了。

曹涌渐还是哭着，哭到自己不觉得是在流泪了，那两道泪痕像他脸上流淌着的平行河流，粗犷，坚硬，但边缘曲折。他瘫坐在自己的屋子里，却像瘫坐在天地中央，在他和儿子孤军奋战的绿林里。那一瞬间，他在恍惚中望见了曹景祥和陈虹影的过去，他相信他看见了，他不能自已地思念起他们来。那一刻，他觉得那些秘密与自己对他们的思念相比是那么不值一提，他甚至听见了骨骼在这哭声中是怎样颤抖的。

塔玛清楚地看到了他的一举一动，这个像她父亲一样的男人仿佛没有看见她一样，兀自哭着，她好似突然明晰了他的过往，她的脸沉默在他的哭声中，像一尊不倒的雕塑。

虹城那些比曹涌渐老的几个人，好像突然瞎了，聋了，忘了当年是怎样讶异于曹涌渐和林熙文的婚礼。数年后，塔玛成了整个曹家解不开的谜。

她来到虹城的这些年，这里也来过一些外乡人，但都是附近城镇的原住居民，长着一张沙漠中特有的黑黄的脸，宽阔的胸膛几乎能遮住太阳。虹城的绿色使他们忘记了这里是沙漠的边缘，虹安然挺立在周围的荒蛮之中，生生不息。同样不知是什么原因，那些原本时时来给曹涌渐送赏钱的官人也不知不觉了无踪迹了，那些商旅、考察团、运送药品的驼队再也没有来过，曹涌渐不知道他们的战争胜利了没有,直到曹汐十岁,虹城始终无声地被隔离在外,它奇异的历史伴随着那些面目一致的男人的出生和渐渐多起来的绿树的茁壮成长,成了多年后的一段传奇。

那片天空下雨的最后一个黄昏,曹涌渐又在同样的位置等待着太阳落下,他看见了她向他走近了,近了。这个在他懵懂年代里就消失踪影的女人,叫着他的姓名,但他突然怎么也想不起她是谁。

但他分明大声喊出了她的名字,去掉了称谓,剩下姓名,剩下降生之初的那个代号,直到曹文景大声呼喊着:"我看见奶奶了,我看见奶奶了。"

"傻瓜……你见过她吗?"

但曹文景无比确信自己看见了,这副在梦里追赶过他的面孔,他确定这是奶奶,虽然他不曾了解她的姓名。

他在那一刻看到了自己的童年,看到了母亲的离开,他突然记得了母亲是怎样走的,他被她糊弄了,她说她会等他的,当他真的绕着树走了三圈,她却走了,那下面根本没有礼物,只有那棵枯死的树的根须,他就此失去了唯一一位可能教给他点儿东西的女性——他的母亲。此刻,他哀求般呼喊着他的奶奶,他仿佛又回到疯长身高的青春期,那是对于一个年长女性的渴望,他想要留住她。

但她只是微笑着看着他,垂下她弯曲的双臂,佝偻着背,用一副受尽磨难的脸孔看着他,然后飘远了。

"你回来!你回来!"曹文景突然生气了,他觉得曹家的男人生来就是被女人糊弄的,但旋即变成了一种低吟,他不知道她能否听见,"你什么时候,能回来?"

他低声说着,用一种只有自己能听见的音调,但他相信她听见了,他像呼唤一个秘密一样呼唤她。他那些弟弟成了摆设,他从不觉得这些面孔一样的弟弟真的来过,他们总是那样迅疾地来,然后,疯了似的长大,他们最大的也只有十一二岁的模样,却好似有了二十几岁的脸,宽阔得惊人,一个个像山脉一样林立在这片沙漠之城,穿梭在时而密集的绿林里。

在一片低沉的降落里,曹文景隐隐听到了她的回答:"等到,都绿了。"

曼丽是难产死的。

曹文景沉默地捧着那个盛放死婴的小银盆,踉跄着爬上了山,日光照耀着他的身躯,他把死去的孩子埋在了刚种下的幼苗下。凝视着这一棵肿胀起来的树苗,他恐惧起来,拼命跑下了山,他遗落了那个小银盆,拼了命似的跑着,他觉得整片沙漠咧开了嘴,像一张被撕裂的脸,每一寸肌肤都漫出了红色液体,他疯了似的跑回家,看见躺着床上的曼丽还带着白纱一样忧郁的眼神,嘴角挂着一丝微笑。

曹氏父子们在那个连成一片的绿林里拜了拜两个亡灵。曹涌渐用一棵不幸枯死的小树做了两个灵牌,摆在了庙里,放在了曹太公的灵位后。另一侧的苏氏灵牌像一盏孤灯伫立着,曹涌渐看了它一眼,走开了。

在虹城人的记忆里,这是这片沙漠里举办过的最隆重的丧葬,这场仪式伴随着曹氏父子的鬼哭狼嚎在整个虹城招摇了好一阵子，他们挤出来的泪水把漫天的黄沙都弄得潮湿了。塔玛一个人坐在远处咬着手指，身体摆出陈虹影在曹涌渐成亲那天的姿态，脸上露出和她神似的表情。半晌，在所有人都哭累了时，她突然发出一阵又一阵细长而尖厉的笑声，这笑声瞬间劈开了这哭声，覆没了被曹氏父子泪水淋湿的土地。

虹城人很奇怪曹家为什么会为了一个媳妇和早夭的婴儿举行这么大的葬礼，在他们的字典里，只有被神灵笼罩的老人才有资格获此殊荣，比如曹景祥。但曹文景只是深刻地记得，那天晚上，曹涌渐就着昏黄的灯对他说了一句话："记住，你克死了你第一个女人。"

曼丽僵硬的尸体被绑在一面竹筏上，沿着那条流向总在微弱变化的河流蜿蜒远去了，在她流走的那一瞬间，曹涌渐和曹文景都觉得这是那个寡妇的复仇。

与此同时，那棵埋着死婴的树以前所未有地丰茂挺立起来，枝叶张扬。曹文景认定这棵树是他夭折的儿子，叫它曹冥，他认定这是儿子的眼睛，在黄泉路上望着他。他总是怔怔地看着那棵树，直到塔玛仰着脸任阳光把自己晒得焦黑，针一样尖利的眼睛看着他。

她的肚子又是大大的，看着阳光一点点倾斜，最终沉入轮回一样的那一边去了。她看着曹涌渐，这个男人漠然地看着她的肚子，突然觉得自己似乎还没有注意过自己女人的肚子。她又看了他一眼，突然开口了："这是最后一个了。"

西面的虹再次升腾起来，它们总是那么适时，像一双时刻凝视沙漠的昏黄眼睛，注视着这片土地上的一切。

曹文景看着那片颜色，想到苏公子讲的那个故事、那个嫁入乌桓的汉代公主，他记得自己唯一会写的汉字就是"苏"，而那些他本来熟记的故事在不自觉间就成了飘远了的一片虹，忽升忽落，看不见了，他想到这里，忽然一阵难过。

但很快地，在曹涌渐一声大喝中，曹文景看见塔玛的眼泪流了下来，那眼泪是那样无声，他注意到塔玛的脸上也有两道泪痕，只是它们跟曹涌渐的不一样，它们淡淡的，隐藏在不易察觉的哀伤里，却更加凌厉。塔玛的泪水一直流了下去，那是那么漫长的一段历史，它们流着，一直流到曹涌渐的脸上。曹涌渐呼唤着塔玛的名字，塔玛望着他，在他坚硬到柔软的怀抱里，她突然觉得，这个男人没有老，老的，只是她。

但她还是流着眼泪，它们不值钱地向下砸着，她的脸贴着曹涌渐的脖颈儿，曹涌渐听见她呼气一样地发出声来。

"这是，最后一个了。"